Diogenes Taschenbuch 20572

detebe

Jeremias Gotthelf

Ausgewählte Werke

in zwölf Bänden

Herausgegeben von

Walter Muschg

Zwölfter Band

JEREMIAS GOTTHELF

Der Besenbinder von Rychiswyl

Barthli der Korber

Die Frau Pfarrerin

AUSGEWÄHLTE ERZÄHLUNGEN IV

DIOGENES

Veröffentlicht als Diogenes Taschenbuch, 1978
Lizenzausgabe mit freundlicher Genehmigung
des Birkhäuser Verlags, Basel

20/83/29/2
ISBN 3 257 20572 4

Einleitung des Herausgebers

Die tiefsten Wurzeln von Gotthelfs Religion ruhen im Alten Testament. Er hat zwar, besonders im «Schulmeister» und in «Geld und Geist», auch die christliche Lehre von der Bekehrung und Erlösung unter dem Walten des Heiligen Geistes in mystischer Innerlichkeit dargestellt. Wenn er sich aber genötigt sieht, die entscheidenden Gründe seines Glaubens gegen den modernen Unglauben auszuspielen, beruft er sich auf Gedanken und Vorstellungen, die schon in den alttestamentlichen Patriarchengeschichten zu finden sind.

Gotthelf glaubt noch an eine sichtbare Gemeinschaft des Menschen mit Gott, die ihren Ausdruck im irdischen Dasein findet. Sie beruht auf dem unfehlbaren Wirken der göttlichen Gerechtigkeit im einzelnen Menschenleben wie im ganzen Weltlauf. Das Gesetz der göttlichen Vergeltung regiert unantastbar, im Guten wie im Bösen, als Segen oder Fluch. In den «unheimlichen» Geschichten greift der Fluch der bösen Tat, der Gottlosigkeit, wie in der griechischen Tragödie auf Kinder und Kindeskinder über, bis er durch ein Opfer gesühnt wird. In einer parallelen Reihe von Erzählungen ist es der Segen Gottes, der als ebenso geheimnisvolles Erbe auf einem Menschen, einem Hause liegt.

Fluch und Segen sind für Gotthelf Wirklichkeiten höherer Art, wirklicher als alles, was sich die Menschen in ihrer berechnenden Klugheit als wirklich einbilden. Die arme, fromme Großmutter Käthi besitzt das unwägbare Gut des göttlichen Segens, während der Wohlstand so manches reichen Hauses zerfällt, weil ihm dieses Gut abhanden gekommen ist. Am strahlendsten ruht das Wohlgefallen Gottes auf den seltenen Bauernfamilien, die in altererbtem Reichtum fromm an den Bräuchen der Vorfahren festhalten. Geld und Geist, Besitz und frommer Sinn verbinden sich bei ihnen zu der Harmonie, die seit Abrahams Zeiten der Adel der sichtbar von Gott Gesegneten ist. Ein solcher Gesegneter lebt wie ein heimlicher König im Land, weitherum geehrt und berühmt um seines guten «Namens» willen. Er ist über vieles gesetzt, ein Hort der Ordnung und Sicherheit, in dessen Schatten Menschen und

Tiere, Felder und Wälder gedeihen. In seinem Reichtum liegt der Segen Gottes allen sichtbar vor Augen. Er selbst waltet in seinem Kreis wie ein kleiner Gott oder vielmehr als ein Treuhänder Gottes, wenn er den ererbten und gemehrten Besitz denen hinterläßt, die ihn verdienen, und ihn denen entzieht, die seiner nicht würdig sind. So handelt Hagelhans, so auf seine Art auch der Korber Barthli. Die Erbschaft hat bei Gotthelf immer diese religiöse Bedeutung, er verwendet sie als Sinnbild für das Fortwirken der göttlichen Gerechtigkeit. Deshalb ist sie für ihn ein unerschöpfliches Motiv, das er auch in seinen beglückenden und humoristischen Möglichkeiten immer neu abwandelt.

Gotthelfs gesegnete Menschen sind ganz in der irdischen Welt zu Hause, die ihnen der «Vorhof des Himmels» ist und in der sie sich den Himmel verdienen. Dieses Daheimsein auf Erden wurde von ihm ursprünglich auch politisch verstanden, als ein verantwortliches Mitleben und Mithandeln in der Gemeinschaft, in die der Mensch hineingeboren wird. Er zeichnete seine vorbildlichen Bauern auch als Säulen der gesellschaftlichen und staatlichen Ordnung, die aus gesegneten Individuen bestehen muß, wenn sie von Dauer sein soll.

In einigen Geschichten der Spätzeit jedoch kehrt Gotthelf in die Welt der Armen zurück, deren einziger Besitz das reine Herz ist, in deren unscheinbarem Dasein er sich nicht weniger auskennt als in den reichen Bauernhäusern. Er schildert in ihren Gestalten ein Ideal, das ihm in der leidenschaftlichen Enttäuschung seiner letzten Jahre sichtlich immer mehr als der Inbegriff des guten Lebens aufging. Es sind die Stillen im Lande, die von den Welthändeln Unberührten, die im Schatten stehen und hier noch gesegnet leben, weil sie nichts von der Welt begehren. Ihre Bedürfnislosigkeit ist ihr Schutzengel, sie begnügen sich mit einer dienenden Rolle; mit Vorliebe läßt Gotthelf sie, wie ja auch die Erbbase Zuse und den Korber Barthli, ihr Brot als Hausierer verdienen. Aber in diesem untergeordneten, äußerlich armseligen Leben sind sie auf ihre Weise das, was jeder Mensch sein sollte, unersetzliche und in ihrer Art vollkommene Geschöpfe. Sie haben noch am Wesen der Dinge teil und leben mit ihnen in einer Harmonie, die nicht von der Gnade der Menschen abhängt. Die Welt beachten sie kaum; erst wenn eine solche scheinbar überflüssige Figur verschwindet, bemerken einige das Geheimnis, das sie umgeben hat.

Von einem solchen Leben in gesegneter Armut erzählt *Der Besenbinder von Rychiswyl* (1852 veröffentlicht). Auch Hansli ist sparsam ohne Geiz, auch er hängt an seiner Mutter und sorgt für sie, was das Zeichen seiner Treue zum Herkommen ist. Schon als Bub erkämpft er sich als Besenbinder sein eigenes kleines Lebensreich; es besteht aus den geliebten Bäumen, die ihm die Reiser liefern, und den Häusern in der Stadt, denen er seine Besen verkauft. Er wird ein Künstler seines Faches und wächst dadurch so innig in die Welt ein, daß er den Leuten unentbehrlich und eine Art Respektsperson wird. Den Boden zu seinem Fortkommen legt er mit der zärtlichen Liebe zu «seinen» Bäumen, dank der er in seinem Beruf etwas Besonderes wird – wie kostbar unterscheidet sie sich von Barthlis brummigem Krieg mit den Bauern um die Weidenruten! Den zweiten Hauptschritt tut Hansli mit seiner Heirat. Diese Liebesgeschichte und das Verlobungsgespräch der beiden an der Deichsel des Besenkarrens sind schlechthin unvergleichlich. Sie enthüllen den Stolz und den eigenen Lebensstil, die der echten Armut eingeboren sind. Vor solchen Szenen steht man wie vor einem Wunder. Sie spielen in der Unterwelt des einfachsten, scheinbar primitivsten Volkes, dessen Urgesundheit und fromme Einfalt Gotthelf mit erlesenen Zügen schildert. Die epische Meisterschaft dieser Geschichte ist ihrer Weisheit ebenbürtig, jeder Satz rollt aus einzigartiger Welterfahrung und Menschenkenntnis, aus staunenswertem Wissen um die größten und kleinsten Dinge des Lebens hervor. Im Grund erzählt Gotthelf hier nur einmal mehr, was er seit dem «Uli» immer wieder erzählt, aber es ist, als erzähle er es zum erstenmal. Das kümmerliche Leben eines Besenbinders entfaltet sich so rein und wahr wie das Wachstum einer Pflanze, das ewige Gesetz des Menschenlebens offenbart sich in ihm. Alles bleibt im Gattungshaften. Nicht vom Einmaligen ist die Rede, sondern von der dauernden Ordnung der Dinge. Zu ihr gehört, daß Hansli, eben weil er keinen Reichtum sucht, zuletzt ein wohlhabender Mann wird. Er nimmt die kleine Erbschaft der Schwester, die ihm erlaubt, ein Bauer zu werden, so gelassen hin wie vorher die Armut, aber man bedauert es beinahe, daß sein Leben in der adeligen Unscheinbarkeit ein Ende nimmt.

Unter allen Lastern faszinierte Gotthelf der Geiz als eine dunkelste Form des Bösen, aber auch als eine besonders zeitgemäße. Von den Eltern des Harzer Hans wird erzählt, sie hätten ihren Reichtum heimlich in einem großen Napf verborgen und die einzige Freude ihres Lebens in dem Gedanken an die Verwunderung derer gehabt, die diesen Schatz einst entdecken würden. Das ist das Motiv von *Barthli der Korber*. Diese 1852 entstandene meisterliche Erzählung schildert den Geizdämon nicht als Fluch, sondern als Segen. Auch Barthli, der verschrobene Kobold, spart sich und seinem Kinde das Nötigste vom Mund ab, um heimlich einen schmutzigen Kübel mit Silberstücken füllen zu können. Auch er hadert ewig mit Gott und den Menschen und ist deshalb das Gespött der Leute, besonders der Jugend. Das Hochwasser und die wunderbare Rettung seines Häuschens samt der Tochter und den Geißen machen ihn nur noch zorniger und unzugänglicher. Seine Undankbarkeit gegen Gott grenzt an Vermessenheit, und sein plötzlicher Tod hat etwas von dem Strafgericht, das Harzer Hans endlich zu Fall bringt. Er ist ein wilder Heide an Egoismus und gottloser Brummigkeit, dem einer ins Gesicht sagt: «O Barthli, Barthli, was bist du für e Christ!»

Aber der reiche, adelig fromme Hans Uli, sein Jugendfreund und Schutzgeist, sagt das mit Lachen. Dies alles ist hier in das Licht des Humors getaucht, Gotthelf verklärt es mit seiner ganzen Liebe wie das Heidentum Anne Bäbis. Das eigensinnige, zähe Korbermannli wird ihm zur Verkörperung des Volkes von altem Schrot und Korn, dem der windige Zeitgeist nichts anhaben kann und das mit dem Leben in der Stadt nichts anzufangen weiß. In all seiner Ungelecktheit ist Barthli eine unersetzliche, unnachahmliche Gestalt, ein Mensch, wie er sein soll. «Er war eben eine bei der immer größer werdenden Menge ohne Gepräge immer seltener werdende Persönlichkeit, vor der man eine Art Respekt hat.» Fast dasselbe heißt es von Harzer Hans, aber von Barthli sagt es der

Dichter mit Wohlgefallen. «Dr Alt ist doch immer der Gleiche, den könnte man in einem Mörser zerstoßen von unten bis oben, er bliebe der Barthli und würde um kein Haar anders.» Das liebliche Züseli ist bei aller Scheue aus demselben Holz, und mit satten Strichen sind auch die Menschen um sie herum, etwa der Knecht Benz und die handfeste Wirtin, als Gegenbilder des Zeitgeistes gezeichnet. Noch einmal steht man in Gotthelfs patriarchalischer Bauernwelt, wo die Menschen untereinander und zusammen mit den Tieren, mit der ganzen Natur in der gottgewollten Ordnung leben. Auch der arme Korber hat in ihr seinen festen Platz wie die Großmutter Käthi, weil er einen guten «Namen» besitzt, anders als der trinkfrohe, über den Weltlauf schimpfende Maurer. Darum leisten die Nachbarn Barthli beim Neubau gern die Hilfe, die sie Harzer Hans verweigern. Sein unheimliches Eigenbrötlertum löst sich in Heiterkeit auf, weil das ganze Dorf für die jungen Liebesleute Partei nimmt und dem Alten fröhlich die verhaßte Heirat Züselis einbrocken hilft. Zuletzt gibt es eine der herrlich unsentimentalen Werbungen und Hausstandsgründungen, die Gottfried Keller an Gotthelf besonders gerühmt hat. So wird sogar Barthlis Widerstand gegen alles Neue, den Gotthelf sonst so leidenschaftlich bejaht, ins Lächerliche gezogen.

Aber nur scheinbar. Denn dieser Gnom besitzt in seiner Verbohrtheit eben doch das Geheimnis des gesegneten Lebens. Das Zeichen dafür ist der heimlich gehäufte Schatz, den er wie ein guter Geist in der Sage hinterläßt. Er hat ihn nicht wie Harzer Hans aus blinder Habgier gesammelt, er ist kein Geizhals von der bösen Art. Er hängt an seinem Hort, wie er an allem Erworbenen, Hergebrachten hängt. Sein verborgener Reichtum ist der seltsam schlaue Ausdruck seiner Liebe, die alles «beim Alten bleiben lassen», in der Bahn des rechten Lebens weitergehen lassen möchte. Er ist seinem Geld nicht als einem Dämon verfallen, es ist nicht die Frucht der Gottlosigkeit, sondern einer Frömmigkeit von ergreifender Tiefe. Das zeigt sich am schönsten darin, daß Barthli zwar um keinen Preis ein Geldstück wieder aus dem Kübel nähme, diesen aber seinem Freund übergibt, damit er die Werkleute daraus bezahle. Der Schatz ist sein Heiligtum, von dem er weiß, daß er Gutes birgt, weil er nicht durch Betrug, sondern durch Sparsamkeit entstanden ist. Es gibt einen Unterschied zwischen gutem und bösem, gesegnetem und verfluchtem Besitz, der alle Werke Gotthelfs durchzieht. Der kleine Barthli steht neben dem mächtigen Hagelhans, jenem wohltätigen Dämon, der das Schicksal Ulis endgültig zum Guten wendet. Seine Geschichte ist wie ein Märchen von Alter und Jugend, von alter und neuer Zeit, das man als ein Vermächtnis Gotthelfs lesen muß.

Die Frau Pfarrerin ist seine letzte Dichtung (1855 nach seinem Tod veröffentlicht). Obschon gewisse Einzelheiten, besonders die ungeschickte Umrahmung, die fehlende letzte Hand verraten, weht in dieser Idylle dieselbe ergreifende Abschiedsstimmung wie im «Erdbeerimareili». Auch ihre Heldin ist ein reines Herz, das von der Niedrigkeit der Welt unberührt bleibt. Als schüchternes, rührend dankbares und höfliches Wesen geht auch diese arme Landpfarrerswitwe wie ein verwunschenes Kind durchs Leben. In ihrer friedfertigen Anspruchslosigkeit, ihrer stillen Freude an Blumen und schönem Gemüse ist sie das Gegenteil der Weltunruhe, aber auch ein Bekenntnis ihres leidenschaftlichen Dichters, der hier zum letztenmal die Schönheit der Erde grüßt und sie im Licht des Christuswortes schildert: «Selig sind die Sanftmütigen, denn sie werden das Erdreich besitzen.» Aus einem Nichts entsteht unter seiner Hand eine Köstlichkeit, das Bildnis eines von innen heraus glücklichen Menschen. Der Verfasser des «Schuldenbauers» ist imstande, die Marktfreuden der in die Stadt verschlagenen alten Frau und ihre simple Lebensgeschichte mit feinsten Einzelheiten und zarten Humorlichtern zu einem entzückend leichten Gebilde zu formen. Seine Pfarrerin gehört neben die Gestalten, in denen andere große Dichter der bedrohten Menschenwürde ein Denkmal setzten: neben Grillparzers «Armen Spielmann» und Stifters «Kalkstein», die Geschichte vom armen Pfarrer im Kar. Gotthelf kannte diese Werke nicht, dagegen glaubt man Jean Pauls «Schulmeisterlein Wuz» anklingen zu hören, wenn es heißt: «Wir gestunden ihr offen, ein so vergnügt

Leben sei uns nie vorgekommen, wir hätten es nicht für möglich gehalten. So eine Gabe, nur das Freundliche wahrzunehmen und wohl daran zu leben, bei großer Beschränktheit keinen Mangel zu empfinden, kein Gefühl zu haben für das Bittere, Giftige im Leben, gehe über alle Schätze der Welt.»

Der Besenbinder von Rychiswyl

****

Glücklich möchten alle Menschen werden. Wenn sie reich wären, würden sie auch glücklich sein, meinen die Meisten, meinen, Glück und Geld verhielten sich zusammen wie die Kartoffel zur Kartoffelstaude, die Wurzel zur Pflanze. Wie irren sie sich doch gröblich, wie wenig verstehen sie sich auf das Wesen der Menschen und haben es doch täglich vor Augen!

Die Heilige Schrift sagt, denen, die Gott lieben, täten alle Dinge zum Besten dienen, und so ist es auch. Geld ist und bleibt Geld, aber die Herzen, mit denen es zusammenkommt, sind so gar verschieden; daher erwächst aus den verschiedenen Ehen von Herz und Geld ein so verschiedenes Leben, und je nach diesem Leben bringt das Geld Glück oder Unglück. Aufs Herz kommt es an, ob man durch Geld glücklich oder unglücklich werde. Klar hat Gott eigentlich dies an die Sonne gelegt, aber leider sehen die Menschen gar selten klar die klarsten Dinge, machen sie vielmehr dunkel mit ihrer selbstgemachten Weisheit. Am Besenbinder von Rychiswyl greifen wir aus den hundert Exempeln, an welchen wir die obige Wahrheit angeschaut, eins heraus, welches ein Herz zeigen soll, dem Geld Glück brachte.

Besen sind bekanntlich ein schreiendes Bedürfnis der Zeit und waren das freilich schon seit langen Zeiten. Derartige Bedürfnisse, die täglich und wöchentlich befriedigt sein wollen, gibt es viele in jedem Haus und allenthalben Menschen, welche es sich freiwillig zur angenehmen Pflicht machen, diese Bedürfnisse zu befriedigen. Immer weniger achtet man der Personen, welche dieses tun, wenn man nur das Nötige kriegt und so wohlfeil als möglich. Ehedem war es nicht so: ehedem ward das Besenmannli, das Eierfraueli, das Tuft- oder Sandmeitschi usw. so gleichsam zur Familie gerechnet; es war ein festes Verhältnis, man kannte die Tage, an welchen diese Personen erschienen; je nachdem sie in Hulden standen, ward ihnen etwas Absonderliches verabreicht, und fehlten sie um einen Tag, so entschuldigten sie sich das nächste Mal, als hätten sie eine Sünde begangen, und sprachen sie von ihrem Kummer, man möchte vielleicht geglaubt haben, sie kämen nicht mehr, und sich daher anderweitig versorgt. Sie betrachteten ihre Häuser als die Sterne an ihrem Himmel, gaben sich alle Mühe, sie gut zu bedienen, und wenn sie mit diesem Gewerbe aufhörten oder sich selbst auf einen höheren Zweig beförderten, so gaben sie sich alle Mühe, einem Kinde, einer Base, einem Vetter oder sonst so wem zu ihrer Stelle zu verhelfen. Es war da ein gegenseitig Band von Anhänglichkeit und Vertrauen, welches leider in unserer kalten Zeit, wo alle Familienwärme sich immer mehr verflüchtigt, immer lockerer und loser wird.

Ein solcher Hausfreund war der Besenmann von Rychiswyl, der viel in Bern zu sehen, so recht eigentlich aber in Thun angesehen und beliebt war. An kleineren Orten gestalten sich alle Verhältnisse viel inniger, einzelne Persönlichkeiten werden mehr bemerkt und gelten auch mehr. Eher hätte der Samstag im Kalender gefehlt als an einem Samstag das Besenmannli in Thun. Er war nicht immer das Besenmannli gewesen, sondern lange, lange nur der Besenbub, bis man dahinterkam, daß der Besenbub Kinder hatte, die an seinem Karren stoßen konnten. Sein Vater war ein alter Soldat gewesen und früh gestorben; er war jung, seine Mutter kränklich, Vermögen hatten sie nicht, und betteln gingen sie nicht gerne. Eine ältere Schwester war schon früher ausgewandert, barfuß, und hatte bei einer Frau, welche Tannzapfen und Sägemehl nach Bern trug, ein Unterkommen gefunden. Als sie sich ihre Sporen, das heißt Schuhe und Strümpfe verdient hatte, beförderte sie sich und ward Hühnermagd bei einem Pächter auf einem herrschaftlichen Gute in der Nähe der Stadt. Mutter und Bruder waren stolz auf sie und redeten mit Respekt von dem vornehmen Bäbeli. Hansli konnte die Mutter nicht verlassen, die mußte jemand haben, der ihr für Holz sorgte und sonst half. Sie lebten von Gott und guten Leuten, aber bös.

Da sagte einmal der Bauer, bei dem sie im Haus waren, zu Hansli: «Bub, es dünkt mich, du solltest was verdienen, wärst groß und listig genug.» «Wollte gerne», sagte Hansli, «wenn ich nur wüßte wie.» «Ich wüßte dir was, worin ein schöner Kreuzer Geld wäre; fange an, mit Besen zu machen! In meiner Weide ist Besenreis genug, es wird mir nur gestohlen, und kosten soll es dich nichts als alle Jahre ein paar Besen.» «Ja, das wäre wohl gut, aber wo soll ich das Besenmachen lernen?» sagte Hansli. «Das ist kein Hexenwerk», sagte der Bauer, «das will ich dich schon lehren; machte viele Jahre alle Besen, welche wir brauchen, selbst und wills mit allen Besenbindern probieren. Das Werkzeug ist eine geringe Sache, und bis dus selbst anzuschaffen vermagst, kannst das meine brauchen.»

So geschah es auch, und Glück und Gottes Segen war dabei. Hansli hatte großen Trieb zur Sache und der Bauer große Freude an Hansli. «Spar nicht, mach dSach recht! Mußt machen, daß du das Zutrauen bekommst; hast das einmal, so ist der Handel gewonnen», mahnte der Bauer immer, und Hansli tat darnach. Natürlich ging es im Anfang langsam zu, aber er setzte doch immer sein Fabrikat ab, und im Verhältnis, als es ihm besser von der Hand ging, nahm auch der Absatz zu. Es hieß bald, es habe niemand so brave Besen wie der Besenbub von Rychiswyl. Je augenscheinlicher der gute Erfolg wurde, desto größer ward auch Hanslis Eifer. Seine Mutter lebte sichtbar auf. Jetzt sei es gewonnen, sagte sie; sobald man sein ehrlich Brot verdienen könne, habe man Ursache, zufrieden zu sein, was wolle man mehr! Sie hatte nun alle Tage genug zu essen, gewöhnlich noch was übrig für den folgenden Tag, konnte alle Tage Brot essen, wenn sie wollte. Ja, es war schon geschehen, daß Hansli ihr ein weißes Mütschli heimgebracht aus der Stadt. Wie sie so wohl dran lebte und wie sie Gott dankte, daß er ihr in ihren alten Tagen ein solches Guthaben geordnet!

Hansli dagegen machte seit einiger Zeit ein sauer Gesicht, endlich fing er an zu muckeln, so könne es nicht länger gehen, so stehe er es nicht aus. Als ihn endlich der Bauer fragte, was das bedeuten solle und was er eigentlich meine, kam es heraus, daß er nicht imstande sei, die Besen zu tragen; auch wenn sie ihm der Müller zuweilen führe, so sei es ihm sehr unkommod, er sollte notwendig einen Karren haben, die Besen zu ziehen, das gehe ringer, und er komme weiter. Er habe aber das Geld nicht dazu und wisse niemand, der ihm es leihen würde. «Bist ein dummer Bub», sagte der Bauer. «Hör du, werde mir nicht einer von denen, welche meinen, wenn ihnen was durch den Kopf schieße, müsse es angeschafft sein! So kann man das Geld brauchen und Andern die Fische ins Netz jagen. Jawolle, du einen Karren kaufen! Mach einen!»

Mit offenem Maul und Augen, in denen das Weinen im Anzuge stand, sah Hansli den Bauer an. «Ja, mach einen, das bringst zweg, wenn du nur willst und Fleiß hast», fuhr der Bauer fort. «Du kannst ziemlich schnitzeln, und was du nicht weißt, kann ich dich brichten. Das Holz wird dich nicht viel kosten; was ich nicht habe, hat ein anderer Bauer, kannst Besen dafür geben. Zum Beschläg wird sich altes

Eisen wohl auch finden in einer Kammer. Wir haben auch noch so ein alt Karrli irgendwo; wollen es hervorreißen, kannst es wohl ins Auge fassen und einstweilen meinethalb brauchen. Der Winter ist vor der Türe, dann kannst drangehen, im Frühjahr ists fix und fertig, und nicht manchen Batzen hast dafür ausgegeben. Kannst es vielleicht auch beim Schmied mit Besen machen, und vielleicht kann man es ohne Schmied auch machen, wer weiß.»

Jetzt machte Hansli wieder große Augen: er und einen Karren machen! «Was denkst, wie wollte ich das können, habe ja noch nie einen gemacht!» «Du dummer Bub!» fuhr der Bauer auf; «einmal muß immer das erste sein, kuraschiert dranhin, so ist es halb gemacht. Glaubs, wenn die Leute das rechte Kurasch hätten, es säße Mancher, der als Bettler herumläuft, im Gelde bis über die Ohren, und nicht etwa gestohlenes, sondern rechtmäßig erworbenes.» Hansli hätte fast den Bauer fragen mögen, ob er Verstand habe oder keinen. Es kam ihm vor, als täte er ihm ein großes Unrecht an, so was ihm zuzumuten.

Indessen, der Gedanke ergriff doch Hansli; Hansli ging sachte drauf ein, ungefähr wie ein Kind in kaltes Wasser. Der Bauer half, und im Frühjahr war der neue Karren fix und fertig, am Dienstag nach Ostern zog ihn Hansli zum erstenmal nach Bern, am Samstag darauf zum erstenmal nach Thun. Was Hansli für einen Stolz hatte und für eine Freude an seinem neuen Karren, davon kann sich schwerlich jemand eine richtige Vorstellung machen. Wenn man ihm auch den Ostermontagstier, der tags zuvor in Bern herumgeführt worden war und wohl seine fünfundzwanzig Zentner wog, zum Tausch angeboten, er hätte das Anerbieten mit großem Hohn von der Hand gewiesen. Es schien ihm, als stünden alle Leute still und schauten auf seinen Karren, und wo er zu Platz kommen konnte mit Reden, da zeigte er mit beredter Zunge alle Vorteile, welche dieser Karren vor allen habe, welche bisher auf der Welt gewesen. Er behauptete mit großer Bestimmtheit, er gehe ganz von selbst; nur bergan müsse man etwas nachhelfen. Eine Köchin sagte, sie hätte nicht geglaubt, daß er so geschickt wäre; wenn sie einen Karren nötig hätte, er müßte ihr auch einen machen. Diese Köchin erhielt, so oft sie ihm Besen abkaufte, zwei ganz kleine Handbeselchen für den Herd obendrein; die sind sehr kommod für Köchinnen, welche auch die Ecken gerne rein haben. Das sind die, welche sich auch an den Werktagen waschen und sogar hinter den Ohren, so gar häufig sind die aber nicht.

Erst jetzt kam Hansli so recht in Eifer, sein Karren war ihm sein Bauernhof, und er war fleißig mit großer Freudigkeit, und Freudigkeit ist ganz was anderes als Verdrießlichkeit; sie verhalten sich zu einander wie ein scharfes und ein stumpfes Beil beim Holzhacken. Die Bauern in Rychiswyl hatten große Freude an dem Jungen. Es war keiner, der ihm nicht sagte: «Wenn du Reiser mangelst, so nimm nur in meiner Weid, aber gschände mir die Birken nicht und denk an mein Weibervolk, das braucht dir Besen, es weiß kein Teufel wieviel das Jahr durch.» Das tat denn auch Hansli und war den Bäurinnen grusam anständig. Für Besen hatte man kein Geld auszugeben, das Männervolk sollte sie liefern. Nun weiß man, wie das geht, ist dasselbe ja oft zu faul zum Holzspalten, geschweige denn zum Besenmachen. So geschah es denn oft, daß die Weiber in große Besennot kamen, ja daß der Hausfriede mächtig wackelte. Jetzt war Hansli da mit Besen, ehe man dran dachte, und sehr selten geschah es, daß eine Bäurin sagen mußte: «Hansli, vergiß uns nicht, wir sind am Letzten!» Zudem waren die Besen gut, ganz anders als die, welche das Mannsvolk mit Unlust zusammengebaggelt, die auseinanderfuhren oder stumpf waren, als wären sie gemacht aus Haferstroh.

Diese Besen gab Hansli natürlich umsonst, und doch waren es nicht die wohlfeilsten, welche aus seinen Händen gingen. Nicht wegen der Birkenreiser, welche er umsonst hatte, sondern wegen der Gaben, welche sie ihm das Jahr durch eintrugen an Brot, Milch und allerlei derart Dinge, welche eine Bäurin zur Hand hat und nichts rechnet. Selten wurde an einem Orte gebuttert, daß es nicht hieß: «Hansli, morgen anken wir; wenn du einen Hafen bringst, kannst Ankenmilch haben.» Obst hatte er mehr, als er brauchte, und Brot brauchte er wenig zu kaufen.

So konnte es nicht fehlen, daß Hansli sich gut stand, denn er war sparsam. Wenn er an den Tagen, wo er in die Städte fuhr, einen Batzen brauchte, so war es viel. Am Morgen sorgte die Mutter dafür, daß er tapfer frühstücken konnte, dann steckte er meist noch etwas zu sich; hie und da kriegte er etwas in einer Küche, wo er wohlbekannt war. Endlich meinte er nicht, es müsse alsbald gegessen sein, wenn es einen gelüste. Hunger haben mache gar nichts, wenn man wisse, wann man zu essen bekomme, es dünke einen nur desto besser. Aber Hunger haben und nicht wissen, ob man je wieder was zu essen kriegt, das tue weh. Das wußte Hansli, daß sobald er heimkam und seine Sachen geschermt, er essen konnte bis genug, dafür sorgte die Mutter treulich. Sie wußte, was das für eine Bedeutung hat, ob ein Mensch, wenn er heimkömmt, zu essen findet oder nicht findet. Wer da weiß, er findet daheim, der kehrt nicht ein, bringt einen leeren Magen heim, und wie er ihn füllt, wird es ihm wohl daheim. Wer nichts findet daheim, füllt draußen und bringt einen vollen Kopf heim, der ist nicht wohl daheim, sondern tut wüste.

Hansli war nicht geizig, aber sehr sparsam; für nützliche, anständige Sachen reute ihn das Geld nicht. In Essen und Kleidern wollte er, daß die Mutter es recht habe; er schaffte sich ein gutes Bett an, große Freude hatte er, wenn er ein schönes, gutes Messer oder ein ander Stück Werkzeug kaufen konnte. Er selbst kam brav daher, nicht kostbar, aber währschaft. Wer ein gutes Auge hat, sieht es den meisten Menschen und Häusern an, ob es da auf- oder abgehe. Bei Hansli war das Aufgehen recht sichtbar, aber eben nicht in der Hoffart, sondern in der Reinlichkeit und Sorgfältigkeit. Daran hatten die Bauern große Freude und mochten es Hansli von Herzen gönnen, kam er doch nicht mit Stehlen zu seiner Sache, sondern durch Fleiß. Dabei ließ er vom Beten nicht, machte am Sonntag nicht Besen, ging in die Kirche des Morgens, las nachmittags der Mutter, deren Augen stark böseten, ein Kapitel vor und gönnte sich dann später wohl auch ein Privatvergnügen. Dieses bestand darin, daß er sein Geld hervorholte, es zählte und betrachtete und rechnete, wie es gemehret und wie es noch mehr mehren werde usw. Unter dem Gelde waren schöne Stücke, überhaupt meist sauberes Silbergeld. Hansli war stark auf das Eintauschen, er nahm gerne Münze ein, aber bewahrte sie nicht gerne auf; es dünkte ihn immer, der Wind komme gar zu leicht dahinter und trage sie fort. Die größte Freude hatte er an blanken, neuen Silberstücken, den schönen Bernertalern mit dem Bären und dem stattlichen Schweizermann. Wenn er ein solches erhaschen konnte, war er manchen Tag glücklich.

Er hatte aber auch Verdruß und seine bitterbösen Tage. So zum Beispiel war es ein böser Tag für ihn, wenn er einen Kunden verloren hatte oder verloren glaubte, wenn er gerechnet hatte, in einem Hause ein Dutzend Besen abzusetzen, und mit dem Bescheid: «Sind schon versehen» barsch abgewiesen wurde. Es war vielleicht eine neue Köchin eingezogen, und die wußte nichts vom bekannten Besenbub und ließ ihre harthölzige Stimme die Treppe herunter erschallen: «Wir mangeln keine!» Nun dachte Hansli nicht an die wahre Ursache, wußte nicht, daß man an Orten mit den Köchinnen wechseln muß wie mit den Hemden, manchmal fast noch öfter. Er meinte dann wunder, was er gefehlt, ob ein Besen nicht recht gebunden gewesen, ob er verleumdet worden? Er nahms sehr zu Herzen, es irrte ihn im Schlafen; er ruhte nicht, bis er den wahren Grund vernommen. Später nahm er es aber auch kaltblütiger, selbst wenn eine Köchin, der er wohl bekannt war, ihn wegschnauzte. Er dachte, Köchinnen seien sozusagen auch Menschen, und wenn Herr oder Madame die Köchin schnauzten, weil sie die Suppe verpfeffert und die Sauce versalzen, dieweil ihr Schatz ins Land gegangen, wo der Pfeffer wächst, so hätte die Köchin auch Menschenrechte und könne wieder Andere abschnauzen.

Doch noch bösere Tage machte ihm Folgendes, und das lernte er nie kaltblütig nehmen. Seine Birken kannte er nachgerade alle, ja für sich hatte er den Weiden und sogar einzelnen Bäumen bestimmte Namen gegeben, den schönsten Birken schöne Namen, Anne Mareili zum Beispiel, Liseli, Röseli, Sternenblume usw. Diese Bäume freuten ihn das ganze Jahr über, er teilte die Lust, ihnen ihre Reiser abzunehmen, sich ordentlich ein, behandelte die Bäume mit Zärtlichkeit, brachte die Besen von denselben seinen liebsten Kunden. Das waren denn auch wirkliche Staatsbesen, die diesen Namen besser verdienten als mancher andere Besen. Wenn er aber dann voller Freude in die Weide kam, und sein Röseli, seine Sternenblume waren greulich gestumpet, der ganze Baum arg mißhandelt, dann tat es ihm im Herzen so weh, das Wasser lief ihm dBacke ab, und vor Zorn ward allmählig sein Blut so heiß, daß man Schwefelhölzer daran hätte entzünden können.

Das machte ihm lange böse Tage, er konnte es nicht verwinden; er trachtete nach nichts, als den Frevler in die Finger zu kriegen, nicht wegen des Wertes der Reiser, sondern weil er ihm seinen Baum geschändet. Hansli war nicht groß, aber er wußte Kraft und Glieder wohl zu brauchen und hatte ein kuraschiertes Herz. Da wars, wo er der Mutter nicht gehorchte, wenn sie ihm um Gottes willen anlag, er solle doch die Sache vergessen, er habe ja Reiser genug, er solle ja nicht nach den Tätern trachten, sie könnten ihn töten oder sonst unglücklich machen. Aber dem allen frug Hansli nichts nach, er lauerte und strich herum, bis er jemand kriegte. Dann gabs Schläge, und mächtige Kämpfe geschahen in den einsamen Weiden. Manchmal siegte Hansli, manchmal kam er gezaust nach Haus.

Aber das gewann er in alle Wege, daß man mehr und mehr seine Weiden in Ruhe ließ, wie es immer geht, wo etwas mit nachhaltiger Tapferkeit verteidigt wird. Warum soll man sich Schlägen aussetzen um etwas, das man anderwärts ohne Gefahr sich verschaffen kann! Zudem hatten die Rychiswyler Bauern Freude an ihrem mutigen kleinen Bannwart. Wurde er einmal gezaust, so sagte ihm wohl der oder dieser: «Es macht nichts, der muß seine Heiligen wieder haben. Sag es mir, wenn du wieder was merkst, ich will dann auch dabei sein; dem wollen wir das Besenhauen ein für allemal verleiden.» Dann sagte es Hansli, wenn er was merkte; der Bauer versteckte sich, Hansli tat den Angriff; der Gegner in der Meinung, er sei der Stärkere, floh nicht, wartete, wollte es machen wie das vorige Mal. Hatte Hansli einmal gefaßt, ließ sich der Bauer hervor. Dann wohl, dann hätte der Frevler gerne Fersengeld gegeben, aber Hansli ließ nicht los; er mußte herhalten, bis er den Buckel voll Schläge und den Kopf ohne Haare hatte. Das war ein sehr wirksames Mittel gegen das Birkenplündern, Mareili und Bäbeli blieben nachgerade so ziemlich sicher in den einsamsten Weiden.

So trieb es Hansli manches Jahr in ganz kurzweiliger Einförmigkeit, dachte gar nicht daran, daß es anders gehen könnte. Eine Woche ging ihm um wie der Zeiger an der Uhr, er wußte nicht wie; ehe er sichs versah, war es Dienstag, wo er nach Bern fuhr, und kaum war der Dienstag zum Loch aus, war der Samstag da, wo er nach Thun mußte, er mochte wollen oder nicht, denn wie hätte man es in Thun machen sollen ohne ihn! Zwischendurch hatte er die Hände voll zu tun, seine Ladungen zu bereiten, Nachbarsleuten zu genügen, das heißt solchen, welche ihm anständig waren. Unser Hansli war auch ein Mensch, und jeder Mensch, wenn er immer dazu kommen mag, hat gnädige und ungnädige Launen. Wer ihn leicht je getreten, der mußte es klug anfangen, wenn er Besen von ihm kriegen wollte. Der Frau Pfarrerin zum Beispiel hätte er nicht für das doppelte Geld einen Besen abgelassen; sie mochte schicken, wann sie wollte, so war es ihm immer leid, daß er keine vorrätig hätte. Sie hatte ihm einmal gesagt, er mache es wie Andere, er tue einige lange Reiser außenum, in der Mitte sei dann lauter kurzes Gstümpel. In diesem Falle komme es ja auf eins heraus, ob sie ihre Besen bei ihm oder bei jemand anders nehme, sagte er darauf, und dabei blieb er, und die Frau Pfarrerin starb, ehe sie wieder einen Besen von ihm bekommen hatte.

Eines Dienstages fuhr er wieder auf Bern mit schwer beladenem Karren, den schönsten Besen von seinen liebsten Bäumen, von Röseli, Sternenblume usw. Er zog mit Mühe und schwitzte stark. Er dachte, es sei kurios, sein Karren gehe nicht mehr so von selbst wie anfangs, er müsse gar zu schlimm ziehen, es werde wohl irgendwo fehlen. Er hielt öfters an, um zu Atem zu kommen und die Stirne abzuwischen. Wenn er nur den Stalden auf wäre, der mache ihm Kummer, dachte er. So hielt er auch still beim Murihölzli gerade vor der Leubank. Auf der saß ein Mädchen mit einem Bündelchen neben sich und weinte bitterlich. Hansli hatte ein gut Herz und fragte: «Was weinst?» Das Mädchen sagte, es sollte in die Stadt, und es sei ihm so zwider, es dürfe fast nicht. Sein Vater sei ein Schuhmacher und habe seine beste Kundschaft in der Stadt. Da habe es schon lange Schuhe hineingetragen und nichts anders gewußt. Jetzt habe es in der Stadt einen neuen Haschierer gegeben, gar e grusam bösen; der habe es schon mehrere Dienstage, wenn es zum Tore hereingekommen, schrecklich geplagt und ihm gedroht, wenn es noch einmal komme, so nehme er ihm die Schuhe weg und es müsse ins Gefängnis; es sei verboten, Schuhe in die Stadt zu tragen und damit zu hausieren. Es hätte sagen mögen, was es gewollt, alles habe nichts geholfen. Es habe dem Vater angehalten, er solle es nicht mehr schicken, aber der sei gar ein Exakter und Preußischer; der habe gesagt, es solle nur gehen, er wolle dann schon sehen, wenn man ihm was tue. Aber was ihm das helfe? dSach hätte es dann ausgestanden und die Schande gehabt, daß die Haschierer es genommen.

Hans fühlte großes Mitleiden, besonders weil das Mädchen solch Zutrauen zu ihm hatte und ihm sein Leid geklagt, was es wohl nicht jedem getan. Aber es hab es ihm auf den ersten Blick angesehen, daß er nicht der Wüsteste sei und was für ein Herz er habe, dachte er. Der gute Hansli! Aber der Glaube mache selig, heißt es.

«Meitschi, da ist dir z'helfe», sagte er; «gib mit deinen Sack, ich kann ihn zwischen die Besen tun, daß ihn kein Mensch sieht. Ich bin wohlbekannt, da kommt keinem Menschen in Sinn, daß deine Schuhe zwischen meinen Besen sind. Kannst mir sagen, wo ich sie abgeben oder dir warten soll, und von weitem hinterdrein gehen, daß es keinem Menschen zSinn kömmt, daß wir etwas mit einander hätten.» Das Mädchen machte keine Komplimente. «Wolltest?» frug es mit aufgeheitertem Angesicht, «das ginge mir viel zu gut.» Es brachte den Bündel, und Hansli barg ihn, daß keine Katze was davon merken konnte. «Soll dir stoßen oder helfen ziehen?» fragte das Mädchen, als ob es sich von selbst verstehe, daß es das Seine beitrage. «Wie du lieber willst, eigentlich wärs nicht nötig; gschweret hats wegen der paar Schuhe nicht.»

Anfangs stieß das Mädchen hinten am Karren, doch nicht lange gings, so war es vorne und zog an der Stange. Es dünke ihm, es schicke sich ihm hier besser, sagte es. Es zog brav, man kann sichs denken, und hatte doch noch Atem genug, zu reden und beiher von allem Bericht zu geben, was ihm im Kopf und auf dem Herzen lag. Sie waren oben am äußern Stalden, Hansli wußte nicht wie; die lange Allee schien ihm um die Hälfte kürzer geworden zu sein. Hier blieb nach getroffener Abrede das Mädchen zurück, und Hansli zog mit Bündel und Besen unangefochten zur Stadt ein, unangefochten gab er dem Mädchen sein Bündel; aber ehe sie noch weiter mit einander gesprochen, ehe das Mädchen gedankt, wurden sie durch die Flut von Leuten, Vieh und Fuhrwerk auseinandergedrängt, Hansli mußte sorgen, daß sein Karren ihm nicht entzweigerissen werde.

Somit war die Bekanntschaft aus. Es ärgerte Hansli ein wenig, doch sann er der Sache nicht weiter nach, geschweige daß er es zu Herzen nahm. Wir können leider nicht sagen, das Mädchen hätte einen unauslöschlichen Eindruck auf ihn gemacht, es war auch nicht darnach. Es war ein vierschrötig Ding mit breitem Gesicht, ihre größten Schönheiten waren ein gutes, treues Herz und unermüdlicher Fleiß; diese Züge stechen aber gewöhnlich nicht besonders hervor, und Viele halten nicht einmal viel darauf.

Am folgenden Dienstag jedoch, als Hansli wieder den Karren zog, kam er ihm sehr schwer vor; er hätte nicht geglaubt, sagte er zu sich selbst, was das mache, wenn Zwei dran zögen statt nur eins. «Ists wohl wieder da?» sagte er, als er gegen das Murihölzli kam, «ich wollte ihm gerne sein

Säckli nehmen, wenn es wieder ziehen hülfe; es geht ohnehin nirgends so sauer als von hier bis in die Stadt.» Und richtig, das Mädchen saß da auf der Leubank wie vor acht Tagen, weinen tat es aber nicht. «Hast mir wieder was zu laden?» frug Hansli, dem der Karren schon vom bloßen Sehen des Meitschi ganz leicht wurde.

«Es ist mir doch nicht bloß wegen diesem, daß ich da sitze; wenn ich schon nichts in die Stadt zu tragen gehabt, ich wäre gekommen», antwortete das Mädchen; «konnte dir vor acht Tagen nicht einmal danken und fragen, obs was koste.» «Das fehlte mir noch, gingest mir ja für ein Handroß, und fragte dich auch nicht, was du fürs Ziehen wollest.»

Wie wenn es sich von selbst verstünde, brachte das Mädchen sein Bündel, Hansli barg es, und als ob es es gelernt, stellte sich das Mädchen an die Stange. Es hätte erst gedacht, als es schon von Hause gewesen, es hätte einen Strick mitnehmen sollen, den man hinten am Wagli hätte befestigen können, so könnte es viel mehr abbringen. Das andere Mal aber, wenn es komme, wolle es den Strick nicht vergessen. Dieses Bündnis in Betreff gegenseitiger Hülfeleistung ging ohne weitläufige diplomatische Verhandlung zu, daß einfacher es wirklich kaum möglich war. Diesmal traf es sich, daß sie auch zusammen heimwanderten, soweit ihre Wege zusammengingen; doch so klug waren Beide, daß die Haschierer sie nie zusammen im Tore sahen.

Die Mutter hatte seit einiger Zeit sonderbare Freude an Hansli. Es däuchte sie, er sei so aufgeheitert, sagte sie, er könne den ganzen lieben langen Tag pfeifen oder singen, und er pützerle sich zweg, es habe keine Gattig. Er habe sich letzthin eine halbleinene Kutte machen lassen, er komme darin so staadisch, nit viel gefehlt, wie der Landvogt. Sie möge es ihm aber auch gönnen, er sei so gut gegen sie; der liebe Gott im Himmel wolle es ihm vergelten, sie könne es nicht, sie könne nichts als für ihn beten. Es sei denn aber doch nicht, daß er alles an die Hoffart hänge, er habe Geld auch. Sie glaube gewiß, wenn der das Leben habe und Gottes Segen, der bringe es einmal zu einer Kuh; von einer Geiß habe er schon lange geredet, aber sie werde es nicht erleben, es sei auch nicht, daß sie so dran hange und meine, es müsse sein.

«Mutter», sagte einmal Hansli, «ich weiß nicht, wie es geht, ob der Karren schwerer wird oder ich schwächer, ich mag ihn seit einiger Zeit fast nicht mehr allein z'regieren; es geht mir hart an, besonders nach Bern hinein, es geht da so viel bergauf.» «Glaubs wohl», sagte die Mutter, «warum ladest alle Wochen mehr auf; es grusete mir schon manchmal für dich, von wegen, das gibt böse Alter. Dem ist aber gut zu helfen, lade drei oder vier Dutzend weniger, dann magst wohl gfahren wie ehedem.» «Mutter, das kann ich nicht wohl», sagte Hansli, «habe ohnehin fast immer zu wenig, und zweimal in der Woche zu fahren, habe ich nicht Zeit; Thun will ich auch nicht fahren lassen, habe meine besten Leute dort.» «Hansli, und wenn du sehen würdest, ein Eselein zu bekommen? Habe schon oft davon gehört, wie das die allerkommodsten Tiere seien; sie kosteten fast nichts, sie fräßen fast nichts und ganz unwerte Sachen, zögen trotz einem Roß, und sogar die Milch könnte man brauchen – nit, daß ich möchte, aber um so zu sagen.»

«Nein, Mutter», sagte Hansli, «sie sollen auch bsunderbar köpfig sein, so daß man längs Stück nichts mit ihnen machen kann, und für was sollte ich es die fünf anderen Tage brauchen? Nein, aber Mutter, ich hatte an eine Frau gedacht, was sagt Ihr dazu?» «Aber Hansli, warum nicht lieber an eine Geiß oder an einen Esel, was dir nicht zSinn kommt! Was willst mit einer Frau machen!» «He, Mutter, öppe was ein Anderer», sagte Hansli, «dann dachte ich, könnte sie mir helfen den Karren ziehen; es ginge mehr als einmal so leicht, wenn mir eine hülfe, und in der Zwischenzeit könnte sie pflanzen und helfen Besen machen, wo man weder eine Geiß noch einen Esel dazu anweisen kann.» «Aber Hansli, meinst denn, du findest eine, die dir hilft den Karren ziehen und die für andere Sachen auch noch was nütze ist?» frug bedenklich die Mutter. «O Mutter, es ist eine, welche mir schon oft geholfen hat den Karren ziehen», antwortete Hansli, «und die wäre noch für mehr Sachen gut; aber ob sie die Frau werden wolle, habe ich nicht gefragt. Ich dachte, ich wolle es Euch zuerst sagen.» «Du Dillersbub, was du mir nicht sagst! Jetzt ist mir nicht mehr zu helfen!» rief die Mutter. «Was, bist du auch so einer? Das hätte ich unserm Herrgott nicht geglaubt, wenn er es mir gesagt hätte. Was, eine hat dir am Karren geholfen, und hast sie expreß angestellt dafür? Nein aber, jetzt traue einer noch einem Menschen!»

Da erzählte Hansli die Umstände, wie das so zufällig sich getroffen und wie das ein Meitschi sei, gerade wie für ihn gemacht, exakt wie eine Uhr, nicht hoffärtig, nicht vertunlich, und ziehen tue es, er wette, ein mittelmäßig Kuhli möchte es nicht. Geredt mit ihm derentwege habe er nicht, aber er glaube, unanständig sei es ihm nicht. Es habe oft gesagt, z'heiraten pressiere es ihm aparti nicht, aber wenns es zu machen sehe, daß es nicht noch böser es haben müßte als jetzt, da besänne es sich nicht lang und täts. Es wüßte doch dann auch, für was es auf der Welt wäre. Die jüngeren Geschwister wüchsen nach, und es wisse wohl, wie das gehe; die jüngeren seien immer werter als die älteren, und man sinne den älteren nicht daran, daß sie die jüngeren haben nachschleppen müssen.

Das gefiel der Mutter nicht schlecht, und je mehr sie das Unerwartete verwand und über die Sache nachdachte, desto anständiger kam es ihr vor. Sie legte sich auf Nachricht an und vernahm: Schlechtes wisse man nicht von ihm, es gehe den Eltern brav an die Hand; daneben z'fischen werde es da nicht viel geben. He nun so dann, desto besser, dachte die Mutter, so hat doch dann Keins dem Anderen was vorzuhalten.

Als am Dienstag Hansli den Karren rüstete, sagte ihm die Mutter: «He nun so dann, so red mit dem Meitli! Wenn es will, mir ists recht, aber nachlaufe tue ich ihm nicht; es soll am Sonntag zu uns kommen, so kann ich es gschauen, und man kann mit einander reden. Wenns gattlig tun will, so wird es schon gut kommen, einmal wird es doch sein müssen.» «He, Mutter, das steht nirgends geschrieben, daß es sein müsse; ists Euch nicht anständig, so kann man es ja unterwegen lassen», entgegnete Hansli. «Stürm nur nit und fahr du jetzt und sag dem Meitli, wenn es mich für die Mutter halten wolle, so solle es mir Gottwillche sein.»

Hansli fuhr und fand sein Meitschi, und als Hansli in der Stange, das Meitschi jetzt am Strick wacker zogen, sagte er: «Es geht doch mehr als ds Halb ringer, wenn Zwei einander helfen und am gleichen Karren ziehen. Ich war am letzten Samstag in Thun und mußte mich fast töten.» «Habe es schon oft gedacht», sagte das Meitschi, «es sei einfältig von dir, daß du nicht jemand anstellest; es ging dir alles halb so leicht, und der Verdienst wär größer.» «Was willst», sagte Hansli, «bald sinnet man zu früh auf eine Sache, bald zu spät, man ist halt gäng e Mensch. Aber jetzt däucht es mich, ich möchte eine anstellen; wenn du wolltest, du wärst mir gerade recht. Ich wollte dich heiraten, wenn es dir anständig ist.» «He, warum nicht, wenn ich dir nicht z'wüst und z'arm bin», antwortete das Meitschi. «Hast mich einmal, so nützt dich dann das Verachten nichts mehr. Ich werde es auch nie viel besser treffen; öppe einen bekömmt man immer, aber dann was für einen! Mir bist brav genug, hast Sorg zur

Sache und wirst e Frau nit für e Hund haben.» «He, sie kann es haben wie ich, und ist ihr das nicht gut genug, so kann ich nicht helfen», antwortete Hansli. «Aber ich denke, schlimmer, als dus bisher gehabt, würdest du es bei mir nicht haben. Ists dir recht so, so sollst am Sonntag zu uns kommen; die Mutter läßt dir sagen, du sollest Gottwillche sein, wenn du sie für die Mutter halten wollest.» «He», sagte das Meitschi, «was sollte ich anders; bins gewohnt, die Mutter für die Mutter zu halten, mich zu unterziehen und es anzunehmen, wie es kömmt, böser und minder böse, sauer und minder sauer. Habe nie geglaubt, ein böses Wort mache ein Loch, da hätte ich ja kein Stück Haut einen Kreuzer groß am ganzen Leib.» Daneben wolle es, wie üblich und bräuchlich, Vater und Mutter vorbehalten haben. Daneben werden die nichts dagegen haben, es seien ihrer noch genug daheim, und sie würden froh sein, vorabzustoßen, was gehen wolle.

So war es auch. Am Sonntag erschien das Meitschi richtig zu Rychiswyl. Hansli hatte es gut brichtet, so daß es nicht lange zu fragen brauchte, wo der Besenbinder wohne. Die Mutter examinierte es gut über Pflanzen und Kochen, wollte wissen, was es bete und ob es lesen könne im Testament und auch in der Bibel. Es sei für die Kinder bös, und die hätten sich dessen zu entgelten, wenn eine Mutter sich nicht darauf verstehe, sagte die Alte. Ihr gefiel das Meitschi, und die Sach ward richtig. «Eine Schöne hast nicht», sagte sie vor dem Meitschi zu Hansli, «und wegem Reichtum wirst auch nicht viel zu rühmen haben. Daneben macht das nichts; von der Hübschi hat man nicht gelebt, und mit dem Reichtum ward schon Mancher angeschmiert, daß er meinte, wie eine Reiche er habe, und hinterdrein konnte er dem Schwäher die Schulden zahlen. Wenns gsunder Art ist und werkbar, so wird die Sache sich schon machen. Ein paar gute Hemli und eine doppelte Kleidung, daß du am

Sonntag und Werktag nicht gleich daherkommen mußt, sondern dich anders anziehen kannst, wirst du wohl haben.» «Bhüetis ja», sagte das Meitschi, «wegen selbem braucht Ihr keinen Kummer zu haben. Ich habe ein ganz neues Hemd, zwei ganz gute und dann noch viere, die aber nicht mehr alles sind. Aber die Mutter hat gesagt, ich müsse noch eins haben, und der Vater hat gesagt, er wolle mir die Hochzeitschuhe machen, und sie sollen nichts kosten. Dann habe ich noch eine bsunderbar gute Pate, die gibt mir allweg auch etwas Schönes, vielleicht gar ein Pfänneli oder ein Breitöpfi, und wer weiß, obs da nicht einmal was zu erben gibt! Sie hat zwar Kinder, aber die könnten sterben.»

Gegenseitig vollkommen befriedigt, besonders von des Mädchens Seite, welchem die Wohnung, die sauber gehalten war, neben ihrem Schuhmacherloch voll Leder, Leisten und Kinder wie ein Palast vorkam, gingen sie auseinander, um bald wieder zusammenzukommen und zusammenzubleiben. So geschah es auch, Einspruch gab es keinen, die Vorbereitungen nahmen ebenfalls nicht Monate weg, neue Schuhe und ein neues Hemd sind bald gemacht, wenn man nämlich die Sachen dazu hat, und nach vier Wochen zog Hansli zu Zwei den Karren nach Thun, und kurios war es, der alte Karren ging wieder ganz leicht und wie von selbst. Er hätte nicht geglaubt, daß ein Karren sich so zum Guten ändern könnte, es könnte mancher Mensch an ihm ein Exempel nehmen.

Um Hansli reute es manches Mädchen. Den hätte es auch mögen, dachte es; wenn es geglaubt, dem pressiere es, so hätte es ihm schon in den Weg kommen wollen, daß er das Plättergesicht nicht mit dem Rücken angesehen. Es hätte nicht geglaubt, daß Hansli so dumm wäre, der hätte ganz anders weiben können, wenn er es gewußt hätte anzustellen; der werde noch reuig werden vor der nächsten Fastnacht, aber es möge es ihm gönnen; selber tan, selber han. Aber Hansli war nicht so dumm und ward nicht reuig, er hatte grade ein Fraueli, wie es für ihn paßte, ein demütiges, arbeitsames, genügsames Fraueli, dem es bei Hansli war, als hätte es den Himmel erheiratet.

Gar lange freilich half es dem Hansli den Karren nicht ziehen, der mußte bald wieder einspännig fahren. Aber als einmal ein Bube da war, tröstete er sich; ein bsunderbar Munterer sei er, sagte er, im Hui sei der nachgewachsen, daß er ihm helfen könne, und unversehens ziehe der den Karren alleine. Sein Fraueli wollte zwar bald wieder sich einspannen. Wenn sie sich pressierten mit Heimkommen, so möge es der Bub wohl aushalten, die Großmutter gebe ihm unterdessen schon zu trinken, meinte es. Aber der Bub meinte es anders, wohl, der machte ihnen den Marsch. Sie hatten sehr pressiert mit dem Heimfahren, aber noch waren sie mehr als eine halbe Stunde vom Hause entfernt, als das Fraueli ausrief: «Mein Gott, was hört man?» Es waren Töne, als ob man ein junges Schwein am Messer hätte. «Mein Gott, was ist dort, was hats gegeben!» rief wiederum das Fraueli, ließ den Karren fahren und lief davon. Es war die Großmutter, welcher der Bub mit Brüllen den Angstschweiß ausgetrieben und die sich nicht anders zu helfen wußte, als ihn der Mutter entgegenzutragen in tausend Ängsten, er falle in Krämpfe. Der schwere Bub, die Angst und das Laufen hatten die alte Frau so außer Atem gebracht, daß es die höchste Zeit war, daß jemand ihr den Bub abnahm. Sie war außer sich, und lange gings, bis sie sagen konnte: «Nein, so will ich nicht dabei sein, so einen Handlichen habe ich mein Lebtag nie gesehen, lieber will ich den Karren ziehen.» Die guten Leute erfuhren es, was es heißt, einen Zwingherrn im Hause zu haben, wenn es auch nur ein kleiner war.

Das tat aber ihrem Haushalt keinen Abbruch; das Fraueli

waltete verzweifelt brav daheim, pflanzte viel, half Besen machen, überstürzte nichts, aber machte immer was, als ob es nie müde würde, und alles ging ihm flink von der Hand. Hansli war ganz verwundert, wie gut er zweg kam mit einer Frau und wie sein Geld sich mehrte. Er empfing ein Ackerli, die Mutter erlebte eine Geiß, als käme sie von selbst, und bald zwei. Eseli wollte Hansli keins, aber er mußte sich mit dem Müller, der in die Stadt fuhr, verbinden, um einen Teil seiner Besen führen zu lassen, was freilich den Profit etwas schmälerte und Hansli sehr reute, denn jeder Kreuzer tat ihm weh, der nebenausging.

Hanslis Leben gestaltete sich wiederum glatt und eben, die Tage folgten einander ungefähr wie die Wellen im Fluß, eine von der anderen kaum zu unterscheiden. Die Besenreiser wuchsen alle Jahre, seine Frau brachte fast alle Jahre ihm ein Kind, ohne daß es sie viel irrte. Sie bekam es, legte es ab, es schrie alle Tage ein wenig, es wuchs alle Tage ein wenig, und handumkehrt konnte man es schon brauchen. Die Mutter sagte, sie sei alt und habe das nie so gesehen. Sie mahnten sie an nichts besser als an junge Katzen, die nach sechs Wochen schon mausen könnten.

Und mit den Kindern war der Segen da, je mehr Kinder, desto mehr Geld. Ja, man denke, die Mutter erlebte die Kuh noch. Wenn sie aber nicht gesehen hätte, wie Hansli sie bezahlt, sie hätte sich kaum ausreden lassen, er habe sie gestohlen.

Und hätte die Mutter noch zwei Jahre länger gelebt, so hätte sie erlebt, daß Hansli Eigentümer wurde des Häuschens, in welchem sie seit Jahren gewohnt, mit einer Tagköhnergerechtsame, welche ihnen mehr als genug Holz brachte und Land wohl für eine Kuh und zwei Schafe, welche besonders kommod sind, wenn man Kinder hat, welche wollene Strümpfe brauchen. Hansli blieb freilich ziemlich viel darauf schuldig, aber es war festes Geld, welches ihm stehen blieb, solange er fleißig zinsete. Übrigens machten ihm, wenn er das Leben hätte, die Schulden keinen Kummer, sagte er, und er hatte recht.

Hansli erfuhr es, wie die ersten Kreuzer zu erübrigen am schwersten hält. Es ist immer ein Loch da, durch welches sie entschlüpfen wollen, oder ein Mund, der sie verschlingen will. Ist einmal nachgewerchet, daß man ohne Schulden ist, mit ganzen Kleidern behaftet und ohne was vorgefressen zu haben, dann geht es schon. Es bildet sich der Boden unter den Füßen, es zaunet immer besser, der Bach breitet, das heißt das Vorschlagen wird leichter und größer, wenn nämlich eins nicht ist: wenn sich die Lebensweise nicht ändert. Da liegen Klippe und Sandbank neben einander, und die Durchfahrt ist merkwürdig schmal. Da wachsen gerne aus dem Boden herauf die Bedürfnisse über Nacht wie Schwämme auf dem Mist, und wenn nicht beim Mann, so doch beim Weib, und wenn nicht bei den Eltern, so doch bei den Kindern. Auf einmal sind hundert Dinge nötig, an die man nicht gedacht, und anderer schämt man sich, wo man nichts anderes gewußt. Man überschätzt, was man hat, weil man vorher nichts gehabt, überschätzt sich, weil man das Gedeihen sich selbst zuschreibt, überschätzt seine Zukunft, weil man sie für notwendige Fortsetzung der Vergangenheit hält, und ändert die ganze Lebensweise. Im Verhältnis, daß der Verbrauch zunimmt, nimmt der Fleiß ab und somit der Erwerb, und wie man aufgeschossen, fällt man wieder. Die Herrlichkeit vergeht, wie sie gekommen, denn es ist noch immer wie ehedem: der Hochmut kommt vor dem Fall.

Das war nun bei Hansli aber nicht. Er lebte und schaffte durchaus im Gleichen fort, vertat fast kein Geld, freute sich dann aber auch, daheim was Warmes zu finden, und tat sich daran gütlich. Es änderte nichts, als daß nach und nach die schaffenden Kräfte sich mehrten. Das Fraueli besaß, sich selbst ganz unbewußt, die merkwürdige, seltene Kunst, die Kinder alsbald zu gebrauchen, sie sich selbst helfen zu lehren jedes nach seinem Alter, und das ganz ohne viel Redens; es wußte selbst nicht, wie es das machte. Ein Pädagog hätte sicherlich darüber kein vernünftig Wort von ihm herausgebracht. Sie warteten sich gegenseitig, halfen dem Vater mit dem Besenmachen, der Mutter trugen sie ab und zu, halfen beim Pflanzen; keines bekam eine Ahnung von der Süßigkeit des Müßigganges, des träumerischen Herumlungerns, und doch wurde keines strapliziert oder vernachlässigt mit Speise oder Unreinlichkeit. Sie wuchsen wie die Weiden am Bach, waren gesund und froh. Die Eltern hatten nicht Zeit, mit den Kindern Narretei zu treiben, aber die Kinder fühlten die Liebe der Eltern, sahen, daß sie mit ihnen zufrieden waren, wenn sie ihre Sache gut machten. Die Eltern beteten mit ihnen, und am Sonntag las der Vater sein Kapitel und erklärte, was er wußte, und derentwegen hatten die Kinder großen Respekt vor ihm, betrachteten ihn wirklich als den Hausvater, der mit Gott rede, und wenn sie nicht gehorchten, es Gott sage und dem Heiland. Der wahre Respekt der Kinder vor den Eltern hängt ganz bestimmt vom Verhältnis der Eltern zu Gott ab, wie es die Kinder wahrnehmen können. Wenn das nur alle Eltern bedächten!

Ja, unser Hansli war selbst unter andern Leuten als nur unter den Kindern eine Art Respektsperson. Er war so bestimmt, so zuverlässig, gescheute Worte gingen von ihm, man sah ihn niemals anders als ehrbar, er tat nicht groß, machte aber auch nicht den Bettler, daß gar manche vornehme Herrenfrau expreß in die Küche kam, wenn sie hörte, das Besenmannli sei da, um zu vernehmen, wie es auf dem Lande gehe und wie dies und jenes gerate. Ja, in manchem Hause in Bern vertraute man ihm das Liefern von Wintervorräten an, und das trug manchen schönen Batzen ein. In

Thun war das wohl nicht der Fall, denn dort ist jede Frau Ratsherrin eine halbe Bäurin und pflanzet für Menschen und Vieh, daß es sie fast versprengt. Aber sie kamen doch in die Küche, hießen ihn gar in die Stube kommen und verklapperten mit ihm manch trautes Halbstündchen bei süßem Thunerwein. Denn wenn sie schon selbst pflanzten, so meinten sie deswegen nicht, daß sie nicht das Recht hätten, zu klappern, mit wem sie wollten, so gut wie die andern Frauen Ratsherrinnen, welche nicht pflanzten. Ja sogar die Frau Schultheißin sprach mit ihm, es war sozusagen ihr zum dringenden Bedürfnis geworden, ihn alle Samstage zu sehen, und wenn sie mit ihm sprach, so war es sogar erlebt worden, daß der fragende Herr Schultheiß auf Antwort warten mußte. Von wegen, es tut auch einer Frau Schultheißin wohl, einmal in der Woche ein vernünftig Wort zu hören und zu reden.

Da einmal geschah es, daß Samstag war in Thun, aber in Thun war kein Besenmannli zu sehen. Das gab großes Aufsehen und bedenkliche Gesichter. Manche Köchin stand unter der Türe mit eingestemmten Armen und ließ kaltblütig oben in der Küche Suppe und Pfanne ineinanderwachsen, daß man mit keinem Lieb sie mehr auseinanderbrachte. «Hast ihn nicht gesehen, nichts von ihm gehört?» frug eine die Andere. Manche Frau schoß in die Küche und wollte die Köchin abputzen, daß sie ihr nicht gerufen, als das Besenmannli dagewesen. Aber da fand sie keine Köchin, fand nichts als was auf dem Feuer, das stank wie der Teufel, das war die Pfanne und die Suppe, die Hochzeit hielten. Selbst die Frau Schultheißin kam in Bewegung, nahm erst ihren Herrn, dann den Landjäger vor, und als Beide nichts wußten, stieg sie nach dem Essen selbst ins Städtchen hinab, um nach ihrem Besenmannli zu fragen. Sie sei ganz aus mit Besen, habe in der folgenden Woche fegen wollen und jetzt keine Besen, man solle denken!

Aber das Besenmannli erschien nicht. Es war die ganze folgende Woche eine gewisse Leere fühlbar in der Stadt und am nächsten Samstag große Spannung. «Kommt er? Kommt er nicht?» war das Losungswort. Und er kam, er kam wirklich, aber ringer wäre er daheim geblieben. Wenn er auf alle Fragen hätte Antwort geben wollen, so hätte er acht Tage in Thun bleiben müssen. Er fertigte die Leute mit dem einfachen Bescheid ab, er hätte zLycht müssen.

«Wem?» frug ihn die Frau Schultheißin, die er nicht so kurz abfertigen konnte. «Meiner Schwester», antwortete das Besenmannli. «Wer war sie, und wo wurde sie begraben?» frug die Dame weiter. Das Besenmannli antwortete kurz, aber wahr; da rief die Frau Schultheißin plötzlich aus: «Aber mein Gott! Was? Seid Ihr der Bruder von der Köchin, die so großes Aufsehen machte, weil es nach dem Tode des Herrn sich herausgestellt, daß sie seine Frau gewesen und ihn also erbe, und die dann darauf plötzlich starb?» «Gerade der bin ich», antwortete Hansli trocken. «Aber du meine Güte!» rief die Frau Schultheißin und schlug die Hände zusammen, «fünfzigtausend Taler geerbt zum wenigsten und jetzt noch mit Besen im Lande herumfahren!» «Warum nicht», antwortete Hansli, «habe das Geld noch nicht, und wegen der Taube auf dem Dache lasse ich den Spatz in der Hand nicht fahren.» «Taube auf dem Dache!» rief unwillig die Frau Schultheißin. «Erst diesen Morgen habe ich und der Herr Schultheiß mit einander darüber geredet, und er sagte, dSach sei richtig, das Vermögen müsse dem Bruder zufallen.» «He nun, desto besser», antwortete Hansli. «Aber was ich fragen wollte, soll ich über acht Tage Besen bringen oder über vierzehn?» «Abah, Bese!» rief die Frau Schultheißin; «kommt herein, ich möchte sehen, was mein Herr für Augen macht.» «Ich wär pressiert», antwortete Hansli, «ich habe weit heim, und die Tage sind kurz.» «Kurz oder nicht kurz, kommt», befahl die Herrin, und Hansli mußte gehorchen, versteht sich.

Sie führte ihn nicht in die Küche, sondern ins Eßzimmer, befahl der Gattung oder Fanchette oder wie die Kammermagd hieß, dem Herrn zu sagen, das Besenmannli sei da, und eine Flasche Wein zu bringen, und hieß das Mannli sitzen, wie auch das Mannli protestierte, er habe nicht Zeit und müsse weiter. Der Herr war da im Augenblick, setzte sich, schenkte sich auch Wein ein, machte Gesundheit, wünschte Glück, und Hansli mußte erzählen, wie er dazu gekommen. Er machte es kurz. Er könne nicht viel sagen, erzählte er. Bald, als die Schwester vorm Herrn gewesen, sei sie fortgegangen um Arbeit aus. So sei sie von Platz zu Platz gekommen und stark gefördert worden mit Schein. Um sie daheim habe sie sich nie viel gekümmert, sei in der Zeit bloß zweimal heim gewesen und seit der Mutter Tode nie. Er habe sie wohl in Bern angetroffen, aber nie habe sie ihn heißen ins Haus kommen, wo sie gedient, nichts als den Gruß befohlen an Weib und Kinder und wohl gesagt, sie komme nächstens, aber es sei nie geschehen. Freilich sei sie nicht viel in Bern gewesen, sondern habe viel in Schlössern auf dem Lande herum gedient, sei auch im Welschland gewesen, wie er vernommen. Sie habe ein unruhig Blut gehabt und einen wunderlichen Kopf, und die blieben nie lange an einem Orte. Darneben war sie bsunderbar treu und fromm, man konnte ihr unbesorgt anvertrauen, was man wollte. Vor Kurzem sei die Rede gegangen, seine Schwester habe einen alten, reichen Herrn geheiratet, der es den Verwandten zum Trotz getan, weil sie ihn schwer erzürnt; aber er habe der Sache nicht viel Glauben gegeben und ihr nicht nachgedacht. Da habe er plötzlich Bescheid bekommen, er solle alsbald zu seiner Schwester gehen, wenn er sie noch lebendig antreffen wolle, sie wohne im Murtenbiet; das habe er getan und sei noch früh genug gekommen, um sie sterben zu sehen, aber viel habe er mit ihr nicht mehr reden können. Als sie beerdigt gewesen, sei er wieder hergekommen, es habe ihm pressiert; seit er hause, habe er nie so viel Zeit versäumt.

«Du mein Gott», sagte die Frau Schultheiß, «versäumt, wenn man dabei fünfzigtausend Taler erbt! Und wollet Ihr denn bei einem solchen Vermögen fortfahren Besen machen und damit hausieren?» «He, das ist so, Frau Schultheißin», sagte Hansli, «ich traue der Sache nicht recht; es dünkt mich, es hätte keine Gattig, daß ich so viel erben sollte. Daneben sagt man mir, es könne nicht fehlen, und wenn die Zeit um sei, werde ich es frei und frank in die Hände bekommen. Nun, sei das, wie es wolle, so fahre ich einstweilen im Alten fort. Wenn es fehlen sollte, müßten die Leute nicht lachen: Der hat schon gemeint, er sei ein Herr, und kann schön wieder an seinem Karren ziehen! Habe ich einmal das Geld, werde ich es mit den Besen wohl lassen, obgleich es mich reut und mir nicht erleidet ist. Aber die Leute würden doch reden und ein Gespött haben, wenn ich es täte, und das mag ich auch nicht. Bauer sein ist auch eine schöne Sache, und wenn man Geld hat, wird schon ein Hof zu kaufen sein. Ich habe gottlob ein Häuschen und Land fast für zwei Kühe, und bei meinem Fahren habe ich manchmal gedacht: Wäre ich nicht das Besenmannli, so möchte ich Bauer sein; und vielleicht brächte ich es zweg, so einen mindern Hof zu kaufen, wo für alle meine Kinder zu arbeiten und zu essen genug wäre; fest kann man dann sitzen.»

«Aber ist das Vermögen in saubern Händen? Können da keine Gefährde getrieben werden?» frug der Herr Schultheiß. «Ich glaube, es sei sicher», sagte Hansli. Ich habe die, welche am meisten dran machen können, probiert. Ich habe ihnen Geld angeboten, wenn sie machten, daß ich zum Erben komme. Da haben sie gescholten und gesagt, ghörs mir, werde ich es erhalten, ghörs mir nit, mache man da nichts mit Geld, für die Kosten werde man mir seinerzeit die Rechnung machen. Da sah ich, daß die Sache am rechten Orte ist, und mag jetzt wohl warten, bis die Zeit um ist.» «Nein aber», sagte die Frau Schultheißin, «das ist mir unbegreiflich; das ist mir eine Kaltblütigkeit, die in Israel selten gefunden wird, die mich aus der Haut triebe, wenn ich Eure Frau wäre.» «Die tut es nicht», sagte Hansli, «bis sie jemand brichtet, wie sie wieder hinein könnte.»

Diese Kaltblütigkeit und das Fortfahren mit den Besen versöhnte viele Leute mit dem sonst so gerne beneideten sogenannten Glücklichen, während Andere es als Beschränktheit und Dummheit verhöhnten. Einige meinten, Hansli sei dumm, und wer gescheut sei, könne da was zu fischen kriegen. Sie liefen ihn an, suchten ihm angst zu machen und hintendrein mit dem Anbieten ihrer Hülfe zu trösten. Andere wollten das Erbe ihm abkaufen, er kriege es doch nie, sagten sie. Es gebe da Prozesse, deren Ausgang er nicht erlebe; wo das Geld nehmen, um sie zu speisen? He, sagte Hansli, es sei alles ungewiß auf der Welt, einstweilen wolle er sich noch besinnen; es sei dann noch frühe genug, zuzusehen, wenn die Sache sich stecken sollte.

Die Sache steckte sich aber nicht. Zur gesetzten Zeit erhielt er Bericht, er solle auf Bern kommen; dSach sei im Reinen.

Als er als ein reicher Mann heimkam, weinte seine Frau gar mörderlich und himmelschreiend. Er mußte mehrmal fragen: «Was hats gegeben, ist ein Unglück geschehen?» «Jetzt», sagte endlich die Frau, die, je seltener sie weinte, um so schwerer zu sich selber kam, «jetzt wirst mich verachten, da du so reich bist, und denken, hättest nur eine Andere! Ich tat, was mir möglich war, aber jetzt bin ich nichts mehr, ein alter Kratten. Oh, wenn ich nur schon unter der Erde wäre!» Da setzte sich Hansli auf den Vorstuhl und sagte:

«Hör, Frau, du weißt, fast dreißig Jahre haben wir gehaushaltet im Frieden; was das Eine wollte, wollte das Andere auch. Geprügelt habe ich dich nie, ja die bösen Worte, die wir uns gegeben, wären bald gezählt. Jetzt, Frau, fang mir nicht an, wüst zu tun und ein Neues anzufangen, es soll zwischen uns beim Alten bleiben. Das Erb kommt nicht von mir, es kommt nicht von dir, es kommt von Gott für uns Beide und für unsere Kinder. Das kann ich dir sagen, und das soll fest sein wie ein Wort aus der Bibel, daß sobald du mir noch einmal davon anfängst mit Heulen und ohne Heulen, so prügle ich dich mit einem neuen Seil, daß man dich am Bodensee kann schreien hören. Dabei bleibts; jetzt mach, was du willst.»

Das lautete sehr bestimmt, bestimmter als der Briefwechsel zwischen Preußen und Österreich. Die Frau wußte, woran sie war, sie kannte Hansli, sie wärmte dieses Lied nicht mehr auf, es blieb unter ihnen beim Alten. Sie zogen einträchtig am Karren, und der Karren blieb ganz leicht.

Hansli kaufte alsbald einen großen Hof, damit er für seine Kinder zu arbeiten und zu essen hätte. Aber ehe er als Besenmannli abtrat, machte er noch ein schön Stücklein: allen seinen Kunden brachte er noch ein Dutzend Besen als Geschenk ins Haus. Er sagte nachher oft und gewöhnlich mit Wasser in den Augen, das sei der Tag, den er am wenigsten vergessen könne; er hätte nie geglaubt, daß er den Leuten so lieb sei. Er behielt als Bauer den gleichen Fleiß und die gleiche Einfachheit, betete und arbeitete wie vorher, und doch wußte er zwischen Bauer und Besenbinder den Unterschied zu machen, daß der Erste zu geben, der Andere zu nehmen hatte, tat beides gleich unbeschwert. Er hatte längst gewußt, was einem Bauernhause wohl anstehe; das vergaß er nicht und führte es jetzt in seinem Hause aus. Was er gerne gehabt für sich, das tat er auch an Andern.

Das gleiche Maß hielt er mit den Kindern, das war wohl der schwerste Punkt. Er wußte wohl, daß er sie jetzt etwas besser kleiden mußte als des Besenbinders Kinder, aber den ebenrechten Grad darin zu treffen, war nicht ganz leicht; nicht leicht war es, die Kinder zu befriedigen und es dem Publikum zu treffen, daß es nicht schrie über das Zuwenig oder das Zuviel. Hansli traf es nicht übel, und seine Frau stimmte ihm bei. Sie kleideten ihre Kinder dauerhaft und stattlich, meist in selbstgemachtes Zeug, aber er duldete nichts Auffallendes, in die Augen Schreiendes an ihnen. Er sagte ihnen oft: «Kinder, tut nicht groß, machet nie den Narrn, sei es, mit was es wolle. Sobald eins von euch die Leute ärgert, sei es mit diesem oder mit jenem, so zählt darauf, ihr müßt von allen Seiten hören: Das mag wohl, es ist ja des Besenbinders Kind; der zöge noch am Karren, wenn er nicht geerbt. Es wäre noch Mancher reich, wenn er es erben könnte, das ist keine Kunst. Ich schäme mich mein Lebtag dessen nicht, es kann mir Besenbinder sagen, wer will, aber ich bin auch nicht hochmütig; werdet ihr es aber, so werdet ihr euch des Vaters und der Mutter schämen, und die Leute werden euch den Besenbinder vorhalten euer Leben lang. Darauf zählt.»

Die Kinder glaubten daran und taten darnach. Indessen wollen wir nicht sagen, daß Eltern und Kinder alle Färbung ihrer frühern Lebensweise hätten abstreifen können und immer ganz fest und sicher auf dem neuen Boden umhergeschritten wären; das ist wohl unmöglich, und es braucht Generationen, um in einen neuen Stand hineinzuleben, und je ängstlicher man es will, je verlegner man tut, was jedoch bei unserm Besenbinder nicht der Fall war, desto weniger gelingt es.

Der liebe Gott ließ sie lange leben, er gab ihnen noch die Freude, zu sehen, wie brave Tochtermänner mit ihren Weibern wohlzufrieden waren und brave Söhnisweiber die Eltern um ihrer braven Männer willen liebten und ehrten; und wenn sie noch jetzt auf Erden wären, so würden sie sehen, wie die Familie Wurzel geschlagen, blüht und Früchte trägt unter den Ehrbaren des Landes, denn sie bewahrt noch jetzt die wahren Lebenskeime der Familie: Fleiß und Frömmigkeit, ein währschaft, kernhaft Wesen, das nicht alle Tage ein anderes wird, je nachdem der Wind geht und die Umstände wechseln.

Barthli der Korber

Im «rueßigen Graben» am südlichen Abhang hing ein kleines Häuschen. Man begriff nicht, warum es noch da hing und nicht längst den Graben hinunter gerutscht, denn es machte akkurat die Figur eines Menschen, der in vollem Lauf einen Berg hinuntergesprungen, plötzlich die Beine verstellt, still halten will und nicht recht kann. Wenn man das Dach betrachtete, so kam es einem vor, als höre man den Wind pfeifen, als kriege man Stöße. Es sah aus wie der Sack eines Bettlers, der das Flicken übel nötig hätte, jedoch bei allem Flicken immer ein Bettlersack bleiben wird. Die kleinen Türen zu Ställchen und Tenn stunden alle schief nach einem ganz eigenen Baustil. Hinter dem Hause fand man, wenn er nämlich nicht gerade zu Nutzen angelegt war, einen kleinen Düngerhaufen ungefähr von Gestalt und Größe eines ansehnlichen Zuckerstockes. Vor dem Hause war ein Gärtchen, in welchem eilf Mangoldstauden ihre breiten, ausdruckslosen Gesichter sonnten, sieben Bohnenstauden kühn an gebrechlichen Stecken hingen, zwischen denen zwei blühende Rosenstöcke gar freundlich hervorblickten. Um dasselbe lagen im Frieden die Gerüste eines ehemaligen Zaunes, harrend einer helfenden Hand zum Auferstehen.

Im Häuschen wohnten hinten eine Ziege und ihr Zieglein. Es war eine stattliche Ziege. Achtung gebietend trug sie ihr Haupt, und in glänzendem, zottigem Felle ging sie würdigen Schrittes einher, während hinter ihr her, gleichsam der Hanswurst, das Töchterlein graziöse, lustige Sprünge machte. Vornen wohnten ebenfalls zwei Personen, ein alter, lahmer Korber oder Korbmacher und sein nicht lahmes Töchterlein. Der Alte hätte wirklich, was Anstand und Würde in Gang und Haltung betraf, viel von seiner Ziege lernen können, in beidem stund er ihr beträchtlich nach. Indessen, der gute Alte war kaum mehr bildungsfähig, wenigstens sah man an ihm weder entschiedenen noch unentschiedenen Fortschritt, sondern gar keinen. Dagegen, wir gestehen es aufrichtig, gefiele uns das Töchterlein viel besser als das junge Geißlein. Dasselbe ist gar so anmütig und lieblich, kann auch springen leicht und hoch, daß es uns lieber wäre als zehn Geißlein, und wenn man uns die Wahl gelassen hätte, hinten oder vornen in dem Häuschen zu wohnen, so hätten wir ungeachtet der Würdigkeit der alten Ziege unbedenklich dem vordern Teile den Vorzug gegeben, wohlverstanden nicht von wegen dem alten, lahmen Korber, sondern wegen seinem schönen Töchterlein. Dasselbe wußte nicht einmal, wie hübsch es war, und das war nicht das Mindeste an ihm. Wenn es sich auch im Spiegel besah, kam es doch nicht zur umfassenden Einsicht; denn erstlich bestund sein Spiegel nur aus einem dreieckigen Scherben, zweitens durfte es sich bloß am Sonntag mit Muße waschen so recht um und um, und bis am Dienstag, vielleicht schon am Montag hatte es bereits vergessen, wie es gestaltet war, andere Leute brachten es ihm auch nicht in Erinnerung.

Im «rueßigen Graben» machten die Leute sich selten Komplimente. Zudem war Züseli nicht besonders nach ihrem Geschmack; wenn es einen halben Zentner schwerer gewesen wäre, es hätte ihnen unendlich besser gefallen. Wärs in Östreich gewesen, es wäre ihm eine Arsenikkur angeraten worden. Arsenikfressen macht nämlich fett, wie man sagt. Wird aber mit Verstand geschehen müssen, sonst könnts fehlen. Es war nicht bloß ein liebliches, sondern auch ein liebes, emsiges Kind, das von früh bis spät nach dem Willen des Vaters tat und nie unwillig und ebenfalls vom Werte dieser Eigenschaften keine Ahnung hatte, viel weniger mit Geräusch sie geltend machte. Oder, um gebildet zu reden, es war ohne alle Ansprüche. Eigentlich ist dieses ein dumm Wort, hat aber dennoch einen tiefen Sinn. Die eigentliche Anspruchlosigkeit ist nichts anderes als der demütige, kindliche Sinn, dem, wie Christus selbst sagt, das Himmelreich gehört, der keiner Verdienste sich bewußt ist, aber ein inniges Danken hat für jede Gabe, jedes Zeichen der Liebe, nichts sehnlicher wünscht, an nichts größere Freude hat, als lieb zu sein Gott und Menschen, Gott und Menschen es recht zu machen. Diese harmlosen, bescheidenen Naturen sind nicht moderne Naturen.

Der alte Korber war dagegen nichts weniger als liebenswürdig, weder innen noch außen; man konnte eigentlich nicht begreifen, besonders am Sonntag nicht, wo Züseli um und um gewaschen war, wie die Beiden zusammenkamen und noch dazu als Vater und Tochter. Der alte Barthli war hässig und häßlich, Sauersehen seine Freundlichkeit, gute Worte gab er nicht für Geld, geschweige umsonst, und dennoch galt er etwas in der Welt, denn er war etwas, eine Persönlichkeit, ein Charakter, würde man heutzutage sagen. Er war ein ausgezeichneter Korber, sehr ehrlich auf seine Weise, hielt Wort. Ja, da ist es einem Menschen wohl erlaubt, saugrob zu sein. Er war überdies noch sehr arbeitsam und sehr sparsam. Wenn er sich recht rühmen wollte, so sagte er, er hätte noch niemanden plaget, die Gemeinde nicht und andere Leute auch nicht. Das war wirklich viel gemacht in unserer Zeit, wo Viele meinen, sie schenken der Gemeinde etwas, wenn sie ihre Hülfe nicht in Anspruch nehmen; einer so reichen und geduldigen Person was schenken, sei ja dumm. Barthlis Verdienst war nicht groß, aber er besaß das Ehrgefühl eines Mannes; er begriff, daß wer selbständig sein wolle, vor allem imstande sein müsse, sich und die Seinigen selbst zu erhalten mit Gottes Hülfe. Es wäre gut, dieses Ehrgefühl wäre im Zu- statt im Abnehmen, dann wäre der Friede größer in der Welt; es wäre gut, wenn mancher Schöne und manche Schöne den wüsten Barthli zum Exempel nehmen würden und nichts begehrten, was man nicht selbst verdienen kann, Keiner fliegen wollte, der keine Flügel hat.

Das Häuschen hatte er von seinem Vater geerbt und so viel Land dazu, daß er etwas pflanzen und zwei Ziegen halten konnte, wenn er die Zäune seiner Nachbaren nicht schonte und die Tiere lange Hälse hatten, um über die Zäune hinüber im jenseitigen Grase hospitieren zu können. Mit Reparaturen an der Hütte hatte er sich nie abgegeben. Ihm sei sie gut so; wenn sie ihn nur aushalte, hernach könnten die sehen, wo nachkämen, sagte er. Er galt für sehr ehrlich, obgleich er sich in dieser Beziehung bedenkliche Freiheiten herausnahm, nämlich mit den Weidenruten, welche er zu seinen Körben brauchte. Eine bedeutende Zeit des Jahres brachte er bei Bauern auf sogenannten Stören zu, wo er ihnen Körbe flocht und ausbesserte. Indessen machte er auch Körbe auf den Kauf, und namentlich sein Meitschi machte solche, denn dieses nahm er auf die Stören nicht mit, es mußte daheim zu Haus und Hof sehen. Die Ruten nun zu diesen Körben nahm er, wo er sie fand, unbekümmert darum, wem die Weiden gehörten, an denen sie gewachsen waren. Er trieb dieses nicht im Verborgenen mit äußerster Vorsicht, um nicht gesehen zu werden; er sagte offenherzig, sein Vater und sein Großvater seien Korber gewesen, hätten aber nie einen Kreuzer für Ruten ausgegeben, sondern die Wydli genommen, wie sie gewachsen, ein Bauer würde sich geschämt haben, einem armen Mannli einen Kreuzer dafür abzunehmen. Körbe habe man ihnen gemacht, alte plätzet, öppe wohlfeil genug, damit seien beide Teile wohl zufrieden gewesen. Jetzt sollte man ihnen jedes Wydli übergülden, dazu noch grusam danken, daß man fast um den Atem komme, und obendrein machten sie alle Weidenstöcke aus, nur hie und da ein alter Bauer lasse noch einen stehen zum Andenken und damit die Kinder wüßten, wie so ein Weidstock gewesen. Dann könnten die Bauern seinetwegen Körbe flechten lassen aus den Schmachtzotteln, welche ihre Töchter über die Stirne herab zwängten mit Tüfelsgewalt.

Trotzdem kam Barthli nie in Verlegenheit, keine Strenge, kein Verbot ward gegen ihn angewendet. Wohl hob hie und da ein Bauer die Hand drohend auf und sagte: «Barthli, Barthli, du machst es mir wohl gut, nimm dich in acht, sonst mache ich dir den Marsch. Ich habe bald nicht mehr Wydli für ein Erdäpfelkörbchen, und selb ist mir doch dann nicht anständig.» «Warum gönnst mir das Maul nicht und sagst, wenn du Körbe mangelst? Mir kann es nicht in Sinn kommen, und dWydli muß man nehmen, wenn es Zeit ist, und hausieren damit wirst du kaum wollen», so antwortete Barthli keck, und sanftmütig redete der Bauer mit ihm eine Stör ab, sagte bloß: «DWydli bringst dann mit! Ein andermal wollte ich sie doch dann lieber selbst hauen.» «Warum nicht», antwortete Barthli, «die Mühe mag ich dir wohl gönnen; aber machs zur rechten Zeit, sonst fahre ich zu.» «Aber frage doch dann zuerst», meinte der Bauer. «Man kanns machen, wenn mans nicht vergißt», entgegnete Barthli. «Fragen», setzte er hinzu, «ist auch so eine neue Mode vom Tüfel. Man sagt, Fragen schade nichts; jawolle, nichts schaden! Ich habs erfahren. Frage um nichts mehr mein Lebtag, wenn es nicht sein muß und es ungefragt auch zu machen ist.» Diese Schonung kam aus dem gleichen Grunde, aus welchem Barthli seine Rechte nahm; es war auch so eine Art von Grundrecht, entstanden aus uralter Gewohnheit, welches man ihm noch stillschweigend zugestand trotz der neuen Sitte, aus allem so viel Geld als möglich zu machen, welche man gegen alle Andern mit aller Strenge in Anwendung brachte.

In diesem Punkte ist allerdings eine bedenkliche Änderung erfolgt, welche man bei Beurteilung des Verhältnisses unterer Klassen nicht außer acht lassen darf. In früheren Zeiten war viel wildes, viel fast herrenloses Land; was auf solchem Lande wuchs, war Beutepreis, und arme Leute hatten da eine reiche Fundgrube von allerlei, welches sie entweder selbst brauchen oder zu Geld machen konnten. Viele Handwerker: Rechenmacher, Küfer, Korber, Besenbinder und andere, selbst Wagner hatten gleichsam Hoheitsrechte auf solchem Lande; sie nahmen, was ihnen beliebte, und zwar unentgeltlich und ungefragt. In solchem Lande weideten die armen Leute den Sommer über Schafe und Ziegen, sammelten für den Winter Streu und Futter. Das ist anders geworden. Viel Land ist urbar gemacht, und herrenloses Land wird rar sein im Lande Kanaan. Was nicht Privaten angehört, hat der Staat an sich genommen, und wo dem Staate sieben magere Gräslein wachsen an einer Straße magerem Rande, verpachtet er sie, und um zu soliden Pächtern zu kommen, werden Steigerungen abgehalten, ganz splendide. So machen es auch die Privaten, und was einen Kreuzer giltet, verwerten sie in ihrem Nutzen. Sie haben vollkommen das Recht dazu, aber – aber jedenfalls sollte ob dem Kreuzer der Nächste nie vergessen werden.

Mit den Körben, welche Barthli zu Hause machte, schickte er Züsi hausieren oder ging selbsten mit. Obgleich er kaum zwei Stunden von Bern entfernt wohnte, ging er doch selten dahin und ungern. Er möge mit den Stadtweibern nichts zu tun haben, sagte er, die hätten keinen Verstand von der Sache. Die bildeten sich ein, sie müßten bei allen Dingen markten bis zum Schwitzen, das sei die Hauptsache beim Handeln. Schätze er ihnen einen Korb um sieben Batzen, so böten sie ihm fünf Batzen, und schätze er ihnen ein andermal den gleichen Korb für vier Batzen, so seien sie imstande, ihm zwei Batzen zu bieten, so viel Verstand hätten sie. «Aber Barthli, da ist ja gut helfen», sagte man ihm oft. «Schätze deine Körbe alle um neun Batzen, dann hast du ja immer sieben richtig.» Das wollte aber Barthli nicht. Jede Sache habe ihr Maß, sagte er, darüberaus fahre er nicht. Er wolle nicht, daß es heiße, der Barthli im «rueßigen Graben» sei ein Narr geworden. Sie könnten seinethalben in der Stadt sehen, wo sie ihre Körbe herbekämen, den seinen käme er sonstwo ab, wo die Leute Verstand hätten.

Sein Töchterlein hatte es umgekehrt. Tage in der Stadt waren ihm ganz andere als die übrigen Tage, Tage, wie die Juden sie sich im tausendjährigen Reiche dachten, wo die Sonne siebenmal größer ist und die Stadttore zu Jerusalem aus Diamanten und Rubinen gemacht, alle Bäume voll der süßesten Früchte, die Zäune voll Weintrauben, jede ungefähr so groß wie Goliath, und die Beeren wie Kürbisse. Man denke aber auch: die schönen Herren und Damen, die Läden voll Gold, Silber und freßbarer Herrlichkeiten, Schweinefleisch, daß es eine helle Pracht war, Brot und Brötchen von allen Sorten und Bänder und Sachen unter Glas und hinter Glas, denen es keinen Namen wußte, sondern dabei denken mußte, die kämen geradenwegs vom Himmel her! Man sieht oft Kinder in der Stadt, die offenbar nicht mehr wissen, sind sie über der Erde oder unter der Erde. Sie sperren Augen, Nase, Mund auf, daß das ganze Gesicht nur ein Loch ist, durch das die guten Kinder alle die Herrlichkeiten in sich hineinziehen möchten. Man kann sie stoßen, treten, sie merken es kaum, ja es ist zweifelhaft, ob sie es merken würden, wenn man sie zertreten täte. Manchmal hängt so ein Kind mit einer Hand an der Rocktasche des Vaters oder am Kittel der Mutter. Wie Schleppdampfschiffe segeln die Alten voraus, bewußtlos wird das Kind nachgezogen mit den aufgesperrten Löchern, und glücklich ist der Vater, wenn das Kind ihm noch am Rocke hängt, wenn er landet in einer Wirtschaft oder endlich hinaussegelt aus den Toren ins Weite. Dann macht das Kind das Gesicht zu. Das Chaos der Eindrücke beginnt sich zu ordnen, die einen schwinden, andere treten bestimmter hervor, prägen sich aus; Fragen, Erzählen beginnt, und sind die Menschen zu Bette, geht das Träumen an, eine neue Welt ist entstanden, ein bewegtes Leben reget sich, manchmal bleibts, manchmal stirbts wieder. Das Eine, das bleibt, wächst auf zu des Herrn Freude, anderes gestaltet sich zum Distelfelde, auf dem vor allem der Neid wächst und Begehrlichkeiten von allen Arten.

Bei Barthlis Töchterlein ging es nicht so schlimm. Die Herrlichkeiten alle stunden so weit außerhalb seines Lebens, daß es an keinen Besitz dachte, sondern eine reine Freude daran hatte, sie zu betrachten. Nun, ein Evatöchterchen war Züsi sicher auch, wie sie alle sind, aber es fehlte die Schlange. Der alte Barthli hatte keine Anlagen, die Schlange zu machen, er war eher zum Michael geeignet, der Weibern die Mücken austreibt, und mit niemanden als dem Vater lief es in der Stadt herum. Aber es war noch eins, was das Meitschi in die Stadt zog. Wenn Barthli hinein mußte, so wollte er darin auch wohlleben, nahm in einer Wirtschaft für einen halben Batzen Branntenwein, und dem Meitschi ließ er für einen Kreuzer Suppe geben; dazu aßen sie das Brot oder schnitten es ein, welches sie von Hause gebracht, und einmal erhielt Züseli von der Wirtin geschenkt eine Küchelschnitte und ein andermal ein kreuzeriges Bernerweggli, welches ein Gast übrig gelassen. Und das war allemal eine Suppe, von welcher man im «rueßigen Graben» gar keinen Begriff hatte, ja wo man gar keine Ahnung hatte, daß so was Gutes in der Welt sein könnte. Oh, arme Leute haben auch ein großes

Wohlleben, zu welchem viele Reiche nie kommen und um so weniger, je besser sie leben wollen; denn darauf kömmt es nicht an, was man genießt und wieviel es kostet, sondern wie es schmeckt. Für seinen Kreuzer lebte Züseli viel besser als mancher Große, wenn er es sich hundert Louisdors kosten läßt.

An Barthli ging die Zeit scheinbar machtlos vorüber, er achtete sich ihrer bloß, wenn die Weiden grünten und die Wydli reif zum Schneiden waren und wenn die Wydstöcke wieder gemindert hatten, seine Ernte wieder geringer ausfiel und mühsamer zusammengebracht werden mußte. Dann fluchte er über die böse Zeit und sagte: Es nehme ihn doch wunder, wie das am Ende kommen solle. Wenn es so fortgehe, so gebe es am Ende gar keine Wydli mehr. Dann was machen? Das möchte er wissen, das solle ihm doch einer sagen!

Daß sein Töchterlein größer wurde, aus einem Kinde ein erwachsen Meitschi, das merkte Barthli lange nicht, und als man es ihm zu merken gab, wollte er es erst nicht glauben. Züsi blieb wirklich wundersam lang ein anspruchloses Mädchen und plagte den Vater nicht mit Begehrlichkeiten, wie viele Mädchen alsbald damit anfangen, sobald sie entwöhnt sind. Es kam ganz spöttisch schlecht daher, sein dünnes Kitteli war manchmal einen halben Fuß und mehr zu kurz, denn das Mädchen wuchs; vom übrigen Firlefanz war keine Rede, und das Meitschi plagte den Vater nicht damit. Sie seien gar grusam arm, der Vater vermöge das nicht, pflegte es zu sagen, wenn eine Gespielin ihns fragte, ob es dieses und jenes nicht anschaffen wolle. Mit den Kleidern zum ersten Abendmahl, wo sonst so gerne der Teufel sich einmischt und Streit stiftet, wo gerade der Friede anfangen soll, hatte eine Gotte nachgeholfen und Züsi mit einem alten Kittel und einem neuen Halstuch glücklich gemacht.

Was das Schönste an Züsi war, es schämte sich seines Vaters nie. Man sollte nicht glauben, daß dieses als etwas Besonderes anzuführen wäre, denn warum sollten sich Kinder ihrer Eltern schämen, wenn sie nichts Schlechtes machen, welches den Kindern Schande bringt? Aber man würde sich sehr irren, wenn man es so meinte, denn nur zu viele Kinder schämen sich der Eltern, haben keine Ursache dazu, sondern wegen Dummheiten und ganz besonders wegen ihrer eigenen Dummheit. Sie schämen sich derselben, weil sie altväterisch gekleidet sind, altväterisch reden, altväterisch denken, sich gebärden; aber wäre es denn schön, wenn die Alten die Jungen spielen, jung sich kleiden, jung sich gebärden wollten? Sie schämen sich ihrer, weil sie alt sind und nicht mehr jung, aber ist das gescheut oder dumm, und was hat man für ein Mittel, nicht alt zu werden, als sich jung zu hängen? Eine holdselige Erscheinung war der alte Barthli jedenfalls nicht, und eben anmütig tat er nicht; aber Züsi wußte nichts anderes, als daß einmal der Vater so war und so tat, und ging neben ihm und saß neben ihm und aß neben ihm jetzt, als es größer war, um einen halben Batzen Suppe, und alles unbeschwert.

Es fing eher umgekehrt an zu fehlen. Ein hübsches Meitschi ward zu jeder Zeit bemerkt, es ist ein Ding, das nie außer Kurs kam und nie außer Kurs kommen wird. Man sah Züseli an, man sprach es an, und wenn Barthli mit ihm nach Bern ging, hatte das Tüfelwerk kein Ende. Da ein Küher sagte: «Meitschi, wotst ryte, hock uf e Karre, ih zieh dih.» Dort sagte einer, es solle die Körbe auflegen, sie seien ein gar unkommod Tragen. Und wenn Barthli in eine Wirtschaft kam, wollte man es dem Meitschi bringen, rühmte, wie hübsch es sei, fragte, ob es einen Schatz habe oder vielleicht schon zwei? Das trieb den Alten fast aus der Haut. Und dann noch das Meitschi obendrein, wie das ihn zornig machte!

Wenn man es ihm brachte, so trank es, und wenn man von einem Schatz sprach, so plärete es nicht, es lachte eher. Es sei, wie wenn der Teufel in ihns gefahren, klagte er. Das Meitschi hätte sich ganz gänderet. Das sei jetzt daheim ein Waschen und Strählen, es hätte keine Art. Ehedem sei es genug gewesen, wenn es wie üblich und brüchlich es alle Wochen gemacht, jetzt geschehe das in der Woche, es wisse kein Mensch wie oft; fast allemal, wenn es von Hause gehe, müsse das Spiel angehen mit Strählen und Waschen, und dazu hätte es einen Trieb von Haus weg, er hätte das nie erlebt. Statt daß es ihm zwider sein sollte, wenn er ihns irgendwohin schicke, lächere es ihns schier. Und mit den Kleidern fange es auch an, ihn zu plagen, und rede von Fürtüchern und Hemderen und meine, er solle neue machen lassen. Oh, selb einmal noch nicht, oben im Trögli sei noch manches Stück von seiner Alten selig; das müsse erst gebraucht sein, ehe er Neues machen lasse. Er wüßte nicht, wo das Geld nehmen dazu, er möchte jetzt schon fast gar nit gfahre, und alle Jahre böse es noch.

Züsi konnte dem Vater nichts mehr recht machen, es hatte bös bei ihm, die Leute hatten recht Erbarmen mit ihm. Er schäme sich des Meitschis, sagte der Alte, er dürfe nirgends mehr hingehen mit ihm; wenn auf hundert Stunden herum ein Mannsvolk sei, so lache das einander an, und es sei ein Tschäder, er hätte es nie so gehört. Zu seiner Zeit sei das nicht so gewesen, er habe erst vierzehn Tage nach seiner Hochzeit z'grechtem angefangen, mit seiner Frau zu reden. Wenn ers vermöchte, er ließe vor den «rueßigen Graben» einen Gatter machen hundert Schuh hoch, und dahinter müßte ihm das Meitschi bleiben und könne dann seinethalb lachen, wenn ein Paar Mannshosen von weitem vorbeigingen. Er tat vor den Leuten wüst mit dem Meitschi und putzte es in öffentlichen Wirtschaften aus, wenn ihns ein Mannsbild angesehen oder es einem geantwortet hatte. Das hatte Folgen, man kann es sich denken. Es gab Leute, besonders Weiber, die bedauerten das Mädchen aufrichtig und sagten es ihm auch. «Du kannst mich erbarmen», sagten sie, «du armes Tröpfli, was du bist; er ist ein rechter Unflat gegen dich. Ich blieb nicht bei ihm, ich lief ihm fort, so gequält wollte ich nicht sein. Ein Meitschi wie du findet Platz überall, macht schönen Lohn, kommt zu Kleidern.» Es wisse in Gottes Namen nicht, was es dem Vater zwiderdienet, jammerte es dann. Es habe mit keinem Buben nichts, es lueg nebe ume so viel möglich, wenn einer daherkomme, aber daß sie es anluegten und ein Wort mit ihm redeten, dessen vermöge es sich doch weiß Gott nichts, es könne ihnen das nicht verbieten. Der Vater solle es verbieten, wenn er könne, ihm seis recht. Daheim könne es nicht fort. Wer wollte die Sache machen, pflanzen, melken, den Hühnern die Eier greifen und finden, wo sie legen, von dem verstehe der Vater hell nichts. Aber er sei seit einiger Zeit so grusam wunderlich, es müsse ihn jemand aufweisen, aber wer es sei, darüber könne es nicht kommen. Aber lieber sterben wolle es, als immer so dabei sein, und dazu weinte es bitterlich, und das Weinen stund ihm gar tusigs wohl an, zehnmal besser oder hundertmal als einer alten Frau das Lachen.

Etwas anderes war aber noch viel schlimmer. Eine bekannte Sache ist, daß sobald jemand etwas besonders haßt und dieses Hassen auf eine auffallende oder komische Weise an Tag gibt, es allen bösen Buben ein Herrenfressen ist, diesem Menschen zu machen, was er haßt, wie Schuljungen alle Hunde reizen, welche ihnen tapfer nachbellen. Es gibt immerhin einen schönen Spektakel und kostet nicht viel als allfällig ein Loch in die Hosen. Sobald merkbar wurde, wie der alte Korber grimmig werde, wenn man sein Züsi ansehe oder mit ihm rede oder gar Miene machte, irgendwie mit ihm zu schätzelen, so wars, als seien alle bösen Geister los. Es schien dem Alten, als wolle alles mit Züsi reden. Sein Lebtag hatten sich nie so viel Leute auf dem Wege gestellt und ein Gespräch angefangen von Sonne, Mond und Sternen oder sonst für nichts und wieder nichts und dann von Tanzen, Kiltern usw. Und Züsi weinte nicht dazu, sprang nicht über die Zäune, ja blieb manchmal sogar ebenfalls stehen, man denke! Ja, die Bursche kamen sogar bis in den «rueßigen Graben», klopften an Züsis Fensterchen und baten um Einlaß. Es fehlte nicht viel, so fuhr der Alte wie eine Büchsenkugel aus dem Laufe aus der Haut durchs Fensterchen den Burschen an Kopf. Wohl, die würden gegangen sein, anders als vor des Alten Drohungen mit Schießen, Hauen und Stechen, welche weidlich verlacht wurden!

Ja er erlebte sogar, daß er einen, als er von einer Stör heimkam abends, vor seiner Küchentüre traf, und die war nota bene offen, ganz offen, und inwendig der Türe stand sein sauberes Züsi und sprach nicht bloß mit dem Burschen, sondern sie hatten Beide gelacht, er hatte es selbst gehört und zwar mit eigenen Ohren. Wohl, das gab ein Donnerwetter von den mehbessern, und der Bursche erschrak nicht einmal schrecklich, stob nicht davon wie auf den Flügeln des Sturmwindes, sondern sagte ziemlich kaltblütig: «Alter, tue nicht so wüst! Das ist dumm, damit erschreckst mich nicht. Ich habs nicht gehört verlesen, daß es verboten sei, mit deinem Meitschi zu reden und noch dazu am heiterhellen Tage. Das Meitschi gefällt mir, und dich fürchte ich nicht, und das wirst du dir müssen gefallen lassen.» Der Alte spie Feuer, aber was halfs! Trotzig und unversehrt ging der Bursche endlich. Es war dazu nur ein Knechtlein auf einem benachbarten Hofe, aber ein gutes, wie sie rar sind in diesen Zeiten.

Man kann sich vorstellen, was das dem Alten für einen Verdruß machte, daß er die Möglichkeit erlebt, wie in seiner

Abwesenheit Bursche zum Hause kommen konnten zu Züsi, und wie das mit ihnen rede und sogar lache, statt mit Ofengabeln und mutzen Besen gegen sie zu agieren. Was halfs ihm nun, wenn er des Nachts schon wachte besser als der beste Haushund, wenn sie des Tags kamen, während er auf der Stör war! Da hatte er jetzt eine Qual, welche er mit sich herumschleppen mußte, wohin er ging, daß er denken mußte: Ist wohl aber einer vor der Türe und lachet mit ihm? Ja, und so eine ist nüt z'guet dafür, er geyht noch einist innefür. U de? Wie konnte er davor sein, was dagegen machen! Auf die Stören mußte er, das Meitschi einschließen konnte er auch nicht, in der Stube konnte es nicht pflanzen, mit auf die Stören nehmen ging wiederum nicht wegen der Geiß und dem Gitzi, und die auch mitnehmen auf die Stör, wäre den Bauern kaum anständig gewesen; wenn er mit dem sämtlichen Haus- und Viehstand aufgezogen wäre, die Hühner noch hintendrein, sie hätten kuriose Gesichter gemacht. Und wenn er dann sein Elend Leuten klagte, so fand er weder Mitleiden noch Trost. «Barthli», hieß es, «tue nit dumm und schick dich drein, du wirst die Welt nit anders machen, und Weibervolk und Mannevolk kam immer zusammen und gehört zusammen, sonst hätte unser Herrgott sie nicht so erschaffen. Und wenn schon dein Meitschi mit einem Mannsbild redet, so ist das lange noch nichts Schlechtes, und gsetzt, es nähme einen Mann, und dann? Nahmst du nicht auch eine Frau? Du wirst es dem Meitschi nicht erwehren. Mach den Weltlauf anders, wenn du kannst!» Das beelendete Barthli noch mehr, Religion sei keine mehr in der Welt und keine brave Manne. Er könne klagen, wie er wolle, so lache man dazu, wolle dSach mit Verlachen machen statt wie ehemals mit Plären und Beten. So komme es nicht gut, er wünsche nichts, als daß sie das Gleiche an ihren Meitschene erleben müßten; es nähme ihn wunder, ob sie es dann auch nur mit Lachen machen wollten. Das gehe mit den braven Leuten akkurat wie mit den Wydleni, je weniger diesere, desto weniger auch äyre.

Dem Meitschi war nichts vorzuwerfen, aber allgemach begann es ihm zu gehen wie der Eva im Paradies, denn jetzt waren Schlangen gekommen und als Hauptschlange gerade der Vater. Was war natürlicher, als daß wenn der Vater über das Mannsvolk schimpfte, als ob es aus lauter Ufläte und Uhünge bestünde, es sich achtete, ob es dann wirklich so sei, genauer es ansah! Und da fand es, daß der Vater wirklich übertreibe, daß es gar nicht so übel aussehe, und als es genauer hinsah, fand es sogar recht hübsche Bursche darunter, die ihm immer besser gefielen, und namentlich das Knechtlein, von dem schon früher die Rede war. Zudem hörte es gerade über diesen noch recht viel Gutes und daß er gar kein Hudel sei und seine alte Mutter nicht vergesse. Da mußte es diesen doch wiederum ansehen, ob das wohl wahr sein könne oder etwa erlogen. Und da schien es ihm je länger, je mehr, erlogen könne das nicht sein, denn so bsunderbar ein lieblich Gesicht habe es noch nie gesehen. Wenn es sich zutragen sollte, daß es ein Kind haben müßte und sogar einen Buben, so möchte es einen gerade mit einem solchen Gesicht, von wegen, es wüßte dann, Vater und Mutter hätten sich seiner z'trösten im Alter.

Natürlich waren noch viele Schlangen und Schlänglein, die es lockten, zu laufen und zu reutern im Lande herum, wo es lustig zuging, oder z'leerem auf breiter Straße einem guten Schick nach. Ach Gott, und der gute Schick dieser armen, verblendeten Tröpflein, worin besteht dann der? Wir wollen es euch sagen, ihr armen Tröpflein. Der besteht darin, einen Mann zu kriegen oder vielmehr zu pressen in Ängsten und Nöten, der nichts besitzt als eine Tabakspfeife, einen großen Zottel an der Kappe, viel Himmeldonner im Maul und namhaft Schulden beim Krämer, keine Meisterfrau zu haben, die des Morgens aufjagt und den Tag über oft sagt: «Mach! Mach!», des Abends nieder zu können mit den Hühnern und zMittag kochen zu können alles, was man hat, auf einmal, ohne sich mit dem dummen Abteilen quälen zu müssen, plaudern zu können stehenden Fußes von einer Tagheitere zur anderen, unbekümmert, wer dSach mache. Das ist die Herrlichkeit drei Tage oder drei Wochen lang, dann kommt das Elend: immer mehr Kinder, immer weniger Brot, immer schlechtere Kleider und bösere Worte von Mann und Kindern sechs Tage lang, am Sonntag Schläge zum Trinkgeld, schließlich das Betteln halb nackt Sommer und Winter, das Liegen auf schlechtem Laubsack, das schreckliche Frieren Tag und Nacht, nie mehr erwarmen Können, bis der Tod kömmt, der ganz kalt macht; aber dann spürt mans doch nicht, muß nicht mehr höpperlen auf den hartgefrornen Straßen in bösen Schuhen und Strümpfen den dünnen Brotrinden nach. Das sind die Herrlichkeiten, welche auf den Heerstraßen die mannssüchtigen Mädchen erreutern, errennen.

Nun, Züseli erzwang das Reutern nicht, lief seinem Alten nicht davon. Aber wenn es des Sonntags im «rueßigen Graben» saß, auf der Küchenschwelle den Hühnern zusah und die Geißen weidete, so mußte es doch denken, wie es lustiger zugehen werde in der Welt als hier im «rueßigen Graben». Mitzumachen begehre es nicht, dachte es, nur zusehen von weitem möchte es, um zu sehen, um zu wissen, wie es eigentlich auch ginge. Es juckte ihns wirklich manchmal, wenn der Alte schlief oder wenn er den Wydliwuchs beaugenscheinigte in seinen Revieren, drauszulaufen und sich das Ding recht zu besehen, besonders da, wo Tanz war oder sonst berühmte Lustbarkeiten. Aber es traute sich doch nicht, Schläge hätte es bar gehabt, und es fiel ihm gar nicht ein, den Vater nicht für den Vater zu halten. Es liebte ihn eigentlich; wenn er gestorben wäre, so hätte es sich kaum trösten lassen. Und auch der Vater liebte sein Töchterlein, wenn er es schon selbst nicht wußte; es war sein Schatz und sein Kleinod, seine Plackereien eigentlich nichts als Eifersucht und Angst, es möchte ihm jemand denselben rauben oder denselben mit ihm teilen wollen. Wie der rechte Geizhals, dem das Geld sein Gott ist, sich dessen nicht rühmt und groß damit tut, sondern sich arm stellt und wegen Armut jammert, ungefähr so hatte es Barthli mit seinem Töchterlein und umgekehrt wie die Väter und besonders die Mütter mit ihren Töchtern, denen sie gerne los wären, gerne sie glücklich machen, das heißt an Mann bringen würden. Sie hatten aber auch ein ähnlich Schicksal, den umgekehrten Kummer: Barthli, es wolle ihm jeder sein Meitschi nehmen, die Anderen, die Ihren wolle Keiner; und was man am nötlichsten sucht, findet man nicht, sondern das Gegenteil.

Barthli mußte einmal wieder zMärit nach Bern, denn es gibt Zeiten im Jahr, wo man auf dem Lande keine Körbe absetzt. Züsi mußte mit, er hatte viele Körbe, und nahm ers mit, hatte er es wenigstens unter Augen. Daheim hütete es ihm niemand, denn eine Nachbarin, welche sonst ein Auge auf ihns haben sollte, ging auch zMärit. Züsi ging auch gerne. Wenn es schon nicht mehr so in Entzücken versank, so sah es doch vieles, an welches es denken konnte in seiner Einsamkeit, und wenn ihm die Suppe auch nicht mehr so vorkam wie eine Speise von den Tafeln aus dem tausendjährigen Reiche, so lebte es doch wohl daran, und wenn sie guten Verkauf hatten, ließ der Vater wohl auch ein Stücklein Fleisch und etwas, sah aus wie Wein, aufmarschieren. Er gab hie und da einen schwachen Schimmer von sich, als dürfe er sich etwas mehr gönnen als früher, aber bemerkte es jemand, so tat er auf lange kümmerlicher als je.

Wer an einem großen Markttage an einer Hauptstraße

steht, findet Stoff zu mancher gottseligen Betrachtung, zu mancher Predigt, er sieht sichtbarlich vor sich die Lebensstraße. Es rennen die Einen dem Getriebe des Marktes zu, wie unwillkürlich durch einen Magnet oder einen Strudel angezogen. Es wandern Andere besonnen und behaglich dahin, meiden die Steine, suchen den besten Weg, verkürzen sich den Weg mit Plaudern, haben vergnügliche Gesichter und zuversichtliche, daß ihnen was Gutes nicht fehlen werde. Es karren und trappen die Dritten mühsam daher, möchten auch eilen, aber es geht nicht; sie kommen hintenher durch Dick und Dünn, haben Angst, sie kämen zu spät zu den guten Dingen, und kommen doch nicht vorwärts. Wie die den vorübersprengenden Fuhrwerken nachsehen, die Einen schmerzlich, die Andern zornig! «Fahr nur, so stark du magst, so kommst desto früher zum Lumpentürli; dann kannst wieder mit mir laufen, wenn du noch laufen magst! Ich sprengte auch und mochte nicht warten, bis ich in einem Gasthof saß. Jetzt weiß ich wieder, wie das Laufen ist, und wäre zufrieden, wenn ich einen Batzen hätte und zu einem Schluck Branntenwein käme.» So führt Mancher Selbstgespräche, hängt jedem dahineilenden Fuhrwerke eine Lebensskizze der darin Sitzenden an samt etwelchen frommen Wünschen und Weissagungen. Humpelt aber noch einer mit ihm, so führen sie zusammen erbauliche Gespräche, machen sich vertrauliche Mitteilungen über ihre Nächsten und streiten sich darüber, ob diese sich seinerzeit selbst hängen oder ob sie gehängt werden würden und was sie noch alles darüberaus verdient.

Barthli und Züseli gehörten unter die Karrenden, doch nicht unter die Unglücklichen und von Grund aus Mißvergnügten. Barthli wäre für heute mit der Welt zufrieden gewesen, wenn nur gar kein Mannsbild auf der Straße gewesen wäre, und Züseli sah ganz vergnügt aus. Sie kamen früh in die Stadt, so wurde am besten der gefährlichste Teil des Volkes gemieden, der junge. Manchen Ärger über die Stadtweiber hatte Barthli auszustehen, sorgte aber, soweit billig, für Entschädigung.

Züseli machte indessen noch bessere Geschäfte, denn mit ihm machte man lieber Geschäfte als mit dem rueßigen Alten, und als Trinkgeld obendrein bekam es nicht selten die Bemerkung: «Es charmants Meitschi! Wäre das recht angezogen, so machte das Puff.» «Mach nur nicht, daß es das hört», sagte dann wohl eine Begleiterin. «Es wäre imstande, es käme in die Stadt. Wohl, das würde ein sauber Dirnlein abgeben!» Wer weiß, was die Rednerin selbst abgegeben hätte, wenn sie hübsch gewesen wäre, wovor sie aber Gott bewahrt hatte! Wird seine Gründe gehabt haben, der liebe Gott.

Neben dem Ärger über die Stadtfrauen hatte Barthli noch großen Zorn zu verwerchen über die Gendarmes. Er könne nicht glauben, daß der liebe Gott die ganze Welt erschaffen, sagte er. Der liebe Gott sei ein weiser Mann. Zweier Gattig Kreaturen hätte er nicht gemacht, Kröten und Gendarmes (wenns noch Landjäger wären, er wollte nicht so viel sagen.) Von denen wisse er nicht, und kein Mensch habe es ihm sagen können, für was die gut seien, und allen Leuten gruse es drob. «Wohl, Barthli», sagte ihm ein Kamerad, «das kann ich dir sagen. Lue e Krott oder e Gendarm recht a, und dann wirst du Gott danken, daß er es geordnet, daß du der Barthli geworden und nit e Krott oder e Gendarm. Dafür hat er sie gemacht.» «Ja, sieh», sagte Barthli, «das ist das nichtsnutzigst Volk auf Gottes Erdboden; gerade das, wo sie wehren sollen, machen sie selbst. Sie sollen heute machen, daß der Weg nicht gesperrt sei, sondern jedermann passieren könne, und gerade sie stehen dem ganzen Volk im Weg. Unsereiner sollte nirgends sein; wenn sie ein alt Mannli sehen, so kujonieren sie es, es ist nie am rechten Ort, schon dreimal hat mich heute einer angeflucht um nichts und wieder nichts. Und die Obrigkeit wird ihm doch nicht den Lohn geben, daß er die Leute das Fluchen lehre und wie man umgehen müsse mit alten Leuten. Dagegen steht der Aff da vor meinem Meitli, es weiß kein Mensch wie lang, verstopft den Leuten das Loch, hält dem Meitschi die Kunden ab, macht ihm den Kopf groß, das steht ihm immer am rechten Ort. Das muß gehen, sich zu waschen, von wegen, ich habe immer gehört, wenn ein Gendarm ein Meitschi lang ansehe, so werde es krätzig oder bekomme aufs Wenigste eine Haut, wie eine vierhundertjährige Eiche Rinde habe. Dem Hagel darf ich nichts machen, nicht einmal was sagen, aber ich will es der Obrigkeit eintreiben; wenn ich der was zuleide tun kann, so will ich es gewiß nicht sparen.»

Natürlich mußte es einstweilen das Meitschi entgelten, dem er kein gutes Wort gab und im Wirtshaus es so kurz als möglich abspeiste, daß es recht hungrig blieb und Augenwasser bekam vor Elend. Wenn es nur schon daheim wäre, dachte es, so könnte es doch den Hunger gstellen. Wenn sie nur schon daheim wären, dachte der Alte, dann müsse ihm das Meitschi nicht bald wieder zMärit, daß es ein Gendarm nach dem andern angrännen könne. Da es ihnen Beiden pressierte, kamen sie also auch aus der Stadt, aber viele Worte gönnten sie einander nicht.

An einem Markttage geht es lustig zu, überall sind die Geigen los, und wo ein Schild an einem Häuschen hängt, da stehen die Fenster offen, damit Geigen und Trampeln das Häuschen nicht versprengen. An diesen allen müssen die Heimkehrenden vorbei, haben so die Musik umsonst. Für Mädchen, die nicht einkehren dürfen, sondern auf der Straße bleiben müssen, ist es eine Art von Spießrutenlaufen, besonders wenn sie weite Herzen haben, für Viele Platz darin und nun denken, hier innen kann ein Schatz sein und dort wieder einer, und so fort. Züseli war noch nie auf einem Tanzboden gewesen. Es könne nicht tanzen, sagte es, und könnts nie lernen und begehre sonst nicht, zu gehen. Wohl, der Vater würde ihm, sagte es. Es dachte nicht daran, daß es viele Mädchen mit dem Tanzen haben wie junge Hunde mit dem Schwimmen. Man werfe nur einen ins Wasser, so kann man sehen, wie er das erstemal schon munter fortkömmt. Züsi tat es also nicht weh im Herzen, wenn es an einem zitternden Häuschen voll Geigen vorbeiging; etwas kürzer wurden wohl seine Schritte, die Musik gefiel ihm.

Schon mehr als halbwegs waren sie und eben fast wieder an einem Wirtshause vorbei, als ein Bursche zur Türe aus stürzte, Züsi packte, «jetzt mußt du kommen und einen mit mir haben!» schrie und mit ihm fahren wollte dem Wirtshause zu, wie es üblich und bräuchlich ist. Das Meitschi wehrte sich, der Alte brüllte: «Willst mir das Meitschi sein lassen, du Uhung du!» und faßte auf der andern Seite und riß auch. Sie rissen und brüllten; es war ein Mordspektakel, wäre jedoch kaum beachtet worden, wenns bloß gewöhnlicher Schryß gewesen wäre. Ein Mädchen hat Schryß heißt so viel als: es ist fêtiert, gesucht. Es sollen nämlich die Mädchen, wenn Bursche sie zu Wein und Tanz führen wollen, sich erst tapfer wehren, tuns jedoch nicht alle, wenigstens nicht nötlich, aus Furcht, die Burschen könnten nicht recht anwenden, zögen gerne den Kürzern und ließen ab. Nun geschieht es auch, daß zwei Bursche an einem Mädchen zerren, bis Kleider und Arme fast vom Leibe gehen, oder wenn ein Mädchen im Ernst heim will, sie es förmlich zurückschleppen, daß ein Fremder meinen würde, sie hätten Befehl erhalten, das Mensch tot oder lebendig einzubringen. Diesmal schien es mehr oder weniger eine abgeredete Sache zu sein, Züsi mal ins Wirtshaus zu bringen dem Alten zHohn und zTrotz, denn aus den Fenstern brüllte es: «Benz, wehr dich, Benz, setz nicht ab, zieh brav, bist e Leide, daß du dr Alt nit magst!» So mußte Benz alle seine Kraft anwenden und schwor dazu alle Zeichen, sie möchten sich wehren, wie sie wollten, Züsi müsse einmal ins Wirtshaus, das sei fertig, und er schleppte sie Beide wirklich hinter sich her zur Burgerlust der Zuschauer. «Alter, setz ab, heute zwängst du nichts, du reißest ja deinem Meitschi den Arm aus dem Leibe. Komm mit, z'trinke mußt haben, so viel du magst!» «Benz, zieh recht, und wenn du nicht gfahren magst, so wollen wir kommen und dir helfen!» so scholl es aus den Fenstern. «Nit nötig!» rief Benz, tat frisch einen mächtigen Ruck, daß der Alte das Mädchen lassen mußte und Benz samt dem Mädchen bei einem Haar überpurzelt wäre. Ein furchtbar Gelächter erscholl. Desto schneller machte sich Benz mit dem förmlich eroberten Mädchen ins Haus.

Drunten blieb der Alte fluchend stehen und wünschte der mutwilligen Jugend alle Hagelwetter auf den Hals, schalt sie Räuber, Mörder und merkte nicht, daß er da eine Komödie aufführe und dazu noch unentgeltlich, zum Ergötzen des Publikums. Endlich kam die Wirtin, eine resolute, kuraschierte Frau mit gutem Herzen. «Das ist öppe nüt Witzigs von euch, ein alt Mannli so z'plage, wollt so vornehme Bauernsöhne sein! Hätte geglaubt, zu einem solchen Lümmelstücki wäret ihr zu stolz. Und für was seid ihr denn da?» schnautzte sie gegen einen Gendarm. «Unglücksmacher seid ihr; wenn man euch brauchen könnte, sieht man euch nicht, und wo ihr abwehren solltet, da helft ihr noch. Komm, Barthli, hinauf, trink, was sie dir ja angeboten, laß das Meitschi es paar halten, dann müssen sie es dir lassen, wann du willst, ich bin dir gut dafür. Ich will schon Ordnung machen, ich! Dazu brauche ich niemanden, und wenn er eine Montur anhätte und ein Säbeli am Hintern.»

Als Barthli hinaufkam mit der Wirtin, da war Züsi zum großen Ärger des Alten bereits mitten im Tanzen. Es war ihm wirklich zu seinem eigenen Erstaunen gegangen wie, doch per se nicht zusammengezählt, einem jungen Hunde, und seine Beine bewegten sich ungsinnet und ungeheißen, wie der Geiger es aufmachte. Gar freundlich wurde Barthli oben empfangen, mit Wein und Speisen reich regaliert, Gläser von allen Seiten ihm dargestreckt; man wollte ihn versäumen, mit Wein zudecken, daß er Pressieren und Heimgehen vergesse. Aber Barthli war nicht erst gestern auf die Welt gekommen und von Natur nicht dumm. Ein Glas Wein, wenn es ihn nichts kostete, trank er nicht ungern, er teilte diese Schwachheit mit noch ganz anderen Leuten, aber das Spiel mit sich treiben ließ er nicht gerne; den Posten, Anderer Narr zu sein, liebte er nicht, auch wenn er was eintrug und er, Barthli, geizig war. Er nahm, bis es ihn dünkte, er hätte genug und drei Tänze sollten getanzt sein. Da wollte er sein Meitschi haben und fort, aber man lachte ihn aus, und der Spektakel ging von neuem an. Das Meitschi hörte es, und obgleich es ihm beim Tanzen war, als sei es halb selig, so stellte es doch dasselbe ein, wollte keinen Fuß mehr versetzen, sondern mit dem Vater heim. Aber Benz wollte es nicht gehen lassen, sondern zerrte immer frisch an ihm. Da kam die Wirtin wieder und sagte: «Jetzt laßt mir das Meitschi, ich versprach es dem Alten, und er soll es haben, und wer es nur noch anrührt, den treffe ich, und wenn es an einem Mal nicht genug ist, zweimal. Es nimmt mich wunder, ob in meinem Hause die Leute nicht ein- und ausgehen dürfen, wie sie wollen.» «Aber Wirtin, hätte geglaubt, du hättest mehr Verstand als so. Seit wann ists Sitte, mit einem Mädchen zu tanzen und es so z'trocknem laufen zu lassen? Das tut dir kein rechter Bursche, einmal wenn er noch einen Kreuzer Geld im Sacke hat», hieß es von allen Seiten. «Mir wärs manchmal lieber gewesen, z'trocknem zu gehen als so einem Schnürfli ein Glas abzunehmen», antwortete die Wirtin. «Aber meinetwegen! Soll ich eine Halbe bringen?» Als die Halbe getrunken war, fing die Geschichte wieder von vornen an. Benz wollte das Meitschi nicht lassen, erst jetzt habe er recht Mut zum Tanzen, und mit dem Trinken sei es nicht gemacht, es müsse gegessen auch sein, die Wirtschaft solle aufwarten mit dem, wo zu haben sei, heute müsse was gehen, er setze nicht ab. Das Mädchen weinte, und der Alte war fuchswild. Benz schimpfte ihn mit allen möglichen Ehrentiteln aus und fing den Schreiß wieder an. Da erschien die Wirtin, warf Benz mit ihrem mächtigen Arm in die lachenden Zuschauer hinein, daß er davonfuhr wie ein Kegel, von gewaltiger Kugel getroffen. «Jetzt, Alter, nimm das Meitschi und mach, daß du mit ihm fortkommst; und daß mir sie Keiner anrühre oder plage, sonst treffe ich ihn, daß er weiß, daß er getroffen ist!» so rief das zornige Weib. Und unangetastet im Frieden zog der Alte mit seinem Kleinod ab. Man glaubt nicht, was so eine mutige Wirtin für eine Herrschaft übt. Der Wirt ist immer nur ein Fösel dagegen.

Der Alte fuhr wie ein großer Feuerteufel oder feuerspeiender Berg dahin, schimpfte über alles im Himmel und auf Erden und nicht am wenigsten über sein Töchterlein, daß das einen Fuß zum Tanzen aufgehoben, gäb wie das sagte, es hätte nicht anders können, es hätte sich ja gewehrt bis z'usserist use. «Zum Schein, du Täschli!» polterte der Alte; «wenn es dir ernst gewesen, du hättest dich gstabelig gemacht wie ein buchenes Scheit, daß dr Tüfel ghört hätt, mit dir z'tanze, jawolle!» Ja, so ein alter Barthli, ein sechzigjährig Kudermannli, hat gut reden, so einer, der von Natur gstabelig ist wie ein Garbenknebel; der weiß nicht, was das Unghürigs wär für ein achtzehnjährig Meitschi, wenn es sich gstabelig machen sollte, wenn der Geiger einen recht Lustigen aufmacht und ein Benz mit ihm tanzen will. Dem Meitschi gings ganz wunderlich im Kopf herum, bitter und süß durch einander. Das Schelten des Alten tat ihm weh. Das Wüsttun von Benz plagte ihns. Daß er so einer sei, so wüst tun könnte, hätte es keiner sterblichen Seele geglaubt, dachte es, und zu diesen Gedanken machte der Geiger lustig auf, die Töne zuckten ihm durch den ganzen Leib, die Füße trippelten im Takt. Es war in dem seltsamen Zustand, wo man oben weint und unten tanzt, Füße und Augen allen Rapport zu einander verloren haben.

So kamen sie heim, und ds Meitschi sollte die Haushaltung machen und zwar hinten und vornen im Hause. Wie die Ziegen mit ihrem Traktament zufrieden waren, wissen wir nicht, Klagen darüber kamen uns keine zu Ohren; aber über das seine schimpfte Barthli ungemessen, und zwar hatte er etwas recht, wir müssen es sagen. Der Kaffee war ganz ohne Sinn und Verstand, das Meitschi hatte das Pulver vergessen, er kam ganz weiß aus der Kanne. Die Erdäpfelrösti war schwarz wie ein Wollhut, ungesalzen und ungeschmalzen. Die Milch war ein unerhört, nie erlebt Getränke, denn im Verschuß hatte Züseli Salz und Butter in die Milch getan statt in die Rösti. Man kann sich denken, was das für den hungerigen Barthli für ein Herrenleben war! Er war drauf und dran, was er sonst nie machte, ins Wirtshaus zu gehen und nachzubessern und den Leuten zu klagen, wie es ihm ergangen und was er für ein Meitschi habe. Zu gutem Glück fiel ihm noch zu rechter Zeit ein, der Teufel sei von je ein Schelm gewesen; es wäre sehr möglich, daß er es jetzt noch wäre und Benz und Züseli zusammenführen könnte so oder so. Er besserte sein Hundefressen mit einem Stück Käs aus, trank frische Geißmilch dazu und paßte scharf auf Züseli, in welcher Richtung dessen Augen gingen, ob es wohl jemanden erwarte oder nicht. Und als es ihm sagte, es wolle zu

Bette, es sei müde und schläferig, da ward ihm die Sache erst recht verdächtig. «Aber wart, du Täschli, du bist mir noch lange z'wenig, Barthli ist dir und Andern schlau genug, du Täsche! Wart bis morgen, dann will ich dir die Schlauheit auflegen, daß du sie faustdick am Leibe greifen kannst», brummelte der Schlaue.

Nun machte es der Alte schlau. Er stellte sich in die sieben Bohnenstecken, von denen aus er die Zugänge zum Häuschen übersah und namentlich die Fensterchen allzumal, die blinden und die halbblinden. Da lauerte er wie die Katze auf die Maus und dachte: Wartet nur, der alte Barthli ist euch schlau genug, der tut euch Pulver in die Kanne und Salz in die Rösti. Er machte sich gstabelig wie ein buchenes Scheit in seinen Bohnenstecken, und das war ihm keine Kunst, denn er war von Natur schon fast so, und spitzte die Ohren wie ein Has in einem Kabisplätz. Er hörte immer etwas, bald hinten, bald vornen, bald links, bald rechts; es knisterte was im Laube, es trappete auf der Straße, es schlich etwas, es hustete, kurz er hörte alles Mögliche, aber es kam niemand. Es fror ihn, es fiel ihm ein, der Kerl könnte schon drinnen sein, er hörte drinnen was. Richtig, da redete es. Barthli schlich wie eine Spinne, wenn sie eine Fliege um ihr Netz surren hört, gegen seiner Tochter Bett, stand stille und wollte wissen, wer da spräche und was, und wenns Benz sei, ihn prügeln nicht für Spaß. Aber er verstand sich nicht auf die Töne, bis er dicht vor dem Bette stund. Da hörte er, wie Züseli brummte: «Drli, drli, drli, drli, drlum, drlum, drlum, drlurili, drlurili.» Das gute Meitschi tanzte im Schlaf und machte den Geiger dazu und war sicherlich selig in seiner Freude. Es fehlte aber nicht viel, der Alte hätte sie ihm rauh vertrieben und ihm zugemessen, was er Benz zugedacht. Hart rüttelte er das Meitschi auf und gab ihm einen väterlichen Zuspruch nicht bloß aus dem Salz, sondern aus dem

Pfeffer, der aber dennoch nicht tief ging; denn kaum stand der Alte wieder in seinen Bohnenstecken, so sumste es im Stübchen wieder: «Drlü, drlü, drli, drli», und lustig gings in des Mädchens Seele zu, während draußen der Alte fror und fluchte und alles umsonst. Benz kam nicht, aber kommen hatte er wirklich wollen; der Geist wäre willig gewesen, aber das Fleisch war zu schwach. Er war hart betrunken, fand den Weg nicht, fand überhaupt keinen Weg mehr, und wie und wann er nach Hause kam, darüber gehen verschiedene Gerede. Als Benz wieder zu ordentlicher Besinnung kam, da ward sein Gewissen beschwert durch die Art und Weise, wie er Barthli behandelt und tituliert hatte. Das Meitschi stak ihm im Herzen und ds Hüsli im Kopf und beide tief. Das Meitschi gefiel ihm wohl, es war eingezogen, flink und fleißig, hübsch genug für ihn, wie er sagte, aber es chömm nit alles uf dHübschi a, sondern ds Meiste ufs Ordelitue; und dann könne er einmal noch ein ganzes (die Löcher im Dache rechnete Benz für nichts) Hüsli erben, da brauche man keinen Hauszins, könne pflanzen, ja, das wäre ein schöner Anfang und viel gewonnen. Wenn man ein Meitschi gerne möchte, so schien es Benz denn doch nicht als zweckmäßige Präliminarien, den künftigen Schwäher zu mißhandeln; er erachtete, der Schaden müsse ausgebessert werden, aber das Wie, das gab ihm lang zu sinnen. Endlich fiel ihm was ein. Er stahl seiner Meisterfrau einige alte, zerrissene Körbe und machte sich nach dem Feierabend mit denselben dem «rueßigen Graben» zu.

Er fand den Alten auf dem Bänkli vor dem Häuschen. Das Meitschi saß neben ihm auf dem Tritt der Stege, die ins Obergaden führte. Die Meisterfrau schicke ihn, sagte Benz, er hätte da einige alte Körbe zum Flicken, wenn es sich der Mühe lohne, er solle sie gschauen, und somit saß er ohne weitere Komplimente neben den Alten auf das Bänkli ab.

Der Alte hatte alsbald die Trümmer der Körbe zur Hand genommen und geriet in schauerlichen Zorn. Er ließ ihn zuerst los über die Baurenweiber, wie die immer hundshäriger würden, wüest Gythüng. Da solle er Körbe flicken; fordere er mehr als zwei Kreuzer für einen, so sage sie ihm wüst, und habe er mit demselben doch mehr zu tun als mit einem neuen dreibatzigen. So gehe man mit armen Leuten um; nachdem man sie blutt gemacht, wolle man sie noch schinden. Nachdem er alles gemustert, wandte sich sein Zorn. «Los, Bub», sagte er, «mit solchem Zeug schickt dich keine Bäurin, wenn sie recht im Kopf ist, und das ist Deine, das ist eine rechte Frau. Du Lumpenkerli willst anfangen, wo du es gelassen, ich soll dein Narr sein; aber da bist am Lätzen, stell einen hölzernen an, wenn du einen Narren haben mußt, oder sei ihn selbst, aber den Barthli laß ruhig, der zeigt dir sonst den Weg unsauber! Nimm den Zeug und packe dich, und daß du mir nicht mehr unter das Dach kömmst, sonst mache ich, was gut ist.» Benz blieb sitzen und sagte ruhig: «Etwas recht hast und etwas nicht. DMeisterfrau hat mir in der Tat diesen Zeug nicht gegeben, sondern ich kam aus mir selbst, und weißt warum? Ich wollte schon am Märitabend kommen, es war aber besser, ich kam nicht, ich war z'volle, mein Lebtag nie so, wie ein Kalb, sag ich dir. Nachher kams mir, ich sei wohl grob mit dir umgegangen, und es war mir leid, von wegen, sieh, es geschah nicht aus Absicht oder gar aus Bosheit, sondern wegen der Bekanntschaft. Sieh, ich will es dir graduse säge, dein Meitschi gfallt mir, es dünkt mich, es schicke sich niemand besser zu einander als ich und es. Wir sind Beide jung und hübsch genug für einander, können Beide wohl verdienen; es bekömmt ein Hüsli und ich keins, es hat einen Ätti und ich ein Müetti, Beide alt, wegen der Hübschi haben sie einander nichts vorzuhalten. Wenn du und es einander heirateten, so brauchte ich für ds Müetti keinen Hauszins mehr, es könnte die Haushaltung machen und ds Meitschi desto besser verdienen, und wenn denn da alles zusammenkäme, so hätten wir bald Geld zweg und könnten entweder mehr Land kaufen oder das Hüsli neu unterziehen lassen, es mangelt dasselbe grusam. Wenn du mir ds Meitschi gä wotsch, es hat nichts dawider, ich wüßt nicht, was es wett ha, so bsinn dih nit lang und sägs, daß ih mih rangiere cha! Mit Werche mag mich Keiner, und sparsam bin ich auch. Daß ich mich vollgesoffen letzthin, daran stoß dich nicht, das geschieht des Jahrs nicht manchmal, und selb macht nichts, sagt man. Die Mutter ist huslich; für Schmutziges z'spare i dSuppe, i ds Krut u sust, kratzet si all Egge us. Die erspart dir manche Krone des Jahrs. Lue, du bist afe alt, und lang wirst es nicht mehr machen, aber du sollst deine Sache haben wie recht und brüchlich; für einen Hund sollst nicht gehalten werden, wie es an manchem vornehmen Orte der Brauch ist, wir wollen dich für e Ätti ha, seiest wunderlich oder nicht, krank oder gsund. Ich habe gedacht, du werdest froh sein, wenn dein Meitschi einen habe, ehe du davon müssest. Da habe ich gedacht, du gebest mir die Tochter, sie machts uf my armi türi besser mit mir als mit einem, der manchtausend Gulden hat, daneben dann aber ein Hudel ist, und dann ists auch nicht, daß ich ganz nichts hätte. Oder was meinst, Barthli, nicht wahr, du gibst mir dTochter?»

«Ja, ja, ja, einem solchen Lausbub wie du die Tochter geben, ja, ja, ja, das wär es witzigs Stückli vo Barthli, einem, wo nichts als plagen kann und damit anfängt, mich zum Narren halten zu wollen. Ich glaube, du möchtest gern es Hüsli und dazu noch mir deine Alte, die wüste Schnupfdrucke, anhängen, so was käme noch manchem Narr in Sinn. Mein Meitschi mangelt keinen Mann, wir mögen die Sache, welche wir pflanzen, selbst fressen, brauchen keinen Schmarotzer und Unflat dazu. Und jetz mach, daß du fortkömmst, und das Gnist, wo du gebracht, nimm mit, oder ich schlage es dir ums Gesicht.» Benz wollte frisch ansetzen, versuchte, Barthli darzutun, wie kommod in alle Spiel ein Tochtermann wäre, wie er doch einen haben müsse und viel besser täte, einen zu nehmen, der am Tag komme, als einen, den ihm das Meitschi zNacht zuecheschleipfe. Er sollte nur das Meitschi fragen, ob es ihn wolle oder nicht. Aber Barthli fragte das Meitschi nit: Wotsch oder wotsch nit? Benz hatte seine Sache nur schlimmer gemacht, den Verdacht geheimen Einverständnisses erweckt und jetzt wirklich Zeit, zu gehen, wenn er nicht fremde Hände am Kopf haben wollte. «Sag», rief ihm Barthli nach, «deinem alten Kratte, wenn sie einen Mann wolle, solle sie sich einen kuderigen machen lassen, andern bekomme sie keinen!» Da drehte sich Benz um und sagte: «Jetzt schweig, Alter, und wart du nur, es kömmt einmal die Zeit, wo du froh über Benz wärest; aber dann kannst du lange pfeifen, du alte Wydlimuser du, wasd bist!»

Züseli war bei der ganzen Verhandlung gewesen, aber nicht gefragt, hatte es auch nichts dazu gesagt. Der Alte fragte ihns auch nachher nicht, ob er es ihm recht gemacht, sondern behandelte es als Mitschuldige. E Dirne, es wüests Buebemeitschi seis; nit trocke hinter den Ohren und schon einen Mann wollen, pfy Tüfel! Kabiswasser saufen müß es ihm, bis solche Mücken vergangen seien. Daß es ihm nicht ds Herrgotts sei, mehr einen anzusehen, sonst wolle er ihm die Augen schon vermachen mit Harz oder Schnupf, was er zuerst bei der Hand habe. Er wolle ihm das Gaffen und Liebäugeln vertreiben! Es sei nichts besser dafür als eine Drucke voll Schnupf i ds Gfräß. Er möchte doch wissen, was sie da mit einem Tochtermann, mit so em ene Gränni machen sollten in dem kleinen Hüsli, wo sie kaum selbst Platz hätten. Es sei jetzt mehr als zehn Jahre, daß seine Alte gestorben, sie hätten es seither machen können ohne Tochtermann, er wüßte gar nicht, warum sie jetzt auf einmal einen nötig haben sollten, son e Kerli, wo freß für Zwei, Platz versperr und nichts könne als die Andern versäumen! «Wir mangeln keinen Tochtermann, wir können es alleine, gibt die Geiß ja längs Stück für uns kaum oder gar nicht Milch, verschweige dann für ein so groß Kalb.»

Von diesem Standpunkt aus sah Barthli die Sache an. Es wird sicher niemanden und namentlich keiner lieben Leserin unerwartet kommen, wenn wir sagen, daß Züseli nicht von diesem Gesichtspunkte aus die Lage der Dinge betrachtete. Das Tanzen und der Tochtermann hatten in seinem Köpfchen sich Platz gemacht und drehten sich darin mit einander herum, daß ihm fast alles Sinnen und Denken verging. Kaum achtzehn Jahre alt und hätte schon einen Mann haben können, und ist Manche schon siebenzig Jahre alt und hat noch keinen! Dann hätte es mit ihm zMärit gehen können und beim Heimgehen tanzen, drli, drlü. Und wenn der Alte nicht dabei war, so probierte Züseli richtig, ob es es noch könne. Man sieht, Züseli hätte mit einem Tochtermann seines Vaters schon was anzufangen gewußt. Aber es sollte ihn ja nicht haben, sollte keinen Mann haben, denn der Alte wollte ja keinen Tochtermann, nie mit einem vom Märit heimgehen und mit ihm tanzen! Das kam ihm fast übers Herz, es mußte weinen, es mochte wollen oder nicht, es mußte an Benz denken. Der hätte sich doch so wohl geschickt, fand es je länger, je mehr; die Mutter hätte es eben auch nicht begehrt, aber ihn wohl, und zu brauchen wär er sicher auch gewesen, was er nicht gekonnt beim Korben, hätte man ihn brichten können.

Bis jetzt hatte Barthli mit Recht nicht über Züseli klagen können, sondern Ursache gehabt, dem lieben Gott für das Meitschi zu danken, denn es war nicht bloß die Stütze, sondern auch die Blume seines Alters. Nun begann es zu ändern. Böses machte, soviel wir wissen, das Meitschi nichts, aber mit seinen Sinnen und Gedanken war dasselbe nicht mehr da, wo es sein sollte, sie flogen ihm davon, es wußte selbst kaum wohin. Das Eine vergaß es, das Andere machte es verkehrt, daß der Alte wirklich manchmal schlimm daran war. Bald war nicht gekocht, bald nicht gemolken, die beiden Handhaben an einem Korbe auf der nämlichen Seite, oder gar feuerte es mit Korbwydlene an.

Dazu begann das Meitschi schlecht auszusehen, müde zu werden, plärete viel, daß der Alte wirklich ans Krankwerden dachte und eine alte Nachbarin zu Rate zog. Die tröstete ihn. Das sei nichts anders bei jungen Mädchen, sagte sie, das gebe es oft und werde schon bessern. Da sei nichts besser dafür, als ab Bocksbart zu trinken, der sei bsunderbar guet i sellige Umständen. Zu all seinem Elend mußte nun Züseli ab Bocksbart trinken, der schmeckte ihm aber grundschlecht, und man sah gar nichts, daß er ihm anschlug, eher das Gegenteil. Je weniger er aber anschlug, desto böser wurde der Alte mit Züseli. «Du sufst ume z'wenig», sagte er, «es würde sonst schon bessern, der ist ja expreß gut dafür. Wotsch sufe oder nit?» Wegem Bocksbart konnte er fragen: «Wotsch oder wotsch nit?»; hätte er wegem Tochtermann so gefragt, es hätte vielleicht besser angeschlagen.

Ob Züseli in dieser Zeit Benz nie gesehen, nie gesprochen, wissen wir nicht; wir haben Ursache, zu glauben, daß sie sich gesehen haben. Wenigstens wollte es eine Nachbarin behaupten, nicht daß sie dieselben bei einander gesehen, aber Züseli suche das Futter für die Geißen und den Bocksbart gar oft am nämlichen Orte und an einem Orte, wo nüt Aparts für die Geißen wachse, und der Verstand gebe es doch mit, daß am nämlichen Orte nicht stets etwas zu finden sei. Aber von dort sehe man den Hof, wo Benz diene, und von dorther gehe man herunter ins Dorf, das komme ihr sehr kurios vor. Uns dagegen gar nicht, denn jedem achtzehnjährigen Meitschi ist bekannt, daß ein solches Mädchen in einem Zimmer, wo drei Fenster sind, von denen eins gegen das Haus seines Schatzes sieht, sich immer an dieses Fenster setzt, auch wenn es gar keine Hoffnung hat, mit dem Schatz hinter den Fenstern zusammenzutreffen. Es ist immer Hoffnung, vielleicht ein Bein oder einen Kuttenfecken des Geliebten zu sehen, jedenfalls hat man einen sichern Haltpunkt für seine Gedanken, und schaden kann es ja doch nicht viel!

Wir wollen nicht entscheiden, wie es sich verhielt; das wissen wir, daß am zweiten Sonntag im August vergangenen Jahres Züseli daheim vor dem Häuschen saß und grusam Langeweile hatte und ein Blangen dazu, daß es ihm sein kleines Herz fast versprengen wollte. Die Bewohner des «rueßigen Grabens» meinten nicht, daß sie alle Sonntage zur Kirche müßten. Wenn man die Sonntagskleider alle Sonntage anziehen wollte, man wäre ja alsbald fertig damit, meinten sie. Barthli ging noch zuweilen, und manchmal nur, damit das Meitschi daheim bleiben müsse, um zu hüten; denn das sah er sehr ungern gehen und legte ihm, wenn es einmal gehen wollte, Hindernisse in Weg, wie er nur konnte und mochte. Ledigen Leuten sollte man ds Chilchegah ganz verbiete, meinte er. Es sei ihnen doch nie wegen Gottes Wort, sondern nur daß ein Löhl den andern angaffen könne, und daraus entstünden böse Sachen, wie man Exempel genug hätte. Mit Lesen gab Züseli sich auch nicht besonders ab, und Barthli gab ihm das Beispiel nicht. Sie hatten wohl eine Bibel, aber nicht großen Appetit dazu. Hier ist das Sprüchwort besonders wahr: Der Appetit kömmt überm Essen. Man muß früh anfangen zu lesen und gut lesen, nicht bloß halb buchstabieren können, wenn man Freude am Lesen bekommen soll. Der Sonntagsmorgen ging noch an. Es hatte für Menschen und Vieh zu sorgen, sich recht zu waschen und zu kämmen, statt Kartoffeln machte es einen Eiertätsch oder ein Eierbrot. Fleisch hatten sie des Jahres nicht oft auf dem Tisch. Diese Mahlzeit wurde schon um eilf Uhr eingenommen, lang vor zwölfe war man mit allem fertig, mit Essen und Abwaschen, und jetzt?

Nun, manchmal ging Züseli beeren im Walde. Erd-, Heidel-, Him- und Brombeeren fanden sich zur Genüge. Wohl flocht es auch niedliche Körbchen mit allerlei Kunstwerken für sich, denn eigentliche Arbeit duldete der alte Korber am Sonntag nicht. Das sei das beste Zeichen, um wie viel die Menschen geschlechtet hätten und nichtsnutziger geworden seien; ehedem hätten sie arbeiten können in sechs Tagen, daß sie sieben Tage zu leben gehabt, jetzt schafften Viele sieben Tag und brächten es nicht zweg, daß sie sich des Bettelns erwehren könnten, behauptete er. Aber auf die Straße, ins Dorf hinunter, wo Wirtshäuser waren, dahin ließ es der Alte nicht, von wegen, er war da nicht mit der Schnupfdrucke bei der Hand, um zu rechter Zeit vor allfälligem Schaden sein zu können. Da gab es lange Sonntagnachmittage und viel Seufzens. So war es eben an jenem genannten Sonntagnachmittag. Die Ziege mäckerte im Stalle, und der Alte sagte, es sei ihm so in den Gliedern; es nehme ihn wunder, ob es ein Wetter geben würde. Er wolle hinaustrappen auf die Egg, dort sehe man am besten, was werden wolle. Es finge sich fast an zu fürchten, sagte Züseli. Vor acht Tagen hätte es so grusam Unglück gegeben vom Wasser, und man sage, es gebe gerne zwei Wassergrößen hinter einander und die zweite sei größer als die erste. Es wollte, er bliebe da, oder es wolle mit ihm kommen. «Dumm», sagte Barthli, «es muß jemand daheim sein, um Bescheid zu geben; wenn es schon ein wenig Wasser gibt – und daß es gibt, ist noch lange nicht gesagt, das will ich eben gehen zu gucken –, so wird dir doch hier oben die Emme nichts tun und die Aare nichts, und wenn es wäre, könnte ich dir doch nichts helfen, und die Sündflut wär nicht mehr weit.» «Man kann nie wissen», sagte Züseli kläglich. «Dumm», sagte Barthli und ging langsam der Egg zu.

Wenn es doch dann an einem Sonntag vom Hause wegsein müßte, so sei es doch überall der Brauch, daß die Jungen gingen und nicht die Alten, dachte Züseli traurig. Aber es sei ein armes Tröpfli, es wollte bald lieber sterben als so dabeisein, keine Freude, keine Gesellschaft, von Lustbarkeit wolle es nicht einmal reden. Es setzte sich aufs Bänklein und hätte wahrscheinlich geweint, wenn es nicht Gesellschaft bekommen hätte. Seine Hühner kamen daher, nicht des Fressens wegen, sondern als ob sie bei ihm Schutz suchen wollten. Es wird ein Vogel in der Nähe sein, dachte es. Aber die Hühner wollten nicht wieder von ihm weg, wie sie sonst tun, wenn sie den Vogel weitergeflogen glauben. Wie halb krank stunden sie um ihns herum und versetzten keinen Fuß, um Futter zu suchen. Warum doch die Hühner so mudrig seien? dachte es. Wenn sie nur nicht was Böses gefressen, ihm nur nicht draufgingen, es ginge ihm viel zu übel. Der Vater wolle kein Fleisch kaufen und Brot so wenig als möglich; wenn es nicht zuweilen was von Eiern machen könnte, so hätten sie ds Jahr ein, ds Jahr aus nichts als Kaffee und Erdäpfel, und selb wär denn doch gar zu läntwylig. Es donnerte dumpf, das Meitschi wußte nicht, von welcher Seite her. Es wurde dunkler; es sei fast, als ob es Nacht werden wollte, kein Wunder, daß die Hühner gekommen, sie würden gemeint haben, es sei schon Zeit, zSädel zu gehen, meinte es. Es fürchte sich schier; «wenn nur dr tusig Gottswille dr Ätti wieder da wär», sagte es zu sich selbst.

Es stund vor das Dach hinaus, und über sich sah es den Himmel schwarz wie ein ungeheures schwarzes Grab. «So habe ich es nie gesehen», sagte es zu seinen Hühnern, «wenn doch nur der Ätti käme, was braucht doch der seine Gwundernase auf die Egg hinaufzutragen.» Still war es auch wie im Grabe, kein Vogel zeigte sich mehr, von ferne hörte man ein Gerolle; es war, als wenn ein gewaltiger Totengräber Erde würfe auf einen eben versenkten Sarg. Schwere Tropfen fielen. Eine Nachbarin stand zu Züseli und sagte: «Es ist mir so angst, ich bekomme fast den Atem nicht, ich weiß nicht, was es geben will.» «Ja», sagte Züseli, «und Ätti ist noch nicht heim, wollte auf der Egg nach dem Wetter sehen, und wenn er nur das täte, so dünkt mich, er sollte heimkommen, aber er wird sich mit Klappern versäumen.» «Sieh, dort kömmt er, und es pressiert ihm», sagte die Nachbarin. «Hätte nicht geglaubt, daß Barthli noch so schnelle Beine hätte.» Da flammte es vor ihren Augen, als ob Feuer vom Himmel falle, daß Beide die Hände vor die Augen schlugen; ein entsetzlicher Donner betäubte die Menschen, die Erde erzitterte, und ehe sie noch zu einander gesagt: «Gott, mein Gott», brachen Wasserströme aus den Tiefen des Himmels; der schwarze Sarg war geborsten, und seine Wasser platzten zur Erde. Beide stürzten ihren Häuschen zu, einige Schritte weit; sie erreichten sie zur Not, naß bis auf die Haut, außer Atem. Kaum hatte Züseli ihn wieder, jammerte es: «Mein Gott, mein Gott, der Vater!»

Es war, als ob Gott ihn bringe, er stürzte unter Dach. «Mein Gott, mein Gott, so habe ichs noch nie erlebt», keuchte Barthli. Sie flüchteten sich in die Küche, um den Herd stunden betäubt die Hühner, hinten im Stalle schrie wehlich die Ziege, man hörte zuweilen ihre jammervolle Stimme durch das Rauschen der Wasser zwischen den betäubenden Donnerschlägen. «Wenn wir nur die Geiß hier hätten», sagte Barthli, «die hat grusam Angst, und dort ist das Dach nicht am besten.» «Will probieren», sagte Züseli, «sie zu holen.» Dreimal setzte das Meitschi an, um aus der

Küche zu kommen, dreimal schlugen es die Wasser des Himmels – denn es war kein Regen mehr, es war ein Strom, der aus dem Himmel brach – zurück. Endlich kam es zum Ställchen, konnte die Türe öffnen; da fuhr Feuer durch die Gewässer, blendete ihm die Augen, betäubt lehnte es sich an die Wand. Als es wieder Besinnung hatte nach wenigen Sekunden, war die Ziege weg, das Gitzlein auch, furchtbar brausten die Wasser; es donnerte, wie es in des Blitzes Glut gesehen, ein gewaltiger Bach durch den Graben, wo sonst nur in nassen Zeiten ein klein Wässerchen lief, das zur Not ein Rädchen trieb, wie Kinder in Bächen einzuhängen pflegen.

Züseli floh zur Küche, naß bis auf die Knochen. «Vater, dGeiß wird da sein?» rief es. «Als ich den Stall auftat, kam der Blitz, und als ich wieder sah, war keine Geiß mehr da.» «Sie wird in der Angst ums Häuschen sein, man muß ihr rufen», sagte Barthli und rief ihr mit seiner rauhen Stimme: «Gybe, sä sä! Chumm, sä sä!», aber Barthlis Stimme war zu dünn, drang nicht durch den Donner Gottes und das Brausen der Wasser, Gybe kam nicht. Er drang in seinem Eifer vor die Türe, da sah er denn im Scheine der ununterbrochen flammenden Blitze den donnernden Bach, die Breite des Grabens füllend, höher und höher steigend, mit Gebüsch und jungen Tannen den breiten, trüben Rücken bedeckt. «Oh, oh, Züseli, oh, Züseli, wir müssen sterben!» schrie Barthli und vergaß die Ziege. Sie dachten einen Augenblick an Flucht, aber wohin in den wogenden Wassern? Sie dachten an den jüngsten Tag, und wenn der komme, so komme er ihnen auf den Bergen oder in den Tälern oder in den schäumenden Wellen. Sie beteten, was sie konnten, erwarteten zitternd das Vergehen von Himmel und Erde. Die Wasser brausten, die Hütte wankte; sie hatten sich ihrem Gott ergeben, achteten sich nicht mehr der Zeit, sie warteten auf das Öffnen der Tore der Ewigkeit.

Da ward es wieder heller, die Blitze minder feurig, die einzelnen Donnerschläge ließen sich unterscheiden, waren weniger betäubend, wurden majestätischer; die armen Sterblichen atmeten wieder, sie hofften wieder, über die Gerichte sei aufgegangen die Sonne der Gnade. Da kam plötzlich eine Stimme durch die Küchentüre: «Barthli, lebst noch?» «U de?» war alles, was Barthli hervorbringen konnte. «Gschwing, gschwing komm, sonst nimmts dir ds Hüsli weg!» Ohne weitern Übergang brachte dieser Ruf Barthli urplötzlich aus allen höheren Stimmungen heraus in die Gegenwart, er machte sich hinaus. Durch Züseli bebte es wunderbar, es hatte sich ergeben, alsbald vor Gott zu stehen, jetzt kam plötzlich Benzens Stimme zur Türe hinein. Es konnte nicht aufstehen, der Atem fehlte ihm, die Glieder waren wie gelähmt, Ströme fluteten um sein Herz, die Ströme ums Hüsli vergaß es.

Bedenklich sah es um das Letztere aus, schon war eine Ecke untergraben, und die Wasser mehrten sich noch. Aber Benz tat klug und kühn das Nötigste, den Strom zu brechen, den Zorn desselben abzuleiten. Barthli schleppte Material herbei, ihr wehlicher Ruf um Beistand scholl weithin, brachte Helfende herbei, und das Häuschen ward zur Not aufrecht erhalten; aber es war die höchste Zeit gewesen, daß dazu getan wurde, in wenigen Minuten wäre es verschlungen gewesen. Nun ward es durch gemeinsame Anstrengungen außer Gefahr gestellt, die Wasser begannen zu mindern glücklicherweise, ihren Lauf konnte man wieder meistern, die nachhaltige Kraft der Menschen siegte über die rasch verbrausende Gewalt des Elements.

Die Angst wich aus den Herzen der Menschen, machte aber bei Vielen nur dem Jammer Platz, absonderlich bei Barthli. Er gehörte, wie man gesehen haben wird, unter die Jammersüchtigen, welche immer Ursache haben zum Wehklagen, nie zum Frohlocken, über Verlorenes klagen, des Geretteten nicht gedenken, nie dankbar sind in der Glückseligkeit, aber fort und fort mit der Vorsehung hadern über jede Widerwärtigkeit. Wie ihm die Nachbaren auch sein Glück priesen, daß er, sein Kind und das Häuschen gerettet worden, er hatte keine Ohren dafür, er jammerte nur über seine verlorenen Geißen. Wie die Alte gebe es keine mehr, weder im Oberland noch im Unterland, kein Ratsherr sei so witzig wie sie gewesen; die hätte gewußt, wo das Gras melchiger sei, außer dem Zaun oder inner dem Zaun, und wo sie innerhalb hätte grasen wollen, habe es ihr kein Zaun gewehrt, und dazu sei sie wenigstens acht Taler wert gewesen. Wenn das Gitzi geworden wäre wie die Geiß, so wäre es auch acht Taler wert geworden, zusammen also sechzehn Taler, woher jetzt die nehmen! Und wenn man sie auch je wieder zusammenbrächte, wo dann Geißen finden so melchig und witzig und merkiger als key Ratsherr! Was nütze so das Hausen, wenn dann der Herrgott selbst komme und die Sache verherge, daß es key Art und Gattig habe, man sein Lebtag sie nicht wieder zweg bringe!

Solche Rede ärgerte die Leute stark, und während sie starke Antworten beizten, mäckerte es hinter Barthli erst grob, dann fein. Hastig sah er sich um, es waren seine Ziegen, welche ihm die Antwort brachten, hellauf und wohlbehalten, und Benz wars, der sie hielt. Da war wieder größer als die Freude über die Geißen der Ärger, daß Benz es war, der sie hielt. «Hieltest sie versteckt, hätten sie dir vielleicht auch gefallen?» sagte er giftig. «He», sagte Benz ganz kaltblütig, «wie kam ich zu ihnen? Wo es so wetterte, daß man nicht wußte, bleibt etwas ganz auf dem Erdboden oder ists Matthäi am Letzten, da sagte mir der Meister: Benz, und unsere Ware im Schürli! Die erbarmet mich, darfst es wagen und sehen, ob ihnen zu helfen ist? Meister, sagte ich, warum nicht!

Wenns aus ist, so kömmt es in eins, bin ich hier oder draußen, und allweg ists den armen Tieren ein Trost, wenn jemand Vernünftiges bei ihnen ist.» Als er zNot hinausgekommen, denn bald habe ihn der Wind genommen, bald das Wasser, habe er nebem Schürli mäckern hören und da die Geiß gefunden, die sich dahin unter Dach geflüchtet und schön windab.

«Ja», sagte Barthli, «die ist witziger als mancher Ratsherr, hab ich ja gesagt.» Er habe sie in Stall gelassen, fuhr Benz fort, und weil er sie erkannt, habe er gleich gedacht, die sei unten dem Wasser entronnen und Barthlis könnte ein Unglück begegnet sein, und als er für das Schürlein gesorgt und gesehen, daß es demselben nichts mehr tue, sei er daher gekommen, wie wisse er nicht, das Häuschen sei noch gestanden, aber not z'wehre hätte es getan; wenn ihm die Geiß die Beine nicht gleitig gemacht, wer weiß, ob der Alt und das Meitschi noch am Leben wären. «He ja, ja, man hätte eigentlich Ursache, dir zu danken, aber was soll ich jetzt mit den Geißen anfangen, wo soll ich sie hintun; das Ställi hanget ja in der Luft und hat keinen Boden mehr, und das Hüsli ist über Ort, was soll ich jetzt mit den Geißen, wo wir nicht wissen wohin?» antwortete Barthli hässig. «Barthli, du bist doch der Wüstest; hättest Ursache, dem lieben Gott zu danken, daß du mit dem Leben davongekommen, hast ja auch die Geißen wieder, und tust nichts als brummen und zanken», sagte ein Nachbar. «Dank du, wenn es dir drum ist», antwortete Barthli. «Jetzt noch danken für ein solches Wetter, wie nie eins erhört worden ist seit Noahs Zeiten!»

Darin hatte Barthli recht, daß in dieser Gegend nie ein solches Gewitter erhört worden war, es mußten Wolken geborsten sein vom Druck gewaltiger Wassermassen, die dann über den Rücken und an den Seiten einer nicht hohen Hügelkette hinstürzten, wo sie nicht wie in einem Trichter sich fingen und gepreßt zu einem Loch aus mußten, sondern wo von allen Seiten Abfluß war in verschiedene Täler, verschiedenen Flüssen zu, nach Ost und nach West. Barthlis Häuschen hing über der halben Höhe des Berges, die Wasser, welche dort hinunterbrachen, flossen in ganz kleinem Raume zusammen, und doch brachten sie über hundert Zentner schwere Steine zu Tale, trugen unter Barthlis Hütte von einem Hause einen schweren steinernen Brunnentrog weg und begruben ihn weit unten im Tale tief in den Schlamm, wo er lange nicht gefunden wurde. Als in der Tat das Ställchen unbewohnbar gefunden wurde, sagte der gutmütige Benz, den Barthlis schlechter Dank nicht gekränkt hatte: «He, weißt was, das Meitschi söll se melche, de nime ih se i üses Schürli; uf es paar Hämpfeli Fuetter chunts dem Meister nit a, und es ist nit wyt, am Abe und am Morge cha ds Meitschi se cho melche.» Da sah der Barthli den Benz an mit einem unbeschreiblichen Blick; «meinst, Bürschli, meinst?» sagte er. «Hans», wandte er sich zu einem Nachbar, «du nimmst mir sie zu deinen; will sehen, daß ich fürs Fressen sorge.»

Die Nachbaren hatten Spaß und Ärger ob Barthli. Natürlich war Benzens Abferggete bekannt und wie Barthli gesagt, er wüßte nicht, für was er einen Tochtermann nötig hätte. Natürlich hielten es alle mit Benz. Die Antwort ward zum Sprichwort, und wenn man Barthli einen Streich spielen konnte, so sparte es sicherlich niemand. Er war eben eine bei der immer größeren Abgeschliffenheit der Menschen, der immer größer werdenden Menge ohne Gepräge immer seltener werdende Persönlichkeit, vor der man eine Art Respekt hat und doch, so oft man sie sieht, lachen muß und Lust verspürt, sie zu helken oder zum Besten zu halten. «Nein, Barthli, nein», sagte Hans, «Platz für deine Geißen habe ich nicht, und wenn ich hätte, so schickten sie sich nicht zusammen, meine Geißen sind gar so dumm und deine ja witzig wie ein Ratsherr. Die wird gewußt haben, warum sie da hinauf zu Benze Schürli lief. Sei nicht dümmer jetzt als die Geiß und laß sie gehen mit Benz! Und daneben glaube ich, wir haben das Wetter deinetwegen leiden müssen. Unser Herrgott wird dir haben zeigen wollen, für was man einen Tochtermann brauchen kann.» «Öppis Dumms eso», brummte Barthli, «üse Herrgott wird sih sellige Sache achte! Für e Geiß z'fa, braucht man kein Tochtermann zu sein, das kann jeder Maulaff, und für ein solch Wetter wird man, so Gott will, keine Hülf mehr brauchen, es ist genug, wenn man eins erlebt. Wie dumm wärs, deretwegen e Tochtermann anzustellen, für e Sach, die nimme chunt, was soll me mit em ne söllige Mulaff afa? Wenn Hans dr Kolder macht, so nimmst du mir sie, Niggi, nicht wahr?» sagte Barthli zu einem andern Nachbar. «Nein, Barthli, nein, brauch Verstand; denke, was Gott zusammengefügt hat, soll der Mensch nit scheide! Junge, fahr mit dene Geiße dr Berg uf, su hört das Gstürm uf.»

Benz begriff das, rief Züseli, das begreiflich nicht weit davon stund, zu: «Am sechsi, ghörst, ist gfuetteret und wird gmulche, chast mache, daßd uf magst und obe bist; nachher bschließe ih wieder u chönntisch nit yche; u jetz milch gschwing, was no da isch, su chann ih fahre, mueß ga zur War luege.» Züseli tat das geschwind und schweigend ab, und Benz sagte auch nicht viel, wahrscheinlich befaßten sie sich mehr mit der Zukunft als mit der Vergangenheit. Und als gemolken war, folgte stolz mit hoch emporgehobenem Haupte, wie wirklich ein Ratsherr es nicht besser gekonnt hätte, die Ziege ohne Widerstand Benz nach, als ob sie wüßte, was sie verrichtet hatte. Lustig tanzte das Gitzlein um sie herum, akkurat wie ein achtzehnjährig Meitschi, wenn es vernimmt, es gebe nächstens eine Hochzeit, wo es Brautjungfer sein müsse und dann tanzen könne nach Herzenslust und dann vielleicht, man kann nicht wissen, einen Mann auflesen und dann wiederum eine Hochzeit und dazu eine noch lustigere; denn Braut sein ist doch noch lustiger als Brautjungfer sein, oder ist Bratis essen nicht besser als Bratis riechen? Wir fragen.

«Morgen wirst dich kaum verschlafen, Meitschi!» lachte Niggi. «Danebe vergiß nicht, was dein Alter mit Schein noch nicht weiß, daß was Gott tut, wohlgetan ist. Als es anfing zu donnern und als die Wasserbäche kamen, da dachtest du nicht daran, was die Sache für einen Austrag nehmen würde.» Züseli vergaß es aber auch nicht, und selbe Nacht schlief es nicht, verschlief sich am Morgen nicht. Die ganze Nacht stund der gestrige Nachmittag vor seinen Augen als wie ein großes, bewegliches Gemälde. Es dachte nicht, es schaute nur, fühlte die Angst rieseln durch Mark und Bein; es war ihm das Herz eingeklemmt, daß es oft kaum Atem hatte, und doch war ihm wohl dabei, es war ihm, als ob hinter dem Graus die Sonne stehe und bald schöner als nie scheinen werde und die Greuel verklären und alles vergehen bis an Benz und Geiß und Gitzlein und sonst noch allerlei. So lag es da und sah, was vor ihm stund, bis es ungsinnet graute draußen. Dann machte es sich auf, leise, um den Alten nicht zu wecken, der gar tapfer schnarchte.

Der hatte auch lange nicht schlafen können, aber daran nicht so wohl gelebt wie sein Meitschi, im Gegenteil, sehr schlecht. Er war zornig über den lieben Gott und über seine Nachbaren, rechnete seinen Schaden nach und ärgerte sich über die Schadenfreude. Es hätte nicht geglaubt, daß die Menschen so schlecht sein könnten, ihm ein solch Unglück noch zu gönnen, das Gspött mit ihm zu treiben und mit einem solchen Schnürfli gegen ihn zusammenzuspielen. Aber wohl, denen wolle er vor der Freude sein, die müßten ihn nicht auslachen! Morgen wolle er gehen und die Geiß melken, das werde kein Hexenwerk sein, und gsetzt, er brächte die Milch nicht alle heraus und die Geiß würde wüst tun, so werde das nicht alles zwingen und sie hätten doch dann nichts zum Lachen. Er sei gestraft genug mit dem Hüsli, das er müsse plätzen lassen, das Meitschi müsse ihm nicht noch heiraten obendrein, er wolle nicht zwei Unglück auf einander, wo eins größer sei als das andere. Er wälzte Vorsätze in seinem Gemüte, groß, wild, trüb, fast wie die Wasserwogen am gestrigen Abend. Und mittendrein schlich der Schlaf, gaukelte ihm immer Wilderes vor, band ihm leise die Glieder, drückte ihm die Augen zu, entriß ihm das Bewußtsein, blies ihm die Einbildungskraft noch einmal tapfer an und ließ dann das mit einander machen; weiß Gott, wo Barthli war, in welchem Weltteil oder gar im Himmel oder der Hölle, als sein Meitschi ihm davonlief und zwar noch lange, ehe es sechs Uhr war!

Diesmal war der Himmel nicht trüb, wie er sonst oft ist nach solch gewaltigen Ergüssen, in klarer Bahn ging die Sonne, und frisch und schön war es auf Erden, wo die Wasser gestern nicht gehauset; wo sie gewütet, war es fürchterlich. Züseli hatte Mühe, zum Wasser zu kommen, wo es gewöhnlich mit Hülfe eines alten zwilchenen Lumpens Toilette machte und dabei eine schönere Haut hervorbrachte, strahlender vom Bache kam als je eine Hochgeborne von ihrer Toilette und deren tausendfältigem Kram von Seifen, Pomaden, Essenzen, Bürsten, Kämmen, Zangen und Scheren und anderlei unnennbaren Dingen. Diesmal, vielleicht zum erstenmal, war es Züseli dran gelegen, anzuwenden und sich so schön zu machen als möglich mit Hülfe von Wasser und dem zwilchenen Lumpen, der einer dahingegangenen Kutte des alten Barthli entstammte. Der gewöhnliche Weg zum Bach war fortgerissen, es rutschte hinunter, kam nicht bloß zum Wasser, sondern ins Wasser und weit mehr, als nötig und ihm lieb war. Überdem war das Wasser trüb und häßlich und mörderlich kalt. Desto mehr wandte Züseli an, desto kräftiger drehte es seinen Lumpen aus, fing wieder von vornen an, und als es mit Vorsicht am zerrissenen Uferrand emporstieg, erschien es oben lieblich und glänzte fast wie der Morgenstern oder wie die Morgenröte, wenn sie das Haupt der großen Jungfrau im Berner Oberlande verklärt. Davon aber wußte Züseli denn doch nichts, hatte nicht einmal einen Spiegel, um sich über den Erfolg seiner Anstrengungen zu vergewissern, dachte auch nicht daran, sondern nahm das Milchgeschirr und eilte damit den Berg auf. Es möchte sich verspäten, das war seine Sorge. Gar zu ungerne hätte es es gehabt, wenn Benz geglaubt, es seie e fule Hung.

So ein Meitschi wie Züseli setzt seinen Stolz in Arbeitsamkeit und Arbeitsgeschick, es hat keinen Begriff davon, daß man mit Klavierspielen und Affektieren zu einem Mann kommen könne. Es sucht dahin zu kommen, daß die Leute sagen: «Der ist gfellig, wo das bekömmt, von wegen, es ist ein bsunderbar werchbar Mensch, versteht alles wohl und dreht sich des Tags nicht bloß einmal.» Doch lief das Meitschi nicht in gleichem Schritte bis oben. Der müsse doch nicht meinen, daß es ihm so pressiere, daß es nicht warten möge, bis es bei ihm sei; er könnte sonst meinen, wie viel ihm an ihm gelegen sei.

Benz war schon fertig mit Melken, als Züseli daherkam. «Hast Zeit», sagte er, «hätt nit lang meh gwartet, bei uns steht man des Morgens auf und nicht erst mittags.» Züseli wollte diesen Vorwurf nicht leiden, begehrte auf, da mäckerte es im Stall zweistimmig, die Tiere hatten seine Stimme erkannt, und als sie es sahen, taten sie zärtlich, daß Benz das Wasser im Munde zusammenlief. Die Alte stund an Züseli auf und leckte ihm das Gesicht, das Kleine stieß ihns mit dem

Kopf und tanzte ihm um die Füße. «Seh, gib das Melchterli», sagte er, «so kömmst nicht ans Melken.» Aber so meinte es die Alte nicht, sie wollte ihm nicht stille halten, ihn gar nicht dulden; eines so groben Kerlis war sie nicht gewohnt, Züseli mußte sein alt Amt verrichten. Wie hätte die alte Geiß erst getan, wenn der alte Barthli an ihr hätte rupfen wollen! Unterdessen gewann Benz des Gitzleins Freundschaft mit einigen Handvoll schönen Grases, so daß, als Züseli fertig war und dem Gitzlein auch flattieren wollte, dasselbe in große Verlegenheit kam, von wem es sich eigentlich rechtmäßig sollte flattieren lassen, und schön war es anzusehen, wie Benz und Züseli an dem verlegenen Gitzlein wetteiferten im Flattieren, jedes dem Andern zeigen wollte, daß es doch am schönsten und wirksamsten flattieren könnte. Da hätte man gar nicht glauben sollen, daß eins oder das Andere von ihnen pressiert sei. Am Ende mußte es doch geschieden sein, was seine Not hatte und zwar eigentlich wegen den Geißen, die mit Gewalt Züseli nach wollten und mit Mühe in die Trennung sich fügten. Das freute Züseli sehr. «Siehst du», sagte es, «sie haben mich doch noch lieber als dich! Ich habe es mit allen Tieren so, mit den Hühnern und den Katzen auch. Die Tiere wissens, wer wohlmeinig ist oder nicht, und können die Liebe erzeigen wie Menschen und ds Gunträri auch. Aber mein Gott, was wird der Vater sagen, daß ich so lang mache, adie!», und fort wars. Benz sah ihm nach und schüttelte den Kopf. «Ist das trümpft oder sonst gstochen?» sagte er. «Meint es dann, die Tiere hasseten mich, weil die alte, dumme Geiß mich nicht wollte melken lassen? Wohl, das will ich anders brichten, und zwar schon diesen Abend.»

Als Züseli heimkam, war Barthli eben am Erwachen, grunzte bedenklich und hob mühsam sein struppicht Haupt aus dem Bett empor. Als er das Meitschi angezogen sah, sagte er: «Mach zMorge, drwyle will ich gehn und melche;

bisd fertig bist, bin ich wieder da.» «Vater, es ist gmulche, ich bin wieder da, und wenn Ihr auf seid, ist ds zMorge fertig.» Was da der Alte für ein Gesicht machte und wie er mit dem Meitschi brüllte, was es so hätte zu pressieren gebraucht, seit wann man nach Mitternacht melke und was die Leute sagen würden, was es für ein wüstes, mannsüchtiges Meitschi sei, man kann es sich kaum vorstellen. Züseli verteidigte sich mit der Abrede und mit der Zeit und wie kein Mensch was Böses denken werde; sie wären ja dabei gewesen, wo man die Sache abgeredet usw. Aber das half alles nichts, denn der Alte war eine von den glücklichen Naturen, die auf keine Einrede achten, immer fortreden in einem Zuge, und antworte man oder antworte man nicht, es kommt auf eins, sie tun, als hätten sie keine Ohren; selbst der Stand der Sonne, und wäre auch der Mond neben ihr gestanden, überzeugte ihn nicht, daß er sich verschlafen habe. Es geschah ihm sonst nicht, daher hielt er es für eine Unmöglichkeit; es schien ihm viel natürlicher, daß ob dem gestrigen Wetter die Sonne sturm geworden, daher den rechten Weg verfehlt, daher sich verspätet hätte. «Es ist gut für einmal», sagte er endlich, «zum zweitenmal wirst du nicht melken da oben.»

Nach schöner Landessitte erscheinen bei großen Unglücksfällen: Feuersbrünsten, Überschwemmungen usw., nähere und fernere Nachbaren mit passendem Werkzeuge, schaffen Schutt weg, machen, was not scheint, nicht bloß unentgeltlich, sondern Viele bringen noch Lebensmittel mit und nicht bloß für sich, sondern auch für die Geschädigten. So geschah es auch am Montag nach dem verhängnisvollen Sonntag im «rueßigen Graben».

Die Ersten erschienen schon, während Barthli noch haderte mit seinem Meitschi; dadurch neugierig gemacht, vernahmen sie leicht von den nächsten Nachbarn des Haders Grund

und Ursache. Es gab Stoff zum Lachen, und der arme Barthli war verkauft und verraten; Keiner hielt es mit ihm, alle waren gegen ihn. Als man sich gehörig umgesehen, wurde Rat gehalten, wo anzufangen, was anzugreifen sei. Barthli redete stark von seinem Häuschen, das vor allem herzustellen sei. Selb meine er auch, sagte eine Stimme hinter ihm, und als Barthli hastig sich umdrehte, stand Benz hinter ihm, hoch die Schaufel auf der Achsel, als Abgeordneter seines Meisters. «Bist auch schon da, was hast du dein Maul dreinzuhängen, was geht das dich an?» schnauzte Barthli ihn ab. «Hättest daheim bleiben können, wirst doch nit viel verrichte.» «E, e, Barthli», rief ihm ein Nachbar zu, «vergiß nit, was er gestern verrichtet hat, und allweg gehts den Tochtermann was an, wie es des Schwähers Häuschen geht.» «Er ist es einmal noch nicht», brummte Barthli und drehte Benz den Rücken zu, als ob er ihn sein Lebtag nicht mehr ansehen wolle. Vor allem aus räumte man die Gräben und Straßen, verschaffte dem Wasser freien Lauf, kurz schaffte da, wo ein wachsender Schade war.

Ob der fleißigen Arbeit läutete es Mittag bald hier, bald da von einem Kirchlein her, man merkte, daß man hungrig war; denn so ein Mittagsläuten ist für die Landleute das Gläschen, welches die Städter zu sich nehmen, um sich Appetit zu machen. Man stieß die Werkhölzer in die Erde, suchte sein Säcklein mit dem Vorrat, suchte ein schattig Plätzchen, eine Küche, das Eine oder das Andere sich wärmen zu lassen, zum Beispiel Milch, wer sie nicht kalt vertragen konnte. Am meisten sammelte man sich um Barthlis Häuschen, welches Schattseite lag und große Bäume in der Nähe hatte. Züseli hatte vollauf zu tun mit Wärmen und Leihen von allerlei Geschirr und sollte dazu Bescheid geben auf gar allerlei Reden, grobe und feine, und daß Benz nicht weit von der Küchentüre war, versteht sich von selbst. So gabs viel Lachens, und Züseli wußte wirklich nicht, wo ihm der Kopf stund, es sumste und surrete ihm in den Ohren, als ob es den mächtigsten Schwindel hätte. In Angst suchte es allen, die was wollten, zu entsprechen, hatte daher nicht Zeit, Rede zu stehen, höchstens hie und da zu einer kurzen Antwort, hörte das Meiste nicht, was geredet wurde, und das gefiel den Leuten. Es sei ein recht Meitschi, sagten sie, öppe nit es uverschants und alässigs, behülflig und gutmeinig, es gefiel ihnen am ganzen Leib besser als der alte Korber am kleinen Finger, und es wäre schade, wenn das nicht bald heiratete. «Nimms», hieß es dann zu Benz, «nimms, sust nimmts e Andere. Öppe der hübschist Schwäher bekommst nit, aber was frägt man des Schwähers Hübschi nah, si ist mängist no drzue e uchummligi Sach, bsungerbar wenn er Witlig ist u sust e Vogel. Ds Meitschi ist allweg e Ma wert öppe wie du, dGeiße nit grechnet, dem Hüsli ist sih öppe nit viel z'achte. Seh, Alte, du heißest uns dann zHochzeit cho, es wird doch e Niedersinget gä? U schieße wey mr, wennd sPulver zahlst, daß me im Äärgau glaubt, dFranzose chömme.» Grob antwortete der Alte, und je gröber ers gab, desto lustiger gings.

Zum Glück ging es nachmittags wie üblich, wo Gottes Hand mächtig gewaltet über den Menschenkindern: eine große Menge von Leuten kam daher, die Verheerungen zu betrachten. Aus Neugierde kamen sie, und die Meisten gingen mit Erbauung, denn auf solchen Stätten sieht der Mensch am klarsten seine Ohnmacht und des Herrn Gewalt, solche Stätten predigen am gewaltigsten: Ich bin der Herr und sonst Keiner mehr, der ich das Licht formiere und schaffe die Finsternis, ich, der Herr, tue dieses alles. Dann kommt Erbarmen in viele Herzen, und mancher schöne Batzen fließt in die Hand der Geschlagenen, und manche Gabe wird hergesandt in den folgenden Tagen.

Als es Barthli war, als sei er in einem Wespen- oder gar

Hurnussennest, sah er einen alten Bauer unweit von sich stehen, der auch gekommen war, das Unglück zu sehen, und eben Barthlis Häuschen betrachtete. Er war sein Schulkamerad gewesen, und was noch mehr sagen will, mit ihm erst zum Herrn gegangen und dann zu des Herrn Tisch. Das alte, trauliche Verhältnis war geblieben, der reiche Hans Uli war Barthlis treuster Gönner. Zu dem flüchtete sich Barthli. «Kömmst auch, mein Unglück zu sehen?» sagte er. «Warum mußte ich das erleben und noch dazu mit dem Leben davonkommen, was soll ich mehr auf der Welt? Was habe ich als böse Leute und böse Tage!» «Nit, nit, Barthli, versündige dich nicht», sagte der Bauer, «hast Ursache, dem lieben Gott zu danken, daß es dir noch so leicht abgegangen. Aber du bist immer der Gleiche, siehst immer nur, was zu klagen ist, und nie, wofür zu danken wäre; bist übrigens nicht der Einzige, haben es noch Viele wie du, aber das ist eben lätz.» «Aber was habe ich dann da zu danken?» frug Barthli, «ds Hüsli halber fort und ds Herz voll Vrdruß und e Zorn, daß ih ne nit verwerche ma, und wenn ih hundert Jahr alt würd. Ich möcht doch de da frage, was da Bsunderbars z'danke sy sött.»

«Du bist ein wüster Barthli, weißt es nur», sagte der Alte. «Wie leicht hättest können um das Meitschi kommen, die Geißen kriegtest auch wieder, das ist dHauptsach, ums Hüsli und die paar Bohnenstauden ist nicht viel gfochte, und du weißt nit, warum danke!» «Wüßt nit, warum ich zu danken hätte, wenn man mir meine Sache ruhig läßt und mir nicht nimmt, was mein ist. Da hätte ich ja nichts zu tun als zu danken und jedem Hund zu scharwänzeln, der mich nicht frißt. Aber z'klage habe ich, wenn mir einer, seis wer es wolle, nimmt, was mein ist, und dazu ich mich muß lassen ausspotten, daß es mich vor Zorn fast versprengt. Daß es keine Frömmigkeit mehr gibt auf der Welt, sagte ich schon lange, aber daß es so schlechte Leute geben könnte, hätte ich doch nicht gedacht.» «Was ist dir geschehen, ward dir etwa noch gestohlen?» frug der Bauer. «Aparti gstohle nit», antwortete Barthli, «aber mehr als gstohle. Da ist so ein wüster Schnürfli, der will für ds Tüfels Gwalt Tochtermann werde, und ds Meitschi, die Täsche, hets wie die Andere, es hätt nichts dagegen; ich glaub gar, es wär ihm noch anständig. Und wie das unter die Leute kam, weiß ich nicht, aber da hält mir ein jeder Lausbub den Tochtermann vor, rühmt ihn an spottsweise, preisen ihn dem Meitschi an und hetzen den Lümmel ans Meitschi, und der stolpert ihm nach, und dem muß ich zusehen und wie das Meitschi keinen Verstand hat und keine Scham, es wär sonst über alle Berge und die ersten Tage täte es niemand hier sehen. Und statt dessen bleibt es da, ja denk, Hans Uli, gibt ihm sogar Bescheid und wartet ihm.»

«Es wird doch nicht der sein, wo die Leute sagen, er habe euch das Leben gerettet und die Geißen hätten ihn so gleichsam herbeigerufen?» fragte der Alte. «Wohl, grade der ists. Meinethalb hätte er gar nicht zu kommen brauchen. Und sei es ihn oder sei es ihn nicht, so brauche ich keinen Tochtermann, zwei Unglück auf einander will ich nicht; es ist genug, wenn ich Kosten haben muß, für das Hüsli z'plätzen, und nicht weiß, wo das Geld hernehmen, ich will nicht noch auf alles hin auch einen Tochtermann, für daß er uns die Speise, wo wir längs Stück ds Halbe mehr nähmen, vor dem Maul wegfresse. Ich sagte es ihm, ich brauche keinen Tochtermann, wir könnten alles selber essen, und er tut nichts darum, will es zwängen, dä Uflat.» «Es wird doch nicht der sein, welcher euch zu Hülfe kam im Unwetter und euch das Leben gerettet?» frug der Bauer noch einmal. «Wohl, gerade der ists», sagte Barthli, «aber wegem Rette mag ich nichts hören, es war nicht halb so gefährlich. Es hat nicht sein sollen, darum kamen wir davon; wenn es hätte sein sollen, so würde der Kerli wenig dran haben machen können, hätte lange können brüllen. Jetzt hintendrein ists kommod, sich zu rühmen, was man alles getan.» «Hör, Barthli, du bist ein wüster Mann und tust ungattlich; es kommt dir so nicht gut, zähl darauf! Den Burschen kenne ich wohl, er ist ein Guter z'werche und danebe e freine Schlufi und huslich, grad einen Bessern findest nicht; und wenn du mußt bauen lassen, so wirst es erfahren, wozu du einen Tochtermann brauchen kannst.»

Nun begehrte Barthli erst recht auf, was er sinne mit dem Bauen; zwegmache zNot, daß dGeiß nicht erfriere, das werde sein müssen, aber von mehr sei keine Rede. «Ein Kreuzer, den du verplätzest, ist gschändet», sagte Hans Uli. «Geh den Bauern nach um Holz! Wenn du schon ein wunderlicher Barthli bist, daß es key Gattig hat, so hast doch guet Lüt, kriegst Holz mehr als genug, und wenn du das hast, kostet dich der Rest nicht mehr viel; hundert bis zweihundert Taler ist aller Handel, mehr als genug.» «Ja, ja, hundert bis zweihundert Taler ist bald gesagt, wenn man es hat, aber wenn man es nicht hat, wo nehmen und nicht stehlen? Und Schulden machen will ich nicht, wer sollte sie zahlen, und wenn ich schon wollte, wer vertraute mir einen Batzen an?» «Gstürm», sagte Hans Uli. «Aber hör, Barthli, weil wir einmal bei diesem Kapitel sind, muß ich dich doch etwas fragen, was mich schon lange wunder nahm. Es gibt Leute, welche guten Verdienst haben und wenig zu brauchen scheinen, von denen man glauben sollte, sie äufneten sich und wenn es lange währe, müßten sie notwendig reich werden. Und doch sieht man nichts davon, sie sind immer nötig oder tun nötlich, kommen nicht vorwärts, gehen oft unerwartet zugrunde. Wenn man dann untersuchte, fand man immer ein heimlich Loch, wo der Sack rann, daß es niemand merkte. Da begriff man dann bald, wo es hielt, daß es dem so ging, daß er eine Eiterbeule am Leibe hatte, welche alle guten Säfte einsog und verzehrte. Gerade so einer bist, Barthli, auch du. Verdient hast seit vielen Jahren schwer Geld.»

Potz, wie polterte Barthli da über den Verdienst und die Mißgunst der Bauern, wenn ein arm Mannli nicht Hungers verreble, und lange kam Hans Uli nicht zum Fortfahren! «Verdient hast viel allweg und dem Schein nach wenig gebraucht. Im Wirtshaus sah man dich wunderselten, mit der Hoffart übertatest du es auch nicht; deine Leute hatten es eben nicht am besten, hattest sie nicht im Salb, hättest sie lieber ins Paradies geschickt, wo man es mit Feigenblättern wohlfeil machen konnte. Jetzt, Barthli, mußt du Geld haben, oder hast ein geheim Loch im Sack, wo es rinnt? Wo hast das, hast etwa irgendwo jemanden, dem du es anhängst? Aber es dünkt mich, in der langen Zeit wäre es dir an Tag gekommen, und ich vernahm doch nie etwas der Art von dir. Glaub, es wäre dir lieber, unser Herrgott hätte nur einer Gattig Leute erschaffen statt zweier Gattig.» Nun begehrte Barthli wieder schrecklich auf über solche Verleumdungen und Zumutungen und wie reiche Bauern nie glauben könnten, daß arme Leute so ehrlich sein könnten als die reichen Schindhunde, und er werde ihn doch nicht, mit einem Fuß im Grabe, zu einem schlechten Manne machen wollen. Er solle es probieren, wenn er könne, aber er wolle sich wehren, wie mans nicht denken sollte.

Aber in unerschütterlicher Ruhe stund der Alte vor dem belferenden Barthli und entgegnete endlich: «Und sag mir, was du willst, so ists, wie ich sage. Ich habe zu lange gelebt, als daß ich mich so leicht anders berichten lasse. Entweder, Barthli, hast ein geheimes Loch oder lange mehr Geld, als für ein neu Hüsli nötig ist, und anders berichtest du mich nicht.» «Los neuis», knurrte Barthli, winkte seinem alten

Kameraden und ging mit ihm weithin auf einen freien Platz, wo weder Baum noch Strauch noch Graben war, daß jemand unbemerkt hätte lauschen können. Da stund er still und sagte: «Hans Uli, du bist ein schlauer Mann, hätte es nicht geglaubt. Ja, was recht hast du, aber schlecht sollst du mich nicht machen. Du weißt, wie das Weibervolk ist; wo es an einem Orte einen Batzen schmöckt, möchte es zwei brauchen. Nit, meine Frau selig war nicht die Schlechtest, und ds Meitschi könnte auch noch schlechter sein, es laufen gottlob Viele herum, die dreimal schlechter sind als es, aber wenn sie nit geng hätte müesse glaube, wir pfiffen auf dem letzten Löchlein, es weiß ke Hung, wie si ta hätte. Darum tat ich immer nötlich, und wenn ich einen Kreuzer Geld hatte, so ließ ich sie es nie merken, sondern tat just am nötlichsten.»

«Aber wo kamst mit dem Gelde hin?» frug Hans Uli. «Ich will es dir wohl sagen», antwortete Barthli, «aber du mußt mir bei deiner Seele Seligkeit versprechen, es keinem Menschen zu sagen; und hältst du es nicht, soll deine Seele keine Ruhe haben im Grabe, sondern umgehen müssen eine Ewigkeit nach der andern. Einmal, als ich von einer Stör heimkam, wo ich, wie meine Alte wußte, ein Büscheli Geld bekommen, plagte sie mich wieder bis aufs Blut um warme Strümpfe für sich und wegen Lederschuhen fürs Meitschi; es wäre mir nichts übrig geblieben, wenn ich alles hätte nachsagen wollen, was sie mir vorgesagt, und hätte ich nicht nachgesagt, so hätte sie es sonst genommen, sie ließ sich nichts einschließen, und behielt ich etwas im Sack, so erlas sie mir nachts die Hosen. Ich will ihr nichts Böses nachreden, denn daneben war sie huslich, aber das war dir eine, wo man wußte, daß man eine Frau hatte. Das müsse ändern, dachte ich, und als sie einmal Beide einen ganzen Tag fort waren, machte ich unter dem Bett ein großes Loch, stellte einen Kübel hinein und machte die Laden schön wieder zu, daß man es nicht merkte, wenn man es nicht wußte. Dort war es am sichersten, denn wir zogen das Bett nie hervor, und unter dasselbe kam man zNot mit dem Besen. DFrau selig merkte es auch nicht, aber manchmal gschirete sie mit mir aus, daß ich heimlich Geld verbrauche, und wollte wissen womit. Aber ich hatte ein gut Gewissen und hielt ihr die Stange. Da ist nun ein schöner Schübel Geld und allweg mehr als genug zum Bauen, aber es reut mich, es ist eine harte Sache; und dann noch einen Tochtermann obendrauf, es ist mir nicht zu helfen, denk doch auch, Hans Uli, und noch dazu ume son e Benz.»

«Aber Barthli, wie dumm, aber Barthli, was trägt dir das Geld unter dem Bett ab! Hättest es ausgeliehen, hätte es dir Zins getragen», sagte der Bauer. «Öppis Dumms eso», sagte Barthli, «meinst, wenn man gewußt, daß ich Geld hätte, ich hätte es können bei einander behalten! Erst dann hätten sie recht an die Sache tun wollen, und dBuebe wäre dem Meitschi erst recht nachgestrichen, hätte mir ds Hüsli voll gschnürflet und ds Meitschi hochmüetig gmacht; hätts nit könne erwehre und hätt nüt als Kummer gehabt, ich müßte es verliere, bekomme es nicht wieder. Däweg hatte ich es doch, konnte, wenn niemand in der Nähe war, es gschauen und hatte große Freude, wenn ich dachte, was die Manne, wenn sie nach meinem Tode kämen, das Hüsli zu erlesen, sagen würden, wenn sie so viel Geld beim alten Korber finden würden.»

«Wie hätten sie aber Geld finden wollen, wem wäre in Sinn gekommen, unter deinem Nest Geld zu suchen?» frug der Alte lachend. «Oh», antwortete Barthli, «dafür habe ich gesorget, so dumm bin ich denn doch nicht. Sieh, da in meinem alten Kalender, den ich immer bei mir trage, steht geschrieben, gerade vorn drin, es hats mir ein Schulkind müssen drein machen: Manne, suechit, so werdet ihr finden.» «Und wenn sie es nicht gefunden hätten?» frug Hans Uli. «Oh, sövli dumm Manne wird man doch, so Gott will, nie an Gemeindrat wählen, die, wenn es ausdrücklich heißt: Suechit, so werdet ihr finden, nicht suchten, bis sie es hätten.» «Aber, und wenn das Wasser heute noch ein wenig mächtiger gekommen und dir das ganze Hüsli samt dem Kübel weggenommen hätte, und dann?» «He nu», sagte Barthli, «wenn üse Herrgott ds Wüstest alles an mir machen will, su mach er! Wenn dann die Leute über nüt chömme und alli nüt meh hey, so ist er selber schuld und kanns meinethalben haben und denken: Selber ta, selber ha! Danebe wird es ihn selbst gedünkt haben, er habe mich genug geplaget, es sei Zeit, lugg zu lassen.» «O Barthli, Barthli, was bist du für e Christ! Du wirst nie wie ein anderer Mensch, und wenn du alt würdest wie Methusalem. Aber jetzt komm, wir wollen das Hüsli gschaue und abrate, was zu machen und wo allfällig ein neues abzustellen sei.»

Das geschah. Es ließen sich noch andere Bauern herbei, Gönner, denen Barthli die Weiden fleißig stumpete, untersuchten die Sachlage; allgemein war die Ansicht, am Hüsli sei nichts zu plätzen, um einen jeden Nagel seis schade, den man einschlage, zu bewohnen sei es kaum mehr, höchstens bei ganz trocknem Wetter, regne es zwei Tage hinter einander, so rutsche wahrscheinlich die ganze Pastete in den Bach hinunter. Ein neu Hüsli, wie Barthli es mangle, sei bald auf dem Platz, wenn man einander helfe, und zur Not bewohnbar zu machen, im Frühjahr könne man dann vollständig ausbauen. Die kundigen Bauern machten Voranschläge über das nötige Holz von allen Sorten und sicher richtigere als manche Zimmerleute, die nicht selten ihren Bauherren dreimal falsch rechnen, sie dreimal in der Welt herumsenden nach fehlendem Holz und vielleicht zum vierten Male, weil sie einen Teil des Holzes zu dünn behauen, den andern zu kurz versägt. Oh, es gibt große Künstler unter den Zimmermannen!

Barthli war ganz wie verstaunet, wie die Bauern die Sache ihm so rasch und klug zweg legten, und ob ihrem Gutmeinen, wo er nicht gedacht, daß ein solches zu finden sei in Israel. Aber wie gesagt, er war eine Persönlichkeit, man konnte sich auf ihn verlassen und über ihn lachen, und beides ist dem Bauer gleich anständig.

Plötzlich fuhr er auf, fing mörderlich an zu fluchen und wollte davon. «Was hast, hat dich ein Wespi gestochen?» frug ein Bauer und hielt ihn mit starker Hand. «Laß mich gehen!» rief Barthli, sich sträubend, «dort läuft das Donners Täschli wieder; wart, dem will ich die Haut salben, aber nit mit Öl!» Man sah hin, wo Barthli hinzeigte, und erblickte ein Meitschi, welches mit Milchgeschirr in der Hand den Berg auf ging; Barthli hatte nicht gemerkt, wie es bald Abend werde, und das Melken vergessen. Züseli mußte ja exakt sein, sonst hätte Benz glauben können, es sei nichts nutz, und wollte den Vater nicht stören in seiner wichtigen Unterhaltung und war, als die Zeit um war, gegangen, begreiflich eher zu früh als zu spät. «He», sagte einer, «das ist ja dein Meitschi, es wird die Geißen melken wollen.» «Das soll es eben nicht, wollte sie selbst melken, es soll mir nicht mehr da zu dem Hagel auf den Berg. Wollt, der Teufel hätte die Geißen geholt und den Hagel dazu! Laß mich gehen, die müssen nicht Freude haben, mich zum Narren zu halten; denen will ich, jawolle!»

Es merkten jetzt alle den Handel, lachten herzlich, ließen aber den Barthli nicht laufen. «Bleib du nur, zwängst doch nichts, ertäubst sie nur; was willst wehren, wirst den Naturlauf nicht ändern, und gönnst dem Meitschi den nicht, nimmts einen Andern, der zehnmal ärger ist. Es ist schon manchem Alten so gegangen: er wollte dem Meitschi den Rechten nicht lassen, nachher kam ein Anderer, und der Alte hätte sich die Finger vor abbeißen mögen aus Verdruß, daß er es das erstemal gewehrt. Denk, wenn du Werkleute bekömmst, was die für Rustig mitbringen, wo der Teufel nicht sicher ist, verschweige ein Meitschi! Wie viel wöhler bist dann, wenn das Meitschi am Schatten ist, als wenn du es hüten solltest Tag und Nacht! Daneben kömmt dir der Tochtermann kommod in allen Teilen, hilft dir zur Sache sehen, und während du jetzt bald mit den Weiden machen mußt, ist er daheim und sieht, daß gearbeitet wird und nichts verpfuscht.» Kurz man sprach ihm von allen Seiten zu, aber stellte sein Brummen nicht, brachte seine Einwilligung nicht heraus.

Derweilen stieg Züseli, unbekümmert um die diplomatischen Unterhandlungen, den Berg auf, aber nicht langsam. Oben stund Benz unter der Stalltüre. «Komm, sieh meine Kühe, ob die mich kennen oder nicht», sagte er zum Willkomm, ging mit der Läcktäsche den Kühen nach und gab ihnen das übliche Gläck oder Salz, eins von beiden. Das war nun wahr, aller Augen sahen auf ihn, alle Köpfe drehten sich nach ihm, und kam er in die Nähe, rieben sie sich die Köpfe an ihm; er war der wahrhaftige Löwe im Stall, um den sich alles drehte, es war wirklich zum Eifersüchtigwerden, wo irgendwie Anlage dazu da war. «Gelt», sagte er, «die kennen mich auch, so gut als dich deine Geißen; sie wissen es aber auch, daß ich es gut mit ihnen meine, und lieben mich deretwegen.» «Ja, Späß», sagte Züseli, «ds Gläck lieben sie, dir würden sie wenig nachfragen ohne Gläck.» Das nahm Benz übel, es gab Händel zwischen ihnen, Händel, wie sie gewöhnlich enden zwischen solchen Personen, ohne Schläge und ohne Schelten. Benz wollte wissen, ob er ohne Gläck nicht lieb sein könne, und Züseli behauptete, seine Geißen flattierten ihm viel uneigennütziger und zärtlicher als die Kühe dem Benz.

Darob hätte Züseli bald das Melken versäumt, wenn ihm nicht der Vater eingefallen wäre. «Ach Gott, was wird der Vater sagen!» rief es erschrocken aus und machte sich alsbald an die Arbeit. Nun fing Benz vom Vater an und wollte wissen, warum er ihm eigentlich so zwider sei, hätte doch nicht Ursache; zleid ta hätte er ihm nichts, ds Gegenteil. Er müsse anfangen zu glauben, Züseli weise ihn auf, warum, das begreife er auch nicht; er meine es ehrlich und wäre noch immer gleichen Sinnes, wenn ds Hüsli auch nicht mehr drei Kreuzer wert sei. Es sei ihm doch dann nicht hauptsächlich wegem Hüsli gsi; wenn ds Meitschi nit gsi wär, er hätt em Hüsli nit sövli nahgfragt, und er wetts no jetz. Eine Reiche bekomme er doch nicht, er müß auf eine Arbeitsame und Huslige luege und danebe auch uf eine, wo man Freud habe, bei ihr zu sein, und ke wüeste Hung, und deretwegen wett er Züseli, wenn der Alt nit so wüst tun wollte. Danebe könnte er jetzt erfahre, daß ihm ein Tochtermann kommod komme, für das Hüsli helfe zwegzmache, wenns möglich sei; öppe Kosten sollte es nicht viel geben, er verstehe sich auf mehr, als man ihm ansehe.

«Nein, wäger ist das nicht wahr, daß ich den Vater aufgreiset, ich wüßte nicht warum! Wenn es mir gordnet ist z'heiraten, warum sollte ich es nicht tun, und wenn mir ein Armer gordnet ist, was hülf wehre! Und wenn es mir nicht gordnet wär, was wett ih uf ene Ryche warte, sellig luege armi Meitli nit a fürs Hürate. Daneben, wenn ich auch nicht viel mehr habe, bin ich doch nicht brüüchig, kanns mit wenig mache und mit Arbeite fürchte ich Keine. Der Vater hat mich dazu gehalten, daß es eine Art hatte. Drnebe bist mr nit unanständig. Wüst tun kannst zwar auch, aber was will man, das ist Mannevolksart, es macht ja jeder, was er kann.

Nein, gewiß nicht, Benz, den Vater habe ich nicht aufgreiset, sonst frag ihn selbst, wenn du mir nicht glauben willst.» «Man kanns machen, aber zuerst schlag ein, du wollest mich», sagte Benz und streckte seine Hand aus, und Züseli schlug zwar nicht ein, gab aber sittig und ohne Zögern die Hand, was wohl gleich viel zu bedeuten hatte. Sie wurden rätig, Benz solle morgen früh vor dem Melken hinunterkommen und fragen. «Und will dann das alt Kudermannli nicht», setzte Benz hinzu, «so mache ich beim –, was gut ist.»

Diese Unterhandlungen hatten ziemliche Zeit verzehrt. Züseli erschien fast schlotternd vor dem Vater, war jedoch nicht so dumm, sich zu entschuldigen, ehe es angefahren wurde, was immer das beste Mittel ist, sich ein hartes Donnerwetter auf den Hals zu ziehen. Aber der Alte sagte nichts, er munkelte bloß, brummte allerlei Unverständliches, daß Züseli nicht wußte, war er bei Troste oder nicht oder waren dies Präparationen auf eine gründliche Abwaschung seiner Sünden. Es machte daher, daß es zu Bette kam so bald möglich; es wußte aus Erfahrung, daß man die schärfsten Predigten um so leichter erträgt, je besser man schläft. Am Morgen früh kam richtig Benz und wollte eine Rede dartun, aber kaum hatte er angefangen, fuhr zu seiner Verwunderung der Alte ihn an: «Schweig mit dem Gstürm, weiß schon, wasd witt, es mangelt des Redens nüt; wenns wotst, so nimms! Aber daß du dich stellst und hilfst und nit meinst, du sygist ume Fresses twege da; es mueß gschaffet sy jetzt, wenn mr vor em Winter unter Dach wey.» Züseli hörte das drinnen und erschrak. «Mein Gott, was hets em Vater gä, ist er vrhürschet im Kopf?» Endlich vernahmen sie den Beschluß, daß das Hüsli neu gebaut werden müsse und daß man Barthli gebrichtet, dabei wäre ein Meitschi übel zu hüten, dagegen ein Tochtermann kommod zu brauchen, darum Benz den Dienst aufsagen und sich alsbald hermachen müsse, sonst nehme er einen Andern.

Wie es einem ist, wenn man aus dunkelm Keller plötzlich in die Sonne tritt, werden wohl die Meisten erfahren haben; gerade so war es den Beiden, die so plötzlich zu Brautleuten wurden ohne Sturm, Blitz und Donner, sie wußten nicht, wo sie waren, stunden sie auf dem Kopf oder auf den Füßen. Darum glotzte Benz den Alten mit großen Augen an und behielt z'leerem den Mund offen, bis der Alte sagte: «So, jetzt ists dir nicht recht; laß es hocken, es gibt Drei für Einen.» Da wurde es Züseli drinnen todangst, jetzt könnte es noch fehlen, es taget Meitschine immer am ersten, wenn es ums Heiraten zu tun ist; es kam ganz wie von ungefähr zur Türe aus, wünschte guten Tag, damit kam Benz die Sprache wieder, mit wenig Worten wurde die Sache richtig und Benz ganz feurig, wollte ans Abbrechen des Häuschens hin, sobald er die Kühe gemolken. Mit Mühe war er zu brichten, mit Abbrechen sei es frühe genug, wenn man zum Aufrichten zweg sei; wo sie hin sollten unterdessen? Benz ließ sich endlich brichten, obschon er es lange im Kopf hatte, eine provisorische Hütte aufzuschlagen am Walde wie die Zigeuner. Wenn ds Hüsli verbrannt wäre, was wollten sie anders? frug er. «Es ist drum nit verbrannt», antwortete der Alte. Das schlug dann Benz, denn darauf wußte er nichts zu antworten.

Barthli hatte keinen Begriff vom Bauen, Benz nicht viel, dagegen begriff er leicht, was Verständigere rieten, Barthli gar nichts; er fragte immer nur nach den Kosten, und wenn dieselben drei Kreuzer überstiegen, jammerte er, als ob es um seinen letzten Heller ginge. Der alte Hans Uli mußte sich der Sache annehmen, angeben, wie das Hüsli sein müsse, mit den Meistern akkordieren usw. Holz wurde ihm verheißen mehr als zur Genüge, unentgeltlich zugeführt, auch Steine führten benachbarte Bauern gerne ohne Lohn. Bräuchlich ists, daß wenn man auch nicht eigentliche Fuhrmähler anstellt, man doch den Fuhrleuten nach dem Abladen etwas von Wein oder Schnaps und Käs und Brot gibt. Da hatte man mit Barthli seine liebe Not. Wenn er mit einem Kreuzer ausrücken sollte, tat er, als ob er sich hängen wolle. Züseli hatte seine schwere Not. Die Donners Bauern vermöchten es besser als er, Wein und Schnaps zu zahlen, die täten ihre Knechte daheim füttern, die Knechte hätten nichts nötig in der Zwischenzeit. Sie hielten ihm nichts darauf, täten es ihm auslegen als Hochmut und Vertunlichkeit. Nun achtete sich Züseli besser dessen, was die Leute sprachen, und Benz wußte aus eigener Erfahrung, wie es die Knechte hatten und was sie erwarteten; Beide kannten die öffentliche Meinung, also das Urteil des Publikums, welches ihrer wartete. Sie besserten nach Vermögen nach, Benz gab dabei seine ganze Barschaft hin. Barthli schien das nicht zu sehen, sah es aber doch, und es lächerte ihn gar herzlich, daß er den Tochtermann schwitzen lassen und ihm das Zeug abpressen konnte, statt daß es sonst umgekehrt der Fall ist.

Da wärs wohl gegangen, aber es kam Barthli noch was ganz anderes, wo weder Benz noch Züseli ihm helfen konnten. Maurer und Zimmermann hatten die Arbeit in die Hände genommen, Keiner von ihnen hatte überflüssiges Geld, die Gesellen noch weniger, wollten wenn nicht Vorschuß, so doch alle acht Tage den Lohn; zudem war es ihnen nicht zu verargen, wenn sie wissen wollten, ob die Arbeit ihnen wirklich auch bezahlt werden würde. Sie klopften bei Barthli ganz unverdächtig an. Am Freitag kam der Maurer und sagte: Er möchte gerne wissen, wie es mit dem Zahlen sei, damit er sich rangieren könne. Morgen müsse er seine Gesellen auszahlen, und wenn er das Geld gleich hier haben könnte, so brauchte er nicht welches mitzunehmen. «He, bring nur Geld», antwortete Barthli, «es düecht mih, du solltest erst anfangen, ehe du schon wolltest zahlt sein. Ich muß meine Körbe auch erst verkaufen, wenn sie fertig sind, und nicht, wenn ich dranhin gegangen.» Der Maurer zog ein flämsch Gesicht, sagte: «Es ist in allem ein Unterschied; du mit den Körben kannst es machen, wie du willst, kannst sie behalten, wenn sie dir niemand bezahlt; aber was soll ich mit der Arbeit machen, wenn sie einmal gemacht ist an deinem Hüsli, die kann ich nicht mehr brauchen. Daneben ists nicht, daß ich so use bin mit Geld und sövli hungerig; wenn man nur immer wüßte, daß es einmal käme, so könnte man schon zuweilen Geduld haben.» «He, wenn du meinst, du werdest nicht bezahlt, so kannst ja machen, was du willst, du wirst nicht der einzige Maurer sein auf Gottes Erdboden», sagte Barthli. Barthli hätte es wahrscheinlich nicht ungern gesehen, wenn alle Arbeiter davongelaufen wären, denn das Bauen war ihm alle Tage widerlicher. Das Donnerwerk werde am Ende zahlt sein müssen, und er möchte doch wissen, was er davon hätte. In der alten Hütte wäre es ihm lange wohl gewesen, aber üse Herrgott habe dies ihm nicht gönnen mögen, räsonierte er.

Am folgenden Morgen trat ihn der Zimmermann an mit seinem Spruch. «Was ich dir sagen wollte», sprach er, «ich sollte neuis vo Geld ha, für de Gselle könne ufzwarte, ih bi uff. Hätt yzzieh, aber es wott nit ygah; es ist bös mit dm Geld, es ist nie so gsi, ih glaub, es schlüf i Bode. Gell, du machst zweg, wenns Fürabe ist, sött ihs ha; öppe zwänzg Gulde oder was, oder wenn es dir gleich ist, so mach gleich hundert, ih bruche dih de am andere Samste nit z'plage.» Potz Himmelblau und Türkenbund, wie da Barthli auffuhr, als wollte er eines Satzes in Himmel hinauf! Er frug den armen Zimmermann, ob er ein Narr sei oder sonst sturm? Er werde meinen, er könne mit ihm machen, was er wolle, weil er nur ein arm Mannli sei, aber er sei am Lätzen, lebendig lasse er sich nicht schinden. Er solle da einziehen, wo man ihm schon lange schuldig sei, selb sei billig, und nicht da, wo er die Arbeit nicht einmal z'grechtem angefangen. Der Zimmermann schlotterte aber nicht leicht, mit Worten schoß man ihm keine Löcher in Leib; er erklärte rundweg, am Abend müsse er Geld haben, und rücke Barthli nicht aus, nehme er ab, und Barthli sehe ihn einstweilen nicht wieder. Barthli sagte ebenso kurz: «E mach, wasd witt!» und dachte dazu: Geh du nur, mir ists das Rechte, kannst lange warten, ehe ich dich heiße wiederkommen.

Als es Feierabend wurde, suchten die Meister den Bauherrn, aber fanden ihn nicht; Züseli und Benz wußten nichts um ihn, er war verschwunden. Da brach großer Zorn aus, worab Benz und Züseli sehr erschraken, als sie den Grund davon vernahmen. Sie sollten erst heiraten, wenn das Häuschen bewohnbar war, und wann käms dazu, wenn die Meister aufpackten und mit all ihrem Werkzeug weiterzogen! Sie boten allem auf, die Meister zu begütigen, und Benz versprach, für Geld zu sorgen, wenn der Alte nicht geben wolle. Sie glaubten nicht, daß er diesen Augenblick ihnen begegnen könne, denn viel Geld hätten sie nie bei ihm bemerkt; aber vielleicht sei er eben um Geld aus und habe noch keines bekommen können. Wenn er keins bringe, so wolle er, Benz, für welches sorgen zur Not, er wisse, wo er bekomme. Endlich setzten sich die Meister, versprachen, am Montag wieder zu kommen, aber unter dem heitern Vorbehalt, daß in der nächsten Woche Geld auf den Laden müsse. Als es dunkelte, kam Barthli heim. Die jungen Leute hatten sein mit Bangen geharrt, ja Züseli sogar daran gedacht, er könnte sich ein Leid angetan haben, weil er um Geld gedrängt worden und keins hatte. Aber in seinem Gesichte war keine Spur von Leid, und als die Jungen ihm jammerten, zog er die Maulecken zweg und sagte: «Gschäch nüt Bösers.» Er wett, er gsäch se nie meh angers als am Rücken u de no vo wytem. Natürlich ließen dies die Beiden nicht so kaltblütig hingehen, aber Barthli sagte eben kaltblütig: «He nu so de, su machits angers, we der cheut», und ging schlafen.

Am folgenden Morgen hatte Hans Uli, der alte Bauer, einen strengen Tag und sagte mehr als einmal, das hätte man davon, wenn man sich eines Menschen annehme, Plag vom Tüfel. Wenn er nicht dächte, das sei eben ds Tüfels Bosheit, um den Menschen es gründlich zu erleiden, etwas um Gottes willen zu tun, er hätte längst mit der Geißel vom Leib gejagt, wer was von ihm gewollt, Rat oder Geld oder sonst Hülf. Es kam ihm nämlich am Morgen, er hatte kaum noch Schuhe an den Füßen, der Zimmermann, begehrte mit ihm auf, daß er ihn hineingesprengt und in großen Schaden gebracht; er werde sich jedoch an ihn halten, mit ihm habe er akkordiert. Aber so hättens die Donners Bauren, sie hülfen gerne mit Worten, wo nichts kosteten, aber dSach solle ein Anderer machen, und wenn sie so einen armen Handwerker hineingesprengt, so hätten sie des Teufels Freude dran und lachten den Buckel voll.

Kaum hatte er sich vom Zimmermann losgemacht, stieg der Maurer daher und noch viel zorniger; an einem Fuß hätte man ihn gradaus halten können, so steif hatte ihn der Zorn gemacht. Hans Uli ward wärmer und fertigte den Maurer etwas unglimpflicher ab. Er sagte ihm, es sei unanständig, gleich die erste Woche Geld zu wollen von einem armen Mannli, einem reichen hätten sie es kaum gemacht. Übrigens sollte er wissen, daß er, Hans Uli, noch niemanden hineingesprengt, und wenn er nicht gewußt, daß sie bezahlt würden, hätte er ihnen die Arbeit nicht angetragen. Es sei aber gut für ein andermal, sie sollten künftig seinetwegen keinen Kummer mehr haben.

Diese Worte kehrten den Maurer wie einen Handschuh, er ließ sich nieder wie ein Strohfeuer, sagte, es sei nicht böse gemeint, er solle ihm die Worte nicht bös aufnehmen; es seien so schlechte Zeiten, das Geld so rar, daß er oft nicht wisse, wo nehmen und nicht stehlen, und seine Gesellen müßten den Lohn haben, es vermöchte keiner zu warten. Wenn die Erdäpfel gefehlt, müßte man alles kaufen, da läng kein Geld. Wenn doch üse Herrgott nur die Erdäpfel wieder einmal graten ließe, es dünke ihn, die Leute sollten ihn doch afe erbarme, bsunderbar die arme King. Hans Uli wurde es heiß ums Haupt. «Schön gredt wär das», sagte er, «aber nicht witzig. Unser Herrgott wird wissen, was er macht. Er wird einmal zeigen wollen, wer Meister ist und woher alles kommt. Das wißt gerade ihr nicht, Meister Maurer, und bis ihr es erkennet, wird er die Not wohl stehen lassen. Gerade du bist auch einer von denen, welche Tag für Tag die Reichen verfluchen und Rache predigen gegen sie, als wären sie an allem schuld, und an unsern Gott, Schöpfer des Himmels und der Erde, denkst du das ganze Jahr nicht. Und wenn du ihn auch ins Maul nimmst, so ists ungefähr, als ob du einen Knittel in die Hand nehmen würdest; es ist nur, um deinen Nächsten zu treffen. Und weil ich doch dran bin, so will ich dich noch fragen: warum sollte sich Gott der Menschen erbarmen, da sie sich unter einander nicht erbarmen?» «Ja», sagte der Maurer, «da habt Ihr ganz recht, das ist gerade auch meine Meinung. Da läßt man ganze Haushaltungen verrebeln und verhungern, und kein Mensch erbarmet sich ihrer, und wenn man es noch so wohl hätte und so ring könnte.» «Ja, Maurer, du hast recht, du hast den Nagel auf den Kopf getroffen, und wer erbarmet sich am allerwenigsten?» «He die, wo es am besten könnten», sagte der Maurer. «Sag lieber die, wo am ersten sollten, Vater und Mutter. Maurer, ich will dir deine Sünden nicht vorhalten, und deine

Kinder werden kaum hungrig vom Tisch gegangen sein, daneben weiß ichs nicht. Wenn es aber wäre, wer wäre schuld als du? Du könntest ein hablicher Mann sein, aber deine Nase kostet dich zu viel, du hängst alles an sie. Es wäre besser, du sorgtest für grüne Pflanzplätze statt für eine blaue Nase. Und deine Frau staffiert ihr ältest Meitschi aus, es ist eine wahre Schande, hergegen die jungen Kinder läßt sie barfuß laufen und in armen Hüdelen halb erfrieren. Was hast dann erst für Gesellen, und wie erbarmen sich die ihrer Kinder? Für ein Gläslein Schnaps jagten sie dieselben dem Teufel barfuß zu, und will sie wer anders zum Guten halten, so brüllt ihr, als ob man sie ans Messer stecken wollte, und achtet es einem Raube gleich, wenn man für ihre Seele sorgen will. So ist es, Maurer, daß es du nur weißt, und wenn ihr wollt, daß unser Herrgott Erbarmen erzeigen soll, so müßt ihr darum tun.» «Ja, und Andere auch noch», sagte der Maurer. «Und also soll ich Geld bekommen, auf wann kann ich rechnen, damit ich mich darnach rangieren kann?» «In der andern Woche kannst zu mir kommen, da sollst Geld kriegen im Verhältnis zur Arbeit, aber auf Vorschuß zähl nit.» «Davon hab ich noch nichts gesagt; wenn ich nur schon hätte, was ich verdient, ich wäre zfriede», antwortete der Maurer unwirsch und fuhr ab mit Geräusch.

Kaum war er fort, erschien Benz in großer Not. Sein Meister konnte mit Geld ihm nicht helfen, er hatte es in diesem Augenblick wirklich selbst nicht. Jetzt, was machen? Drauf und dran war Hans Uli, Benz klar Wasser einzuschenken und ihm zu sagen, wo Geld zur Genüge sei. Indessen, er hatte Stillschweigen gelobt, tröstete ihn bestens mit der Verheißung, daß zu rechter Zeit Geld da sein werde, er solle sich nur nicht ängstigen. Kaum war der fort, kam Hans Ulis Tochter aus der Kirche und sagte, Barthlis Züseli lasse ihm dr tusig Gottswille anhalten, er solle nachmittags hinaufkommen; es wisse seines Lebens nichts mehr anzufangen, es wollte am liebsten, es wäre sechs Schuh unter dem Herd. Es hätte briegget, es hätte einen Stein erbarmet, man hätte die Hände unter seinen Augen waschen können. «Wer kommt wohl noch?» sagte Hans Uli, «jetzt hätte ich es bald satt.» Doch es kam niemand mehr, Barthli hütete sich wohl, der Fünfte zu sein; er hatte ja auch nichts zu fragen oder zu klagen, war froh, wenn niemand des Häuschens wegen etwas zu ihm sagte.

Es war Hans Uli zwider, am Sonntag blieb er am liebsten daheim und lebte wohl an der Sabbatsruhe auf dem Bänklein vor seinem Hause. Er wußte aber wohl, daß Barthli in seinem Eigensinn nicht zu ihm kommen würde, und wenn er ihn siebenmal kommen hieße, darum machte er sich gegen Abend auf, dem «rueßigen Graben» zu. Barthli erschrak, als er Hans Uli sah. Hätte er ihn früh genug erblickt, er wäre nicht mehr zu finden gewesen. Als Hans Uli ihn beiseite hatte, begann er ihm den Text zu lesen und zwar scharf. Keine Manier sei es, sagte er, wenn man es gut mit ihm meine, dann zum Dank mit solchem Koldern einen zu plagen. Er hätte ja Geld mehr als genug, warum nicht zahlen, was er schuldig sei, einmal müsse es doch geschehen; oder ob er sich einbilde, es sei einer auf der Welt Narrs genug, es für ihn zu tun? Er solle machen, daß morgen Geld da sei, er solle denken, wie ungern er es habe, wenn man ihn von einer Stör unbezahlt entlasse. Barthli wand sich wie ein Aal zwischen Brummen und Flattieren, meinte, Hans Uli solle vorstrecken, er habe so ans Bauen gesetzt, ohne ihn hätte er es nicht unternommen; er habe ihm ja gesagt, er habe viele gute Leute, darum habe er sich auch darauf verlassen, er werde ihm vorschießen, nach und nach könne er es wieder abverdienen.

Hans Uli stund fast auf den Kopf ob solcher Rede. «Aber hast du mich dann angelogen, als du mir sagtest, du hättest einen versteckten Schatz und darin mehr als genug für ein Häuschen?» fuhr er ihn an. «Wäger nicht», sagte Barthli. «Aber wie soll ich aus dem Kübel Geld nehmen? Tags kann ich nicht, da stürmt alles aus und ein, nachts kann ich nicht, da merkte es ds Meitschi; es ist nit z'mache, wäger nit.» «Und warum soll es das Meitschi nit wüsse?» frug Hans Uli und stellte Barthli handgreiflich die Dummheit vor, den Schatz den jungen Leuten länger verheimlichen zu wollen. Nichts dagegen hätte er, wenn er denselben des Weitern nicht austrommeln ließe. Aber Barthli war wie ein beinerner Esel, tat keinen Wank. Erst stellte er sehr beredt die nachteiligen Folgen für die jungen Leute vor, wenn sie den Schatz entdecken würden. Alle Laster täten sie kriegen, sagte er, würden hoffärtig, hochmütig, vertunlich, Uhüng in alle Wege. Als Hans Uli ihm daraus nichts gehen ließ und sagte: «Und dann nachher, wenn du tot bist, was dann? Es ist doch besser, du legst das Geld jetzt zNutzen an, als sie kriegen es nach deinem Tode; jetzt kannst du wehren, bist tot, kannst nichts mehr dazu sagen», sagte Barthli: «Und hör uf, u säg, wasd witt, es nützt dih alles nüt, un ih tues nit, u vo dem Geld bruche ih nüt u nime nüt drvo! Soll ih vrgebe bös gha ha u mih gfreut, was dManne säge werde, wenn si ds Geld finde, u wie dLüt dNaselöcher ufmache werde, wenns heißt: Dä alt, wüest Korber het e ganze Kübel voll Geld hinterla; wer hätt das glaubt, wer hätts dem agseh? Er wird nit so dumm gsi sy, als me ne drfür aglueget het. U das alls soll nüt sy und all my Freud vrgebe! Ney, bim Donner, Hans Ueli, das muet mr nit zue, das tuen ih nit; lieber will mih no hüt henke, de cheu sis de morn füreloche, ih bi doch de gstorbe u dSach geiht, wien ih däicht ha.»

So was war Hans Uli wirklich nicht vorgekommen, er erschrak fast ob solchen Reden; er kannte Barthli mit seinem Eigensinn und wußte, wie solche Leute so leicht etwas zu

Gemüte fassen und so schwer es nehmen, daß es sie zum Äußersten bringt. Es war von Barthli freilich eine ärgerliche Wunderlichkeit, aber sie berührte seinen Lebenszweck und war seit Jahren eingewurzelt, sein ganzes inneres Leben ging in ihr auf, daß Hans Uli dachte, da könnte einer sich übel verfehlen und etwas zwingen, woraus er sich sein Lebtag ein Gewissen machen müßte. Er kapitulierte lange, lange mit Barthli hin und her, bis endlich Barthli sagte: «Es kommt mir ja nicht drauf an, sei der Kübel unter meinem Bette oder sei er in deinen Händen; aber ich will nicht wissen, wieviel darin ist, will nichts daraus nehmen, die schönen Stücke, die ich dreingetan, kann ich nicht draus nehmen, und ds Meitschi und sein Löhl sollen nichts darum wissen. Es wüßte kein Mensch, wie die täten, vor dem Vollmond wär alles fort; die Lumpenleute würden noch sagen, es sei mir recht geschehen, und tapfer mich auslachen.» «Aber nun die Arbeitsleute, wer soll die zahlen?» frug Hans Uli. «Du, wer anders», antwortete Barthli, «nimm du es draus.» «Selb ist mir zwider», sagte Hans Uli, «und zuerst müßte gezählt werden, was drinnen ist.» «Ghörst», fuhr Barthli auf, «von dem will ich nichts wissen und nicht, was du ausgibst, und wenn ich was verdiene und beiseite machen kann, will ich es dir geben. Den Lumpenleuten kannst du es dann einmal sagen, wo der Barthli mit dem Gelde hingekommen.»

Dem Hans Uli war dieser seltsame Handel sehr zuwider, und wäre Barthli nicht der alte Schulkamerad gewesen, derselbe wäre nicht zustande gekommen. Hans Uli erbarmte sich, wurde mit Barthli endlich rätig, derselbe solle den jungen Leuten ein paar Batzen geben und sie ins Wirtshaus schicken, dann, wenns finster sei, den Schatz in Hans Ulis Haus schaffen; derselbe solle ihn geheim halten, bis Barthli sterbe, und für den Fall, daß Hans Uli früher sterben sollte, es irgendwo vernamsen, wem das Geld gehöre und was mit zu machen sei. Barthli brachte das Geld.

Aber wie es verabredet war, machte Hans Uli es nicht; durch zwei vertraute Männer ließ er das Geld zählen und legte ihre Bescheinigung obendrauf. Die jungen Leute hatten sich sehr verwundert über Barthlis noch nie erlebte Großmut und hätten das Opfer kaum angenommen, wenn Hans Uli, der dabei war, nicht gesagt, sie sollten es nehmen, wenn der Vater es geben wolle; es könnte vielleicht lange gehen, bis den Alten wieder so was ankäme. Es sei ein Zeichen der Zufriedenheit, und solche dürfe man nie ausschlagen. Sie sollten ihm fürder treu sein und von der Bürde das schwerere Ort auf ihre Achseln nehmen; sie seien jung und sollten auch stärker sein als Siebenzigjährige. Sie gingen endlich, aber Züseli war immer das Weinen zvorderst. Das sei eine Änderung vor dem Tode, es könne es nicht anders einsehen, sagte es. Hans Uli hätte lange einreden können, wenn den Vater nicht etwas Übernatürliches angekommen wäre, denn was er nicht im Kopf gehabt, das hätte ihm kein sterblicher Mensch hineingebracht, kaum der Herrgott.

Am Montag stellten die Arbeiter sich ein mit kühnen Gesichtern, auf denen geschrieben stand: Wart, du alter Schelm, dir wollen wir es zeigen, wenn du heute nicht ausrückst! Der Maurer mochte fast nicht warten bis am Abend, um zu erfahren, wie es stehe, es versprengte ihn fast vor Ungeduld. Ehe es noch recht Abend ward, trat der Maurer den Barthli an mit der Frage: «Und jetzt, wotst füremache oder nit? Möchts gerne wissen». «Wer hat gesagt, daß es heute sein müsse?» frug Barthli. «Hans Uli hat es verheißen», antwortete der Maurer. «He nu, wenn es der verheißen hat, warum fragst du mich? Geh zu Hans Uli, der wird schon halten, was er versprochen.» Erst begehrte der Maurer auf, er wolle seinem Gelde nicht nachlaufen und wahrscheinlich um nichts und wieder nichts. Wenn Barthli einen Narren haben wolle, so solle er sich einen eisernen machen lassen. Benz, dem es natürlich himmelangst war, beschwichtigte, so gut er konnte, und am wirksamsten mit dem Bescheid, daß Hans Uli gestern dagewesen und sicher eine Abrede werde getroffen worden sein. Der Vater könne nicht rechnen, kenne keine Zahl und das Geld übel, so werde Hans Uli die Zahlungen übernommen haben. «Kann sein», meinte der Maurer, «aber warum sagte der alte Schalk es nicht? Wenn er es so machen will, so soll es dem eingetrieben werden.» «Und warum wollt ihr mich plagen», sagte Barthli, «nicht acht Tage arbeiten ohne Bezahlung? Probierit mit Ytrybe, es wird sih de scho zeige, wer zletzt Meister wird.» Wir glauben, Barthli mit seiner zähen Schlauheit wäre Meister geworden, war aber nicht nötig. Als die Arbeiter Geld sahen und wußten, daß Hans Uli seine Hand in der Sache habe, ließen sie die Flausen fahren und förderten die Arbeit so, daß das Häuschen unerwartet schnell zu beziehen war.

Nun ließen die jungen Leute verkünden, meinten endlich glücklich am Ziel zu sein, da kam ein Neues dazwischen, eine neue Verlegenheit, an die sie nicht gedacht; es sollte bei ihnen sich so recht erwahren «Per ardua ad astra», das heißt: durch Dick und Dünn zum Himmel. Es ist Sitte, daß man zum Hochzeithalten sich neue Kleider machen läßt. Es herrscht der Glaube, daß sowie die Hochzeitkleider, namentlich die Hochzeitschuhe, brechen, auch die Liebe auseinander gehe. Bekanntlich halten nun in der Regel neue Kleider länger als alte, ja Viele hängen den ganzen Anzug in den Spycher, tragen denselben selten oder nie mehr und glauben, auf diese Weise für eine ewig junge Liebe vollständig gesorgt zu haben. Wäre allerdings ein ring Mittel und sehr zu empfehlen, wenn es probat erfunden würde als Universalmittel zur Erhaltung ewig junger Liebe. Es fiel den jungen Leuten ein, daß sie solche Kleider haben müßten notwendig, besonders Züseli, aber woher das Geld dazu nehmen, ohne es zu stehlen? Benz hatte das seine fast ganz in Barthlis Nutzen verbraucht, Züseli nie welches gehabt, und zwei ganze Bkleidige, sie mochten so wohlfeil rechnen, wie sie wollten, kosteten immer schon eine Summe. Sie hätten wahrscheinlich es machen können wie Andere, auf Borg nehmen, aber sie schämten sich dessen und wußten, daß man auf diese Weise alles teurer bezahlen muß. Da sie nun an eine Zukunft dachten, so graute es ihnen vor Schulden und unnötigen Ausgaben. Als Barthli einmal guter Laune schien, chlütterlete ihm Züseli sehr, hätte ihm fast vorgetanzt wie dem Herodes seines Weibes Tochter, und als er eben recht ermürbet schien, rückte Züseli aus mit seinem Anliegen. Aber potz Himmelblau, wie gabs da plötzlich schwarze Wolken und wie blitzte und donnerte es aus denselben schrecklich! Was ihn das angehe, begehrte er auf, er wolle es ja nicht heiraten, wer es haben wolle, der solle ihm auch für die Kleider sorgen; er sei mit einem Tochtermann gestraft genug, er wüßte nicht, aus wes Grund er jetzt noch mit solchen Kosten solle geplagt werden, kurz er machte es ungefähr so wie mit den Arbeitern, hatte es mit der Tochter wie mit dem Hüsli, am liebsten wäre es ihm gewesen, wenn es beim Alten geblieben wäre. Züseli wollte ihm vorstellen, wie Benz bereits so viel Geld in Barthlis Nutzen verwendet, so manche Maß Brönz oder Wein und anderes mehr angeschafft usw. «Wer hat ihn gheißen?» brüllte Barthli; «wer ihn gheißen hat, der soll es ihm wieder geben. Wenn eins von euch einen guten Blutstropfen hätte, ihr kämet mir nicht mit solchem Anmuten jetzt, wo ich solche Kosten habe, worab ich fast zhinterfür grate.» Wie das Züseli weh tat, besonders wegen Benz, und wie es sich vor ihm schämte, kann man denken. Es dachte oft, am Ende könne es ja auch in seinen alten Kleidern gehen, es werde doch an denen allein die Liebe nicht hängen. Wenn es sein Möglichstes tue mit Arbeiten, Huse, Liebha und Benz die Hände unter die Füße lege, so könne es doch fast nicht glauben, daß es gestraft werden sollte für eine Sache, deren es sich so gar nichts vermöge.

Einmal, als es alleine vor dem Häuschen saß, Erdäpfel rüstete und dazu bitterlich weinte, kam Hans Uli dazu und wollte wissen, was es habe. Nach vielen Ausflüchten beichtete endlich Züseli. Erst wurde Hans Uli zornig, dann lachte er und sagte: «Dr Alt ist doch immer der Gleiche, den könnte man in einem Mörser zerstoßen von unten bis oben, er bliebe der Barthli und würde um kein Haar anders. Aber tröste dich, du mußt Kleider haben und Benz auch; der Alte muß zahlen, er mag wollen oder nicht, ich verrechne ihm dieses in die Baukosten.» «Das nit, Hans Ueli, ume das nit! Ich betrog den Vater mein Lebtag nie um einen Kreuzer, obschon ich es oft nötig gehabt wegen Hunger und Durst, jetzt will ich nicht anfangen und bsunderbar nicht mit den Hochzeitkleidern; was hülfen neue Kleider, wenn sie mit veruntreutem Gelde angeschafft wären, ich müßte mich ja drinnen schämen, ich dürfte nicht vor aufluegen», antwortete Züseli. «Du bist ein wunderlich Ding», sagte Hans Uli, «und wenn du alt wirst, wirst einen Kopf haben akkurat wie dein Alter, vielleicht nit so e wüeste, aber uf das Allerwenigst ebeson e wunderliche.»

Glücklicherweise kam Barthli zufällig zu diesem Handel. Hans Uli wusch ihm tapfer die Kutteln, sagte ihm, er sei der wüstest Alt gegen seine Kinder im ganzen Emmental, und wenn sie nit warten möchten, bis er aufhören müsse, sie anzugrännen und auszubranzen, so geschähe es ihm recht, denn er wäre selbst schuld daran. Mit diesen und ähnlichen kräftigen Redensarten brachte er es endlich dahin, daß Barthli sagte, des Tüfels Zwängs hätte er bald genug. Das werde schön herauskommen, wenn jedes Bettelmensch in Seide und Sammet zChilche well. Er solle machen, was er wolle, es gehe zum andern; er wäre alt genug, um in solchen Sachen Verstand zu brauchen. Daneben sei es ihm ganz gleich, am Ende müßten sie denn doch sehen, wer zahle. Schulden seien bald gemacht, aber wiedergeben, das habe eine Nase, sie würden es erfahren. Er machte Züseli bitterlich angst, es wollte verzichten auf neue Kleider; aber Hans Uli tröstete und sagte, hoffärtig habe er die Leute nicht gerne, aber wer bei solchen Anlässen nicht tue wie üblich und bräuchlich, werde später reuig oder ein Kolder, der sein Lebtag tromsigs drin sei. «Das ist grober Tubak», sagte Barthli. «Kannst mit machen, was du willst», lachte Hans Uli, «ihn liegen lassen oder schnupfen, es stößt dir ihn niemand in die Nase.»

Züseli war ein recht schönes Bräutchen und hatte wirklich kindliche Freude an sich selbsten, die recht rührend war. Es hatte sich selbst noch nie in einem ordentlichen Anzuge, wo alles zu einander paßte, gesehen. Wenn es schon zuweilen zu was Neuem kam, so machte das Neue das Übrige nur älter und schäbiger. Es ward gar nicht satt, an den neuen Schuhen, den neuen Strümpfen und an einem Stück nach dem andern sich zu ergötzen, gerade wie ein Kind bei der Weihnachtsbescherung. Dasselbe läuft ums Bäumchen, an welchem die schönen Sachen hängen, herum von einem Stück zum andern, hat bei jedem neue Freude und jedesmal noch größere als die frühern Male.

Es war aber nicht bloß an einem Tage glücklich, wie es leider Gott so manchem armen Bräutchen geschieht, sondern alle Tage glücklicher. Züseli war, seit die Mutter gestorben, an freundliche Worte gar nicht gewohnt; wenn es das ganze Jahr durch drei oder vier der Art vom Vater erhielt, so war es aller Handel. Nun, Benz war auch kein Zuckerstengel, indessen kriegte Züseli doch alle Tage einige gute von ihm, und die andern waren doch wenigstens nicht böse und schnauzig.

Zudem ging ihm eine schöne Zukunft auf. Benz tat zum Korben geschickt, gab schon im ersten Winter dem Alten wenig nach. Hans Uli fragte Barthli einmal: «Und jetzt, wie gehts mit dem Tochtermann, weißt ihn jetzt zu was zu brauchen?» «He», sagte Barthli, «es gieng; z'arbeite ist er e Guete, und wenn er ds Korbe glehrt hätt und nit dr Tochtermann wär, es hätt mr chönne übel gah, er ma mih bald mit dr Arbeit, und es rückt ihm us dr Hand, wie wenn er scho lang drby gsi wär. Aber zum Tisch, da ist er e Uchumlige, e Uhung, daß ihs graduse säge; dä frißt dr nit wie es arms Mannli, sondere wie e ryche Bur, wo zehn Küh im Stall hat.» «O säg du, Barthli», sagte Hans Uli lachend, «u de du? Du hast oft an meinem Tische gegessen, und wenn einer mehr mochte, ich oder du, so warst du es.» «O ja, da will ich nichts sagen, so z'ungradem oder auf der Stör», erwiderte Barthli ruhig; «aber ich meine nicht das, ich meine z'ordinäri daheim, einen Tag was den andern. Das ist ganz was anderes, das gspürt me, du glaubsts nit.» «Wohl, das glaub ich», sagte Hans Uli, «habs auch schon erfahren. Oder meinst, e Bur gspürs nit o, wenn ihm einer frißt wie angerhalbe Metzgerhung?» «Er wird wohl», antwortete Barthli, «aber was frag ich dem nach! Er wird drfür dasy, oder wofür wär er sust da?» «So, du bist mr e Lustige», sagte Hans Uli. «Meinst du dann, wir seien hagenbuchig gfüttert? Wenn drnah öpper ghörti, wied redst, du bekämst kei einzigi Stör meh.» «Was frag ich den Stören nach», sagte Barthli, «wenn ih ume dWydli ha; ich komme viel weiter, wenn ich sie brauchen kann, wie ich will, als wenn ich sie den Bauren verkorben muß und dabei kaum das lautere Wasser verdiene.» «Aber meinst, man lasse dir die Wydli, da steckt man dir den Nagel», sagte Hans Uli. «Ohä», sagte Barthli, «selb tut man nicht. Die Bauren begehren nicht, daß ich einmal wiederkomme und in ihren Matten den Weiden nach gehe, und das täte ich, müßt ja nachholen, was sie mich versäumt; sie begehren nicht, daß ich zusehe, wie sie einander das Wasser stehlen, oder in trüben Nächten den alten Bauren, welche auch wiederkommen müssen, erzähle, was für Uhüng es us ihre Buebe gä heig.»

Barthlis Mundstück blieb das nämliche, aber seine Kräfte nahmen sichtlich ab; die Erlebnisse im Sommer hatten sein ganzes Eingericht erschüttert und aus dem Gleichgewicht gebracht. Er klagte es nicht, er hüstelte nur etwas mehr als sonst und wurde nie böser, als wenn Züseli ihm zumutete, er solle doch was brauchen, Tee oder Doktorzeug. Er strengte sich dann nur mehr an zur Arbeit und verbarg seine Schwäche um so sorgfältiger. Einmal brachte ihm Züseli eine Halbe roten Wein, da begehrte er über die Verschwendung grimmiglich auf; so aufgebracht hatte ihn Züseli kaum je gesehen, es fehlte nicht viel, er hätte ihm die Flasche ins Gesicht geschlagen. Solange das alte Häuschen gestanden, sei kein Wein darein gekommen; jetzt, sobald ein neues habe sein müssen, habe der Teufel seine Eier drein gelegt, und jetzt könne er schon sehen, wie es gehen werde, wenn er einmal die Augen zu habe. Aber er täte es ihnen nicht zu Gefallen, Platz z'machen; er wolle eine Weile ihnen zeigen, wo durch es gehen müsse.

Solche Reden sind aber vermessen und stehen dem Menschen nicht zu, es ist ein Anderer Meister. Am folgenden Morgen war Barthli tot im Bette; aber umgedreht war ihm der Hals nicht, er schien eines ganz friedlichen Todes gestorben zu sein. Züseli ging dieser Tod nahe zu Herzen; daß Benz trauriger gewesen als andere Tochtermänner, die einen wunderlichen Schwiegervater verloren, können wir nicht behaupten. Aber in großer Angst und Verlegenheit waren

Beide, wo Geld nehmen und was mit den Schulden anfangen, welche dasein mußten. Begreiflich ging Benz alsbald zu Hans Uli, um Rat und Trost zu fassen. «Geh zum Pfarrer und gib ihn an, und mit der Gräbt machts wohlfeil, allweg bloß eine Käsgräbt im Hause, keine Fleischgräbt im Wirtshaus! Ich werde noch manchmal Langeweile nach ihm haben, daneben ists ein Glück für euch und ihn, daß er nicht lange krank sein mußte, das hätte eine schwere Not gegeben», sagte Hans Uli. Benz frug noch, wo er wohl Wein und Käs nehmen sollte, daß sie es am wohlfeilsten machten; er wüßte ohnehin fast nicht, wie zahlen, sie hätten kaum zehn Batzen Geld im Hause. Mit der Zeit könnten sie es schon bezahlen, wenn ihnen nur jetzt jemand dings geben wollte. «Warum nicht! Sag nur, man hätte euch diesen Morgen alles versiegelt, und geh gleich zu einem Gerichtssäß und laß wirklich versiegeln, da darf es dir kaum jemand absagen; ohnehin tät es kaum jemand, man ist mit euch zufrieden, und bei solchen Gelegenheiten erfährt man es, was der Name macht.»

Als nun Benz von Weiterm noch reden wollte, sagte Hans Uli: «Geh jetzt, mach, wie ich gesagt! Am Begräbnistag am Abend komm dann mit Züseli, so will ich euch über dSach brichte. Fürchtet euch einstweilen nicht, so bös ist dSach nicht.» Das war ein Trost, aber vollständige Beruhigung brachte er doch nicht. Daß sie blangeten auf den verhängnisvollen Abend, wird man begreifen. Die Nachbaren zeigten sich recht gut gegen das junge Ehepaar, sie boten sich an zum Wachen bei der Leiche, zu laufen für sie, wenn sie was zu verrichten hätten, und wenn sie irgend was nötig hätten, sollten sie es sagen ohne Komplimente. Ihrer Lebenlang hätten sie nicht geglaubt, daß die Leute es so gut mit ihnen meinten, sagten Benz und Züseli. Sie hatten die Menschen noch nicht gründlich erfahren. Es ist keine Frage, die Menschen sind gutmütig, doch nicht gerne lange hinter einander; sie sind mitleidig, aber jemand, mit dem sie in die Länge zu tun haben sollten, wird ihnen sehr leicht lästig. Nun, so vom Tode bis zum Begräbnis und bei den Bessern einige Tage darüber, da geht es schon. Es kamen noch viele Leute mit Barthli zu Grabe, und an der Käsgräbt führten sich alle bescheiden auf; allgemein war die Rede, die jungen Eheleute hätten einen bösen Anfang und müßten zur Sache sehen, wenn sie gfahren wollten.

Den Nachmittag füllten sie mit Waschen und Fegen, und am Abend machten sie mit schwerem Herzen zu Hans Uli sich auf. Dort mußten sie erst essen und trinken, ehe Hans Uli an die Geschäfte wollte. Es kam ihnen vor, als seien sie am Henkermähli, und erst als der Alte sah, daß nichts mehr runter wollte, führte er sie ins Stübli. Dort lagen Papiere auf dem Tische, und in der Mitte war ein alter, wüster Kübel und was drinnen. Züseli mochte gar nicht hinsehen, was es sei, aber es dachte, sellig Sache putze man sonst fort, ehe man fremde Leute in ein Gemach führe. Die Papiere enthielten Rechnungen und Quittungen über den Bau. «Herr Jeses, wie viel», seufzte Züseli aus gepreßtem Herzen, «das wird e Usumm mache!» «Ho», sagte der Alte, «es macht sich; man hausete, so viel man konnte, man hätte leicht ds Halb mehr brauchen können, und fertig seid ihr noch nicht. Wenn ihr machen lassen wollt, was nötig ist, so kostet es noch einen Büschel Geld, und ich wollte es fertig machen. Es ist nichts wüster anzusehen und nachteiliger als so unausgemachte Häuser. Läßt man sie einmal liegen, so bleiben sie liegen; solche Häuser werden nie mehr ausgemacht, aber z'plätzen hat man an ihnen fort und fort, solange sie stehen.»

«Aber wieviel würden wir dann schuldig, das wir verzinsen müßten?» fragte Benz mit beklommener Stimme. «Der Vater selig mußte nichts verzinsen und konnte es kaum machen.» «He», sagte Hans Uli, «rechnet selbst; es werden ungefähr dreihundert Taler ausgegeben sein, und mit hundert Talern läßt sich noch viel machen, wären also zusammen vierhundert Taler. Es kostet mehr, als ich anfangs dachte; aber ich dachte, es sei besser, dSach gleich recht zu machen.» «Wieviel macht das Zins?» frug Züseli halblaut. «He, sechzehn Taler machts, wenn man das Geld schuldig ist.» «Sechzehn Taler im Jahr!» seufzte Züseli. «Es ist schon ein Geld, wer es zahlen muß», sagte Hans Uli, «aber ihr müßt es nicht zahlen, ihr seid mir das Geld nicht schuldig, es war Barthlis Geld.» Da stunden Beide und hielten das Maul offen. «Ds Vaters?» fragte endlich Züseli. «Ja, ds Vaters», sagte Hans Uli, «und seht, da ist noch mehr», und somit schob er ihnen den wüsten Kübel dar, nahm das Papier weg, welches drin lag, und fast halb voll grober Silberstücke war er. Da verschmeieten Beide fast, und Züseli sah den Alten an mit einem Blicke, als ob es sagen wollte: Warum hältst du uns zum Besten? «Sieh mich nur an, Fraueli! Ja, es war eueres Vaters Geld, jetzt ists euer Geld.» Und nun erzählte ihnen Hans Uli den Hergang, gab ihnen das Papier zur Hand, auf welchem von den Männern verzeichnet stand, wieviel sie im Kübel vorgefunden, woraus sich ergab, daß der bessere Teil noch vorhanden war.

Sie stunden da, daß es wohl kein großer Unterschied war zwischen ihren Gesichtern und dem Gesicht, welches Lots Weib machte und das man noch in der Kirche zu Doberan, freilich etwas verblichen, sehen kann, als es hinter sich sah und die brennenden Städte ihm in die Augen fielen; indessen, der Ausgang war anders. Züselis Gesicht versteinerte nicht, kriegte zuerst Leben, und Wasserbäche strömten aus seinen Augen, daß der Vater so bös gehabt und so viel Geld, daß er sich nichts gegönnt und nur für sie gehauset, daß sie es nicht gewußt und nichts für ihn getan, nicht den Doktor geholt oder ihm wenigstens doch eine Laxierig oder andern Zeug gegeben hätten. «Nun», sagte endlich Hans Uli, «es freut mich, daß du daran sinnest und zerst plärest und nicht jauchzest. Daneben höre jetzt mit Plären auf und plage dich nicht zu fast mit dem Kummer, er habe seine Sache nicht gehabt. Er wollte es so, und das war seine Freude, und wie das Sprichwort sagt, es habe jeder Narr Freude an seiner Kappe, so ists meine Meinung, daß man ihm diese Freude nicht störe, das ist sein Wohlleben, und wenn er euch jetzt gesehen und euere Gesichter, so hätte es ihn gelächert wie sein Lebtag noch nie. Diese Freude wollen wir ihm wohl gönnen, aber nicht mehr, andere Leute brauchen nicht zu verstaunen über Barthlis Schatz. Wenn es auf mich abkäme, ich ließe davon nichts unter die Leute. Daneben macht, was ihr wollt. Dir, Fraueli, wär das ein schwer Zumuten.»

Benz sagte, er danke für den Rat, er sei ganz der Meinung; die Leute wären jetzt so gut, wenn sie vernähmen, wie reich sie geworden, würden sie mißgünstig. Das Best werde sein, daß sie Land kauften, daß sie eine Kuh halten könnten. Da lachte der Alte herzlich, sagte endlich: «Häbs nit für unguet, aber das wäre gerade das Dümmst. Meinst nit, es nähme die Leute wunder, woher du das Geld hättest, wenn du dich plötzlich so aufließest? Doch dHauptsach ist die: du willst ein Korber werden, und das ist recht, du siehst, es hat seinen silbernen Boden. Aber was ihr verdient, was die Haushaltung kostet, überhaupt wie das Haushalten geht, das wißt ihr nicht. Jetzt hürschet nicht alles durch einander, meinet, es möge sich alles ergeben, alles erleiden, auf welche Weise die meisten Weibergütlein dahingehen, man weiß nicht wie, und wo man obendrein noch Trom und Boden verliert. Ds Hüsli laßt ausbauen, dann hüselet fort, ungefähr so wie bisher. So erfahret ihr genau, was ihr verdient und was ihr braucht, ob ihr übrig habt oder zwenig, und ds Vaters Geld laßt einstweilen ruhig, als ob es gar nicht da wäre. Läßt Gott euch gesund, so werdet ihr ohne Zweifel mehr verdienen als brauchen; daraus könnt ihr euch nach und nach Sachen anschaffen, und deren braucht ihr viel, denn ihr habt von allen Sachen nichts, in mancher Bettlerhaushaltung hat man mehr. Unterdessen laßt das Geld arbeiten, man findet ihm schon Platz, daß es hier herum nicht bekannt wird. Seid ihr dann durch euere Arbeit gut in Stand gekommen, im Handwerk brüehmt und bliebt, dann ist noch alle Zeit, Land und Kuh zu kaufen, wenn es sich wohl schickt und ihr noch Lust dazu habt. Dann freut es die Leute noch, sie halten euch viel darauf und sagen: Husligere Leute gebe es nicht, aber es sei ihnen z'gönnen, sie arbeiteten darnach, zUnnutz sehe man sie keinen Kreuzer vertun; wenn alle so wären, es gäbe weniger Arme und es ginge besser auf der Welt.» Wie die jungen Leute dem Alten dankten, kann jeder sich denken. Er war selbst über die Innigkeit gerührt und ließ sich erbitten, ihnen den Schatz ferner zu verwalten.

Stumm gingen sie lange neben einander auf dem Heimweg. Endlich sagte Züseli, es möchte abhocken und beten. Als sie wieder aufstunden, fiel Züseli dem Benz um den Hals und sagte: «O Benz, wie sy mr jetz zweg so ungsinnet! Aber gäll, hochmüetig und gyzig wey mr nie werde, zum Krüzer luege und i dr Liebi blybe und nie vrgesse, für e Vater z'bete alli Tag, und nie vrgesse, woher alles chunt und wem mr alles z'vrdanke hey?» Benz drückte sein Weibchen ans Herz, und stumm Hand in Hand wanderten sie ihrem Häuschen zu und werden darin, so Gott will, den Frieden auf Erden finden und dabei sorgen für den Frieden im Himmel.

Die Frau Pfarrerin

Eine Hauptsache für jeden Menschen, welche bei weitem nicht genug beachtet wird, ist, zu wissen immerdar, was für Zeit es sei. Wer die Sache kurz nimmt, wird die Nase rümpfen und sagen, schwer sei das nicht, wenn man eine Uhr habe, und so wichtig sei es auch nicht; habe man ja doch eben die kürzeste Zeit, wenn man vergesse, was für Zeit es sei – wenn man nur die Eßglocke nicht überhöre, selb sei allerdings fatal. Der Ausdruck hat aber eine weitere Bedeutung, wie die Meisten wissen, und diese werden die Wichtigkeit dieser Kenntnis zugeben und zum Kalender raten, der zur gründlichsten und umfassendsten Kenntnis der Zeit verhelfe. Der zeige, wenn Neu und Wedel sei und die Zeichen alle, wenn Haarschneiden gut sei und Bschütten und Bohnen Setzen und zAcker Fahren und den Hühnern die Flügel Beschneiden, daß der Habicht sie nicht nehme, und Weizen Säen, daß die Spatzen ihn nicht fressen, wann es regnen, wann es winden werde, wann man daheim zu bleiben habe, wenn man nicht verhagelt sein wolle. Ja, darin könne man sogar sehen, wann es heilige Zeit sei, absonderlich heilige Sonntage, was zu wissen Bäckern und Kommandanten absonderlich not täte, den Ersten, damit sie nicht das Nachtmahlbrot zu backen vergäßen, den Andern, damit sie wüßten, wann sie, allen Bärenwirten zTrotz, nicht tanzen lassen sollten, sondern sie und ihre Offiziere samt Soldaten sich anständig aufführen.

Den Pfiffigsten wird diese Auskunft nicht genügen, sie werden sagen, um die Zeit, über die man Auskunft in den Kalendern finde, gäbten sie wenig; aber pfiffig werden sie sagen, die rechte Zeit und die wichtigste hätte ihre eigenen Organe, aus denen lerne man sie kennen, und das seien die Zeitungen. O nein, der Meinung sind wir nicht. Da ich noch ein Kind war, da redete ich wie ein Kind, sagt der Apostel Paulus, jetzt sehen wir wie durch einen Spiegel in einem Rätsel. Da sieht man nicht einmal, wann Kaffee Kaufen gut oder Korn Verkaufen, nicht, ob man einen Stock zum Spazieren mitnehmen soll oder einen Regenschirm; da sieht man bloß eines, daß leicht man zum Toren wird, wenn man sich für einen Weisen hält, daß man oft Torheit findet, wo man Weisheit gesucht.

Der Kalender, welcher uns immer am besten gefiel, am sichersten anzugeben schien, was für Zeit es sei, ist der Markt eines bedeutenden Ortes, auf welchem dessen Bevölkerung sich mit Lebensmitteln versieht. So auf einem Markte von allerlei, vom obern Tore bis zum untern Tore, was man da nicht alles sieht, und wie die Zeit von dannen rennt, und was man nicht alles für Leute kennt! Wenn es Winter ist, das merkt auch der Dümmste, an der eigenen roten Nase erstlich und an den Nasen der Marktweiber, an ihrem Wärmapparat verschiedener Art, am kurzen Märten und raschen Laufen der Kaufenden, am Mangel eleganter Damen, ausgenommen ums Neujahr herum, wenn sie den fetten Gänsen, guten Enten, anderem Wildbret und sonstigen Leckerbissen nachstreifen.

Daneben ist der Markt nicht uninteressant, er enthält die ausgepackten Vorratskammern der Umgegend: im Herbste das Eingekellerte, Eingesetzte von allen Sorten, welches nach dem Neujahr immer mehr zusammenschmort, wenigstens an Frische verliert, bis nach und nach die Gewächse aus Treibhäusern und Couches auftauchen, Rübchen wie Nädelchen und Salatstäudchen, die durch das Vergrößerungsglas sichtbar werden, Spinat mit den schnellen Beinchen, die sich nirgends ordentlich stille halten wollen; zu Zuckererbsen und Bohnen gelangt man bei uns trotz aller List und aller Müh erst viel später. Dann kommt, was unterm Schnee verborgen lag, das Nüßlikraut, die Rabünzli, das Säukraut usw.; da kömmt die Köchin Markttag um Markttag mit was Neuem heim, wo man nicht darauf zu achten hat, ob das Gemüse sechs Kreuzer oder sechs Batzen kostet, und mit dem Beisatz: «Lueget, Frau, kum es Hämpfeli, und sollte drei Batzen kosten, und zNot konnte ich einen Kreuzer abmärten!» An Orten, wo es knapper geht und die Kreuzer gewogen werden, kömmt die Köchin bloß mit Berichten: «Es wär wohl öppis anders dagsi, es klein Körbchen mit Rabünzli, aber gar Hagels tür, das ganze Körbli für sieben Batzen, und wir hätten nicht für einmal genug gehabt, Ihr hättet mir ein schön Gesicht gemacht, wenn ich damit heimgekommen wäre.» «Es ist fatal», sagt dann die Frau, «der Herr grännet afange über alle Wintergchöch und wott doch dann nicht ausrücken mit dem Geld; er begreift nicht, daß wenn man zuerst von einer Sache haben will, man es doppelt so teuer zahlen muß als einige Wochen später.» «Ja, geht mir mit den Herren, es hat in Gottes Name keiner mehr Verstand einer Kleblaus groß. Da ist ihnen daheim nichts wohlfeil und nichts gut genug; da sollte man ihnen daheim für ein Fränkli für die ganze Haushaltung kochen so gut, als sie für sich allein kaum halb genug kriegen um dieses Geld.»

Nun wird es recht kurzweilig auf dem Markte, jeden Tag was Neues, namentlich, sobald die Temperatur es erlaubt, auch Blumen und Blumenstöcke. Erst hier auf den Steinen sieht man die Entfaltung der Natur in ihrer Mannigfaltigkeit und ihrem Reichtume so recht augenscheinlich. Es kommen die ersten Erdbeeren aus sonnigen Rainen, die ersten Kirschen von Basel her, die Bohnen aus dem Wistelach, die Erbsen von den Halden um die Stadt, und ein Birnbaum nach dem andern sendet seinen Segen, bis ein kühn Weib mit den ersten Erdäpfeln kommt, unbekümmert darum, wie manchem Stadtherren es Bauchweh kramet. «Warum frißt er, wenn es ihm nicht wohl macht», würde es auf daherige Vorwürfe sagen.

Je mehr das Neue überhand nimmt, desto seltener wird das Alte, desto mehr sticht es gegen das Neue ab, die eingeschrumpften Erdäpfel, die eingefallenen Äpfel, die runzlichten Birnen, aber nicht desto minder wert sind sie; oft stehn im Preise sie viel höher als das verdächtige Neue, von dem man so recht nicht weiß, taugt es etwas oder nichts, denn begreiflich kömmt es am Ende denn doch darauf an, nicht ob eine Sache jung ist oder nicht, sondern kann man sie brauchen oder nicht. Je mehr das Alte schwindet, hie und da nur noch ein Halbdutzend Äpfel in die Ecken eines Korbes sich schmiegen, desto massenhafter rückt das Neue an; die Köpfe der Marktweiber reichen nicht mehr aus als Transportmittel, da müssen Wagen und Pferde her, und hochgetürmt ziehen Kabisköpfe ein, füllen Plätze aus, machen den Strohköpfen in der Stadt den Rang streitig, selbst jetzt noch, wo sich dieselben doch durch so viele Eidgenossen verstärkt haben. Jetzt legt das Jahr die Proben ab über den empfangenen Segen. Man kann es von weitem sehen, ob die Käufer um einen Wagen sich drängen oder, wir möchten fast sagen, die Wagen um die Käufer, und kömmt man näher, so empfindet man den richtigen Standpunkt ganz bestimmt an den Wistelachern; sind die zärtlich, dann aufgepaßt, dann haben die Zwiebeln, Gurken und andere Herrlichkeiten in Hülle und Fülle, mehr als ihnen lieb ist, sind sie aber noch gröber als sonst, dann zugegriffen ohne Komplimente!

Aber nicht bloß die Verschiedenheit der Jahre merkt man; wer fünfzig Jahre gelebt hat, merkt um diese Zeit besonders einen gar mächtigen Unterschied zwischen ehedem und jetzt. Ehedem ging es um diese Zeit bis gegen Weihnacht viel lebhafter, wir möchten fast sagen, wilder zu: da kellerte man noch ein, machte Vorräte auf den Winter, machte Kabis ein, metzgete sogar. Seit aber die baumwollenen Hemdchen aufgekommen sind, welche man gemacht kauft, weil Weib und Töchtern keine mehr nähen können, seitdem macht man nicht Kabis ein, metzget man nicht, beides stinkt und macht Mühe; man kellert auch weder Äpfel noch Erdäpfel ein, in Vorräten liegt alleweil ein Schaden, totes Geld und Abgang, ein unnötig Geschlepp und wirklich an vielen Orten nachts nicht mehr so viel Speise, um eine hungerige Maus zu sättigen.

Da sieht man aber eben auch, was für Zeit es ist. Ja, noch viel mehr sieht man, wenn man nicht bloß in die Körbe der Verkaufenden, sondern auch in die Gesichter der Käufer sieht: da kann man Betrachtungen anstellen über die Zeit im Allgemeinen und die Zeit im Besondern, da kann man merken, ob es eine gesegnete oder ungesegnete ist in dieser oder jener Gegend und in diesem oder jenem Hause, wie auf die Üppigkeit die Spärlichkeit folgt, wie der Glust wäre, wenn das Geld noch wäre.

Lustig ists, wie in bestimmten Häusern ein regelmäßiger Wechsel ist wie zwischen Ebbe und Flut, daß man mit Sicherheit aus dem Marktkorbe schließen kann, besonders wenn die Frau selbst noch Einkäufe besorgt, beginnt ein Monat oder geht er zu Ende. Wenn ein Quartal der Mond wäre, könnte man auf dem Markte an heiterhellem Tage sehen, in welchem Stadium er wäre, und drei Wochen nach dem Neujahr bis gegen Ostern werden sicherlich auch in den Marktkörben die Fasten sehr merkbar sein. Und wie erst die Leute selbst kommen und verschwinden, mager werden oder fett, avancieren oder verkümmern, es ist merkwürdig! Da trohlet der Stoff zu den interessantesten Lebensbeschreibungen recht eigentlich auf der Gasse herum. Wahrscheinlich werden auch die Herren, welche bedächtigen Schrittes, mit den Händen auf den Rücken, den Augen in allen Körben und in allen Gesichtern, hier auf dem Markte auf- und abwandeln, Geschichtsforscher sein, Neuperipatetiker, welche ihre wichtigsten Geschichtsstudien machen oder Figuren in Novellen suchen. Anfangs wird es ihnen gehen wie Andern; sie sehen ein buntes Durcheinander ohne besondere Merkmale, ohne eigentümliche Züge. Erst bei längerem Beschauen trittet das Besondere auseinander und Einzelnes macht sich bemerkbar, trittet immer eigentümlicher hervor, so daß, fehlt es einmal im Gemenge, der Beschauer es vermißt und sucht; er hat das Ganze nicht mehr, das Vermißte muß eine Lebensveränderung erlitten haben, welche, nimmt einen wunder.

Doch es gibt nicht Männer nur, welche Anlage haben zur Geschichtsforschung, daherige Studien unwillkürlich machen und sich auf dem Markte auch um die Menschen kümmern und nicht bloß um Rüben und Rabünzli. Wir hatten eine Base, eine kuraschierte Frau mit hellen Augen, raschen Entschlüssen und Urteilen, sie hätte den besten Schützen gegeben: ein Blick und paff, dSach war richtig. Sie kam in ihren Reden, mit denen sie nicht kargte, oft auf ihre Markterfahrungen. Am liebsten redete sie davon, wie sie immer lange vorausgewußt, ob eine Haushaltung verlumpen werde oder nicht. Wenn eine junge Frau alle Erstlinge gekauft, ihr nichts zu teuer gewesen, sie bei keiner jungen Gans habe vorbeigehen können, so habe sie in der Regel es getroffen, wenn sie gedacht: Kauf du nur, du arms Tröpfli! Es kömmt dir schon anders, wenn du Verstand hast, und hast keinen, je nun, so ists nicht schade um dich, wenn dir auch das Geld ausgeht. Richtig habe ihr Keine lange das Beste vor der Nase weggekauft. Sie war unerschöpflich in Geschichten über dieses Thema. Doch sah sie aber auch noch anderes als der Menschen Schwächen; auch das Bessere, Anmutige entging ihr nicht, kurz selten etwas Bemerkenswertes. Mit besonderer Vorliebe hielt sie folgendes Marktbild fest, aber sie mußte in recht weicher, schöner Stimmung sein, wenn sie es zum Besten geben sollte.

Vor einigen Jahren, erzählte sie, traf man jeden Markttag außer bei ganz grundschlechtem Wetter eine ältliche Frau an. Sie fiel weder durch ihre Kleidung auf noch durch ihre Gestalt. Die Kleidung war äußerst einfach, aber ebenso reinlich; sie war von mittlerer Größe, hatte nichts Auffallendes im Gesicht beim bloßen Ansehen, sie fiel mir bloß auf durch die Stetigkeit ihres Daseins, das mir gar nicht notwendig schien, denn sie hatte in der Regel nur ein ganz kleines Körbchen am Arme, kaufte wenig und zuweilen gar nichts. Hatte sie auch ihren Einkauf gemacht, ging sie nicht heim wie andere Frauen, sondern regelmäßig die ganze Straße durch von oben bis unten, und bei schönem Wetter und wenn der Markt so recht viel Neues brachte, hin und her. Unwillkürlich fing ich an, mich zu achten, was sie eigentlich da treibe und was sie kaufe; im Handel war sie mir nie in Weg gekommen, hatte weder eine Taube noch ein Hähneli mir vorweggeschnappt. Sie kaufte nichts Meisterlosiges, überhaupt nichts aus dem Tierreich, sondern bloß aus dem Pflanzenreiche und hier auch zumeist das Allerwohlfeilste und was zum Kochen wenig Feuer brauchte, immer nur für einige Kreuzer, jedoch fast immer etwas Obst; hier und da märtete sie sich eine Blume ein, ein Röschen oder ein Stiefmütterchen, und oft gaben die Weiber eins ungebeten, auch einige Salatblättchen, woraus ich schloß, daß sie ein Vögelchen haben müsse, sonst aber wahrscheinlich alleine haushalte. Ihre Geschäfte wären also in einigen Minuten abgetan gewesen, wenn nicht etwas anderes sie gefesselt hätte, und was das war, sah ich bald, als ich einmal aufmerksam auf sie war.

Es war eine unendliche Freude an den Früchten und Pflanzen selbst, nicht um sie zu essen. Sie freute sich zum Beispiel recht herzlich über den ersten Blumenkohl, aber sie kaufte den ganzen Sommer keinen, wenn er mißraten war und hoch im Preise blieb. Es waren ihr liebe Bekannte, Freunde, Kinder, die in fremden Landen gewesen, weit über Meer, die wieder herkamen und von ihr mit herzlicher Freude bewillkommt wurden. Natürlich war immer das erstemal bei Wiedererscheinen in jedem Jahr die Freude am größten, aber sie verging nicht, loderte bei jedem schönen Stück neu auf, und wenn die Pflanze oder Frucht immer seltener erschien, so ward ihre Freude an ihr um so inniger, fast wie an einem Menschen man sie hat, dem man zuruft: Ach, lebst auch noch!, den man verloren gegeben und doch noch wiedersieht. So wimmelte der ganze Markt von obenan bis untenaus von lieben Bekannten, die sie ja alle grüßen mußte, und wäre es nur mit einem Blick. Vor allem war es das Obst, welches von den Bäumen kam, welches ihr Augen und Herz gefangen hielt. Den Beeren von den Sträuchern schien sie nicht viel nachzufragen, sie beachtete sie kaum; auch auf den Baselkirschen hielt sie nicht viel, sie seien so wässericht und hätten keinen ordentlichen Geschmack, sagte sie. Nur was auf unsern Bäumen wuchs, fand ordentlich Gnade vor ihren Augen. Über unsere Kirschen freute sie sich sehr; von ihr zuerst vernahm ich, daß auch die Kirschen verschiedene Namen hatten, ich meinte bis dahin, es gebe rote und schwarze und nebenbei noch Weichsel- oder Zahmkirschen. Doch erst bei den Äpfeln und auch Biren ging ihr das rechte Leben auf; mit einem freudigen Ausruf ward jede neue Sorte, welche auf dem Markte erschien, begrüßt. Wenn die neuen erschienen und alte und neue in den Körben lagen, dann war ihr ein Jahr umgegangen; das alte schloß sich, ein neues hatte begonnen, und in neuer Reihe marschierten die alten Sorten auf eine nach der andern, und jede wurde von der Frau mit Namen begrüßt, denn sie kannte alle wie ein Feldmarschall seine Regimenter.

Da sah ich dann auch, wie die Marktweiber die Frau kannten, ihr herbeiriefen, neue Sorten zu zeigen, nach ihrem Namen zu fragen, wie sie ihr von weitem Äpfel in die Höhe hoben, wenn sie wußten, daß sie diese besonders liebte, und sie vielleicht im vergangenen Jahr gefehlt hatten, oder ihr ein halbes Dutzend, welche abgesondert im Korbe lagen, aufdrangen, sagend: «Nehmt sie nur, nehmt sie! Das werden die einzigen dieser Art sein, welche Ihr dieses Jahr sehet; sie gerieten nirgends. Unter die andern sie zu mischen, wäre schade, und apart sie zu verkaufen, lohnt sich nicht der Mühe. Da dachte ich, ich wolle sie zEhren ziehen und Euch sie bringen, Ihr wüßtet sie am besten zu schätzen, und ich hätte selbst Freude, wenn sie Euch recht gut dünken.» Sichtlich mit Freuden, aber erst nach langem Weigern nahm sie die Frau geschenkt. Denn wie sie auch die Kreuzer abmödelete, hier konnte sie nach ihrer Weise verschwenden, schienen die Kreuzer sie nicht zu reuen; hier kaufte sie nicht immer vom Wohlfeilsten, hier konnte sie wählig sein, kaufte aber oft auch recht Unscheinbares, anfänglich zu meiner Verwunderung, bis ich merkte, daß es besser war als schön.

Es war ein eigener Verband zwischen der Frau und den Weibern, und zwar ein recht freundlicher. Durch das Intresse, welches die Frau am Inhalt ihrer Körbe nahm, die Freude, welche sie hatte, wenn sie schöne Produkte sah, ihr sachkundiges Urteil, nützliche Winke aller Art war sie den Weibern wert geworden; ihr Erscheinen tat ihnen wohl, sie freuten sich sicherlich schon daheim darauf, wenn sie was Schönes bringen konnten, sie wechselten gerne einige freundliche Worte mit ihr, das eintönige Markten unterbrechend.

Nicht selten geschah es, daß sie zur Schiedsrichterin oder Ratgeberin aufgerufen wurde. Gar manches Dämchen kennt nichts von dem, was es kaufen will, und steht vor den Körben, als wären es lauter Tennstore, steht kummervoll von einem Bein aufs andere; es möchte Äpfel und ist in Seelenangst, man möchte ihm Zwiebeln für Äpfel anhängen, von wegen, sie hatte gelesen, das sei einmal irgendwo einer Dame passiert. Und wenn auch die Meisten zwischen Zwiebeln und Äpfeln zu unterscheiden wußten, wie manchem Dämchen ist bekannt, welche Äpfel am besten für Kuchen sind, welche am besten für Brei oder Kompott etc.? Nun, da ward meine Frau gar oft von irgend einem Weibe als Autorität angerufen. «Die kann am besten sagen, lüge ich oder lüge ich nicht; die weiß einen Renetten von einem Holzöpfel zu unterscheiden», hieß es.

In einem ähnlichen Fall kam ich mit ihr ins Gespräch. Ich wollte ein Quantum zum Einkellern für den Frühling kaufen und werweisete zwischen zwei Wagen; auf beiden priesen zwei Weiber ihre Ware an, als hätte jedes die allerbesten Äpfel fast mit menschlichen Tugenden. Da deutete das eine der Weiber auf die eben vorübergehende Frau und sagte: «Die kann sagen, was ich für Äpfel habe, die kennt sie.» Sie gab ganz gefällig Bescheid, daß die Äpfel der andern Frau, für jetzt zu brauchen, passender und besser seien, aber für später wären ihr die Äpfel der Frau, welche sie angerufen, viel lieber.

Von da an wechselten wir öfter einige Worte, aber zu einer eigentlichen Bekanntschaft kam es nicht; wir suchten sie Beide nicht, fragten nicht einmal nach unsern Namen, wenigstens ich nicht.

Da geschah es einmal im Winter, als es recht kalt und glatt, daß sie umfiel auf dem Markte und an Bein und Arm sich übel wirsete. Ob sie bloß ausglitt oder umgerannt wurde, wußte sie später selbst nicht, wahrscheinlich das Letztere. Wahrscheinlich ward die Menge durch einen der schrecklichen eidgenössischen Postwagen, vor denen weder Mann noch Maus sicher ist, auseinandergesprengt, und einer, der in Todesangst sein Leben retten wollte, hatte die alte, schwache Frau umgerannt, doch glücklicherweise nicht gegen den dahindonnerenden Wagen zu; eidgenössisch überfahren wurde sie nicht. Man lief ihr zu, stellte sie auf die Füße; sie hatte nichts gebrochen, unter großen Schmerzen konnte sie gehen, doch nicht alleine. Zufällig war ich der einzige Mensch in der Nähe, der eine Bekanntschaft mit ihr hatte; ich konnte nicht anders, ich bot ihr meine Begleitung an, sie nahm sie dankbar, doch unter tausend Entschuldigungen an, wie sie zu meiner Zeit noch üblich waren, wo nicht jeder Schlingel meinte, unser Herrgott habe die Welt um seinetwillen erschaffen und ebenfalls das übrige Gesindel, um ihm die Hände unter die Füße zu legen. Dem sagt man jetzt altväterisch, wenn ein Mensch von Herzen für eine Wohltat danket; man sollte sich schämen. Aber was will man; wenn man dem lieben Gott nicht mehr danken will, weil es nichts abtrage, warum soll man Menschen danken!

Es war wirklich aber auch eine große Mühe, die arme Frau, welche unsäglich litt und alle Augenblicke stille stehen mußte, in ihr Quartier zu bringen. Billigermaßen sollte jede eidgenössische Postkutsche verpflichtet sein, hinten aufgeschraubt ein Transportmittel, Sänfte oder Karren, mit sich zu führen, um die hinter ihr liegen bleibenden Toten oder Schwerverwundeten aufzuraffen und in ihre Quartiere zu bringen. Glücklicherweise wohnte die Frau nicht drei Treppen hoch, sondern nur zwei, hintenaus in einem Stübchen gegen ein Höflein, aber von der Sonne beschienen. Im Stübchen war es unbeschreiblich reinlich und heimelig, und wie ich richtig vermutet, ein Vogel empfing uns mit freundlichem Gezwitscher. «Du Arms», sagte sie; «meinst, du bekommst deinen Salat, und habe ich dir keinen.»

Leidend sank sie auf einen Sessel. «Du mein Gott! Und jetzt, was fange ich an!» Sie war, so gleichsam zu sagen, alleine auf der Welt, hatte niemand als eine Wochenmagd, die einmal des Tages kam, abends um sechs Uhr, um ihr Holz und Wasser zu tragen, alles Übrige besorgte sie selbst. Im Hause hatte sie das Stübchen gemietet, mit den übrigen Hausbewohnern hatte sie keine andere Gemeinschaft, als daß man sich grüßte, wenn man einander auf den Treppen begegnete, das will zwar schon was sagen. Ein solches Vereinzeltsein mag zuweilen gehn, aber früher oder später kömmt dann doch die Frage: Und jetzt, was?, kömmt oft so plötzlich, daß sie einem den Schweiß austreibt.

Damals kam er auch mir und nicht bloß der halb ohnmächtigen Frau. Und jetzt, was? Ich war alleine da, die Wochenmagd kam um sechs Uhr, es war zehn Uhr. Wäre ich nur zu Hause gewesen, da hätte ich schon jemand senden können, aber durfte ich sie alleine lassen? Und wen rufen im wildfremden Hause? Es war nicht einmal ein Glockenzug im Stübchen. Da klopfte es an die Türe, ein lustig Kindergesicht guckte hinein und rief: «Die Mama schickt mich und läßt fragen, ob sie der Frau Pfarrere mit etwas behülflich sein könne; sie habe gehört, sie sei krank heimgekommen.» Das war ein Engelein in der Not, das mit großem Mitleid die arme Frau streichelte, die vor Husten die Antwort nicht fand.

«Könnte die Mama selbst kommen?» sagte ich, sah nicht das Kopfschütteln der Kranken, und zur Türe hinaus war das Kind, ehe sie es zu einer Antwort brachte. «Mein Gott, was denkt Ihr!» sagte sie endlich, «eine so vornehme Frau!» Aber ehe sie vollenden konnte, trat diese schon ein, allerdings eine vornehme, aber äußerst liebliche Erscheinung. Mitleidsvoll wandte sie sich zur Frau Pfarrerin, mich grüßte sie kaum, steif und von der Seite. Ich nahms für Hochmut, dachte bei mir: Sie sind doch alle gleich; später kam ich darüber, daß sie schüchtern war. Weit über dreißig und vornehm, ich wollte es lange nicht glauben, aber es war doch so: sie war schüchtern, wurde leicht verlegen und sogar rot aus einfacher Verlegenheit.

Und jetzt, was machen? Vor allem aus müsse sie ins Bett, wurden wir rätig, dann wolle ich nach meinem Arzte aus. Sie wollte nach dem ihren senden, sagte sie, aber der sei etwas bequem, und wenn er sich einmal eine Tagesordnung gemacht, so weiche er nicht mehr davon ab; und wenn man ihm nachliefe mit der Nachricht, seine Frau wolle sterben, würde er antworten, sie solle warten, er habe noch vier Visiten zu machen, sobald die abgetan, werde er alsbald kommen. Die Dame schickte nicht nach dem Kammermeitli, wie ich erwartet hatte, sondern legte selbst Hand an, zur unaussprechlichen Verlegenheit der guten Frau Pfarrerin. «Aber nein, Frau Landvögtin, aber mein Gott, Frau Oberstin, ich bitte! Ich muß mich ja schämen!» Und als sie zum linken Strumpf gekommen war, kostete ihr der fast das Leben. Als die Dame nach dem Fuße griff, um ihn vom Strumpfe zu befreien, rief die Frau Pfarrerin: «Nei, es het doch gwüß key Gattig!», bückte sich, wollte selbst ziehen, verlor den Halt und wäre beinahe mit dem Gesichte voran unters Bett gefahren. Nun, ich griff noch zu rechter Zeit zu und verhütete den Sturz, aber es geschah so unsanft, daß die gute Frau laut aufschrie und der Tränen sich nicht erwehren konnte. Mit großer Mühe brachten wir sie zu Bette, das so reinlich war, daß die Frau Pfarrerin uns gerne gebeten hätte, uns drei Schritte weit davon entfernt zu halten, wenn die Höflichkeit es ihr erlaubt hätte.

Endlich war sie unter vielen Schmerzen im Bette und hätte nun wenigstens ruhig sein können, wenn die Höflichkeit nicht gewesen wäre. «Aber mein Gott, was die Frauen Mühe mit mir gehabt, und wie das mich plagt, daß die Frauen da um mich herumstehn, ich ihnen nicht einmal Sessel geben kann, um wenigstens doch zu sitzen!» Übrigens, glaube sie, brauche sie uns nicht lästig zu fallen, sie könne wohl alleine sein, bis der Arzt komme; es sei ihr so unendlich leid, daß wir ihretwegen so Mühe hätten. «Ich glaube nicht, daß es so böse ist», sagte ich; «geschunden und gequetscht indessen seid Ihr brav, und das ist manchmal schon genug. Jetzt will ich um den Arzt aus, hernach komm ich bald wieder.» Die Frau Landvögtin übernahm die Wache und tat noch mehr. Sobald ich fort war, rief sie Lisette, ihr Kammermädchen, und machte mit ihr kalte Aufschläge, gab der guten Frau, die zu fiebern begann, zu trinken.

Ich fand den Arzt rasch, und alsbald ließ er sich von mir dirigieren. Er fand die Verletzung an sich unbedeutend, dagegen die Erschütterung und den Schreck in solchem Alter bedenklich, daher er nichts sagen könne; man müsse zuwarten, es werde sich jedenfalls bald zeigen, die Hauptsache sei Ruhe und gute Abwart. Oh, Ruhe hätte sie, sagte die Frau, und wenn sie wisse, was machen, und es ihr nicht böse, so könne sie schon machen, was sie nötig habe. Da erklärte die Frau Landvögtin dem Arzt, sie meine, sie könne es mit der Wochenmagd machen, die im Tage nur einmal komme. «Das werdet Ihr bald merken, daß es nicht geht; nein, dafür muß anders gesorgt werden.» Nun machte er ihr den Vorschlag, sie in den Spital transportieren zu lassen, wo alle Burger unentgeltlich aufgenommen und verpflegt wurden, sobald sie krank wurden. Er sei Arzt dort, sagte er, und besser als dort sei sie nirgends aufgehoben, das verspreche er ihr. Das könne sie nicht, sagte die Frau zu der Andern großer Verwunderung, in ein so großes Haus, ein so großes Wesen hinein dürfe sie nicht. In einem großen Saale könnte sie nicht krank sein, da hätte man ja Tag und Nacht weder Ruhe noch Schlaf; krank sein könne man nur in einem kleinen Stübchen. Man redete ihr warm zu, dieses Vorurteil fahren zu lassen; in einem Tag sei sie an den Saal gewöhnt, und was sie wünsche, habe sie alsbald. Sogar Lisette mischte sich ein, und feine Ohren hätten bemerkt, daß ihre Stimme am schärfsten tönte. Wahrscheinlich fürchtete sie, bei der Güte ihrer Herrin mit der Frau vielfach belästigt zu werden.

Die gute Frau Pfarrerin fühlte gar wohl, daß dieses Weigern als eine kindische Meisterlosigkeit vorkommen mußte; sie kam in sichtbare Angst. Da sagte die Frau Landvögtin: «Nein, meine liebe Pfarrerin, seid nur ruhig, es ist dann nicht, daß dieses absolut sein muß. Ich begreife gar wohl, daß man lieber alleine krank ist als unter einem Dutzend, wo, wenn eines schlafen möchte, ein Anderes hustet. Ich hätte es ganz auch so. Eine gute Abwart wird sich wohl finden.» «O ja», sagte Lisette, «fürs Geld sind immer Leute zu haben, die gerne etwas verdienen möchten.» «Lisette», sagte die Frau Landvögtin, «geht doch hinauf und seht, ob die Köchin vom Markt zurück ist; und ist sie noch nicht heim, so bschließt das Vestibül, der Herr ist ausgegangen. Es ist ein Strolchenvolk in der Stadt, man ist nirgends mehr sicher.» «Ihr werdet doch denken», sagte die Frau Pfarrere, für eine arme alte Frau tue ich dumm; es ist so, ich will gerne meine Schwachheit bekennen. Auf dem Erdboden habe ich nichts Lebendiges mehr, das mich liebt, als mein Vögelein und, ich möchte fast auch sagen, meine Blumenstöckli. Was sollte aus dem armen Vögeli werden, wenn ich in Spital müßte? Es würde wohl jemand ihm zu fressen geben, aber lieb hätte es niemand, und niemanden könnte es seine Liebe erzeigen. Es würde vor Längizyti nicht fressen, und ich könnte nicht schlafen. Herr Doktor, wenn es z'mache ist, ich halte an, was anzuhalten ist, so laßt mich hier.

Ganz ohne Geld bin ich nicht, ich habe auch ein Sparhäfeli, nicht ein großes, aber doch dachte ich auch an die bösen Tage.»

Der Arzt war nicht einer von denen, die nicht eintreten können, nicht fühlen, was Andere fühlen, böse werden, wenn man sich ihnen nicht ohne Widerrede unterwirft, aber spotten tat er gerne und sehr oft, um seine Weichheit dahinter zu verbergen. «Ja, wenn es so ist, Frau Pfarrerin, so sage ich kein Wort mehr. Ein solcher Grüsel bin ich denn doch nicht, daß ich eine solche Liebe stören möchte. Wenn nur Frau X. da wäre! – er meinte mich –, die hat ihre Nase an allen Orten und kennt alle Leute; die wüßte uns sicher eine Abwart, die paßte.»

«Danke für das Zutrauen, Herr Doktor», sagte ich, da ich längst eingetreten war, aber eben nicht nötig fand, mich kund zu geben; «aber Ihr habt recht, ich weiß zwei für eine, es frägt sich nur, welche eben zu haben ist.» Die Frau Landvögtin ward verlegen, aber der Doktor nicht. «Da weiß ich jetzt my Seel nicht, welches Sprüchwort ich anwenden soll, ob das vom Horcher oder das vom Wolf. Aber sei es das eine oder das ander, so ists gut, daß Ihr Rat wißt.» Es sei ihr so leid, daß sie uns so Mühe mache, sagte die Frau Pfarrerin, wir seien viel zu gut; aber wenn der Herr Doktor meine, sie müsse im Bette bleiben, so sei sie dankbar, wenn man für eine sorgen wolle. Ihr Ruhbett sei ein Kastenruhbett, so daß sie kommen könne, wann sie könne, Gscher gebe es nicht.

So ward die Sache abgeredet. Ich machte mich nach der Abwärterin auf, welche beim Arzt die näheren Instruktionen zu holen hatte. Die Frau Landvögtin übernahm die einstweilige Überwachung.

So hatte ein sogenannter Zufall Personen zusammengewürfelt und in Verbindung gebracht, die sonst nie in Berührung gekommen wären; um freundliche Erinnerungen wäre mein Leben ärmer geblieben, um Vorurteile reicher. Wie vieles in der Nähe ganz anders sich macht als in der Ferne, man glaubt es gar nicht. Es gibt Verhältnisse, Lebenslagen, sie schimmern weithin; dort wohne, sollte man glauben, das leibhaftige Glück, nach dem Mitgenusse seufzen lüsterne Seelen. Und wären sie dort, säßen sie mittendrin, sie würden erschreckt die Augen aufreißen, würden meinen, sie seien verirrt, ans unrechte Ort geraten, würden nicht rasten, nicht ruhen, bis sie wieder heraus wären aus der Pein, die ihnen von ferne wie ein Vorhof der Seligkeit vorgekommen.

Und wie es mit den Verhältnissen so oft der Fall ist, geht es auch mit Menschen. Menschen, von ferne die liebenswürdigsten, werden nicht selten in der Nähe die widerwärtigsten. «Als wir noch nicht verheiratet waren, dünkte mich immer, ich müsse meine Braut fressen, und jetzt bin ich so reuig, tat ich es damals nicht», seufzte ein beschwerter Ehemann. Umgekehrt geht es aber ebenso oft. Lagen, von denen man versicherte, man möchte nicht gemalt darin sein, können sehr angenehm und heimelig werden. Menschen, von denen man sagte, sie hätten rechte Längizytigsichter, bei denen hielte man es nicht aus – «guet Lüt, guet Lüt, i Gotts Name, aber längwylig vom Tüfel» –, gerade diese Leute können uns recht lieb werden, ja sich eigentlich einnisten in unser Leben, daß wenn sie uns genommen werden, eine rechte Lücke entsteht in unserem Dasein, die lange sich nicht füllen will. Sie haben halt das Meiste und Beste nicht auf dem Gesicht, sondern tiefer innen.

Eine ähnliche Erfahrung sollte ich jetzt machen. Wer mir gesagt hätte, es würde mir zwischen einer alten Pfarrfrau und einer eleganten und vornehmen Frau Landvögtin recht wohl und heimelig, ja absonderlich wohl und heimelig werden, den hätte ich sehr ausgelacht, und doch ging es mir jetzt so. Freilich wäre es nicht allen so gegangen, ja Vielen nicht und gerade den Tonangebern, Ausschließlichen, der Crème der Gesellschaft nicht. Es gibt Leute, welche über alles, was nicht nach ihrem Salon oder ihrem Kaffeehaus riecht, die Nase rümpfen, für nichts Intresse haben und unendlich langweilig finden, was nicht in diesen Kreisen besprochen wird. Diese Leute halten sich für sehr fein gebildet und sind es eben nicht, sondern äußerst borniert, grusam beschränkt, denn nur in einem ganz kleinen Gebiete des Menschenlebens sind sie einigermaßen bekannt. Und so einer kann unter sinnigem Grännen und schrecklichem Aufblick gen Himmel sagen, die dummen Leute, die könne er gar nicht leiden. Wen heißt er dumm, und können nicht mit dem gleichen Rechte Andere ihn den Allerdümmsten beizählen? Das «dumm» ist gar ein seltsam Wort, es gleicht gar oft dem Stein, der den Schleuderer selbst ins Gesicht schlägt.

Die Folgen des Unfalls waren ganz andere, als die gute Frau sie sich anfangs gedacht. Es ist mit dem menschlichen Körper fast wie mit Wein, den man in Flaschen gezogen, jahrelang unberührt liegen gelassen, so daß er sich auf das Feinste abgeklärt, goldgelb herrlich leuchtet. Werft die Flasche unbedacht hin und her, so mischt sich die Unreinigkeit, die sich abgesöndert hat, mit dem Reinen wieder und trübt es dergestalt, daß man den Wein lange nicht wieder hell kriegt, daß es fast ein anderer Wein geworden zu sein scheint. Ähnlich ist es mit dem menschlichen Körper. Laßt einen ältlichen Menschen, der jahrelang ein einförmig stilles Leben geführt, von einem Unfall betroffen werden, durch einen Beinbruch zum Beispiel oder ja auch durch einen wenn auch indirekten Mupf von einem eidgenössischen Postwagen, so daß der Körper erschüttert wird, die Lebensweise geändert werden muß, so trittet so gerne eine Hinfälligkeit hervor, die man gar nicht geahndet; der Schaden wird zur Nebensach, die Kränklichkeit nimmt eine ganz andere Gestalt an, geht nicht selten endlich in Tod über. Die gute Frau Pfarrerin hatte gehofft, wenn nicht noch in selber Woche, so doch in der nächsten Woche aufstehen, Steg und Weg wieder brauchen zu können; aber sie täuschte sich schwer, täuschte sich von Woche zu Woche, und wenn auch mit Seufzen, nahm sie doch die Täuschungen ergeben hin. Die Schäden wollten nicht recht heilen, die verstrauchten Glieder sich nicht kräftigen, und allmählig schlich eine allgemeine Schwäche sich ein. Der Arzt tat sein Möglichstes, nahm aber nach und nach ein fatales Kopfschütteln an. Die Abwart war gut, ich hatte es glücklich getroffen; sie erfüllte nicht bloß ihre Pflichten treu, sondern sie liebte die Kranke, die so geduldig litt, nie befahl, sondern so freundlich um das Nötige bat und wenn möglich jedes Schläfchen schonte.

Indessen konnte die Abwart nicht ihre ganze Zeit der Frau Pfarrerin widmen, sie hatte noch andere Verbindlichkeiten, welche sie nicht lösen durfte. Sie mußte Sorge tragen zu ihren Leuten trotz allem Kredit, in welchem sie jetzt stund, von wegen, man kann nie wissen, was es geben kann. Das ist eine Vorsicht, gut für alle, und Manchem käme es wohl, er hätte sie beobachtet, und zwar Manchem nicht nur in den obersten, sondern auch in den untersten Ständen. Ja, Ratsherren per Exempel brauchen noch oft Vorsicht, aber so manches Stüdi, das einmal zu einem Platz gekommen, wo man zweimal in der Woche frisch kocht, und nun meint, von da aus liefen die Wege zu allen Herrlichkeiten der Welt unfehlbar, und unbekümmert um Gott und Menschen könne es Schüsseln und Kacheln himmeldonnern an den Wänden herum, das mache alles nichts, ihm fehlten die besten Plätze nicht, wenn es einmal einen Mocken abdämpfen und saure Leber anbrühen könne, läßt sich nicht träumen, daß es im nächsten Jahr sechs Monate ohne Sohle an den Schuhen werde Meister suchen müssen, keinen Tag wissend, wo es am Abend sein Haupt zur Ruhe werde legen können. Eine Wochenmagd oder auch Abwart hat gar ein zufälliges Einkommen, weil keine bleibende Anstellung; Empfehlungen machen da die Hauptsache, und um die kommt man so leicht. Man braucht nur an einem Orte uneben zu trappen, so ist die Gnade verwirket. «Das ist e Madame», heißt es, «wohl, da läßt sich luegen, daß man die Majestät nicht verletzt; die möchte ich um keinen Preis mehr und rekommandieren keinem Menschen.»

Unsere Abwart hatte sich also einige Zeit vorbehalten, mußte zudem auch für die Frau Pfarrerin Verrichtungen machen, so daß sie alleine war in diesen Zwischenräumen. Wir ordneten die Zeit so, daß diese Zwischenräume des Alleinseins ganz klein wurden oder ganz verschwanden. Ich muß sagen, die Frau Landvögtin tat da das Beste, und nicht bloß durch Lisette oder eine andere Stellvertreterin, sondern wenn möglich in eigener Person. Ja, wenn sie auch wußte, ich war da, so kam sie doch noch zuweilen mit der Arbeit und half die Zeit vertreiben. Und wenn jemand sagte: «Die Frau Landvögtin ist aber fleißig, man sollte meinen, wie nötig sie es hätte, man muß sich schämen», antwortete sie: «Bin es gewohnt von Jugend auf; meiner Mutter hätte jemand müßig sein sollen! Die sagte, jede anständige Bernerfrau arbeite, nume Güschiguet und junge Gäxnäseni täten nichts.»

Was uns am meisten auffiel, war eine Verlassenheit oder Vereinzelung, wie sie wohl selten vorkommen wird. Sie fragte, schickte nach niemanden, niemand fragte nach ihr. Nur ihr Vögelein zwitscherte, bis es zu ihr konnte, und nur die Blättchen schienen ihm recht zu schmecken, die es von ihr bekam oder die sie zwischen die Stäbe steckte. Auch des Marktes muß ich gedenken, wo ihr Ausbleiben natürlich den Marktweibern auffiel. Großes Bedauern erweckten die Folgen des Unfalles; hier eine Frau, dort eine ließ sie grüßen, ihr sagen, sie solle doch ja machen, daß sie bald wieder komme, man habe recht Langeweile nach ihr. Hier eine, dort eine gab mir eine Blume, einen Apfel für sie mit dem Bedeuten, man habe den expreß für sie mitgebracht, weil man sich erinnere von früher her, wie sie Wohlgefallen daran gehabt. Ein Weib gab dem andern das Beispiel, daß wenn ich alles hätte annehmen wollen, ich eine eigene Magd hätte mitnehmen müssen, freilich kaum für lange; so was ist selten anhaltend bei den Weibern. Aber ich bat, es nicht zu gut zu machen auf einmal, wie wollte sie das alles brauchen, da sie alleine sei; aber jeweilen ein Zeichen werde sie sehr freuen, die arme Frau, welche es kaum lange mehr machen werde. Nun trug ich denn allemal etwas heim, und ward es mir zu viel, so schob ich es zurück aufs nächste Mal. Mein Trägerlohn aber war ein reicher. Ach, was die gute Frau Pfarrerin sich freute über die Gaben und über die Weiber, daß sie ihrer gedächten, und daß die Äpfel so schön geraten; sie ward jedesmal glücklich bis zu Tränen. Solch ein kindlich Gemüt kam mir in meinem Leben nie vor. Aber was solch ein Gemüt für ein Schatz ist, begreift die Welt nicht; es ist auch ein Gut, das über allen Verstand geht, so gut als der Friede Gottes. Das sogenannte Glück, nach dem alle jagen, ist außerhalb den Grenzen der beiden nicht möglich, ist nichts als ein trügerisches Wesen oder ein garstig Gespenst.

Daß wir nach Verwandten, Bekannten fragten, denen man vielleicht etwas wissen lassen könnte, wird jedermann begreiflich finden. Doch durften wir es nur leise, unbemerkt tun, sie hätte sonst geglaubt, es sei nur, um ihnen unsere Last zuzuschieben. Aber sie antwortete immer, sie hätte niemand als den Waisenvogt ihrer Zunft, den sie kenne und den sie einstweilen ruhig lassen wolle, solange es möglich sei. Er meine es nicht bös, aber er sei ein grober Polteri, trete in nichts ein, und wenn man nicht alles mache exakt, wie er befehle, so behandle er einen ärger als eine Magd oder gar, als ob eigentlich Leben und Sterben nur von seiner Gnade abhingen. Sie schlotterte ordentlich, die gute Frau, wenn sie von ihm sprach. Wie schlotterte sie aber erst, als sie vernahm, daß derselbe mein Vetter sei! Ich hatte die größte Mühe, sie zu beruhigen und ihr begreiflich zu machen, daß ich durchaus nicht beleidigt sei. Der Vetter sei mir zwar lieb, aber ich kennte ihn zu gut, um es übel nehmen zu können, wenn jemand über seine Schwächen lache oder sich beschwere. Es war ein Mann, wie man zu sagen pflegt, von altem Schrot und Korn, ehrlich und tüchtig bis ins innerste Mark hinein und dazu in Privatgeschäften mild und angenehm, doch ganz anders, sobald er auf den amtlichen Boden kam: da kam er wie auf den Wolken der Majestät; Majestätsverbrechen waren ihm Widerspruch und Einrede, da ward er rücksichtslos und streng, schien hart und hochmütig. So mußte ihn die arme Frau erfahren haben, es nahm mich wunder wie.

Überhaupt drängte es mich, den Umhang vor ihrer Vergangenheit aufzuheben, um zu erfahren, wie es gekommen, daß sie so eigentümlich geblieben oder geworden. Aber nicht bloß ich war gwunderig, der Frau Landvögtin ging es akkurat gleich wie mir. Als ich einmal des Nachmittags zu ihr wollte, traf ich auf der Treppe die Frau Landvögtin an. «Sagt mir doch», redete diese mich an, «wisset Ihr nichts vom Leben unserer Frau Pfarrerin? Es nimmt mich zTod wunder; sie sitzt sorgfältiger darauf als eine Gluggere auf ihren Eiern und möchte nicht das Geringste merken lassen, und gerade deswegen nimmt es mich so wunder.» Gerade gleich gehe es mir, sagte ich. «Nun, wißt Ihr was, Ihr seid eine so resolute Frau, so stecht sie diesen Nachmittag geradezu an! Es ist absurd Wetter, so gerade recht, daß man nicht gestört wird und besonders geneigt ist, etwas zu hören. Sie ist so eine Gute, daß sie es nicht abschlagen darf, und was wir zu hören bekommen, bringen wir ihr nicht aus, wir dürfen es also wohl wagen.» So war es mir gerade auch, und sobald die Frau Landvögtin, die noch einen kleinen Ausgang gemacht, sich gesädelt hatte und die Lismete im Gang waren, fragte ich: «Was hättet Ihr gesagt, Frau Pfarrere, wenn ich meinen Vetter heraufgebracht hätte? Ich traf ihn fast vor der Haustüre an und hatte gute Lust, ihm zu sagen, er sei ein sauberer Vogt und kümmere sich schlecht genug um seine Anvertrauten; was der wohl für ein Gesicht gemacht hätte!» Meine kleine Bosheit hätte ich bald bereut, der Angst wegen, in welche die arme Frau geriet. «Mein Gott, nur das nicht!», rief sie; «ich glaube, der Schlag rührte mich, Gott behüte mich davor», rief sie, «wenn ich ihn plötzlich unter der Türe sehen würde. Wohl, der würde mir schöne Sachen sagen, daß ich mich nicht habe krank melden lassen bei ihm und nicht in den Spital gegangen; er ließe mich noch jetzt auf der Stelle transportieren.»

Nachdem wir sie bestens beruhigt, fuhr ich fort und bat sie, uns zu erzählen, warum sie den guten Waisenvogt so fürchte, uns überhaupt unsern Gwunder zu stillen und uns von ihrem vergangenen Leben zu erzählen; wir wüßten ja gar nichts von ihr als den Namen, und in Bern sei es bräuchlich, daß man nicht bloß diesen, sondern auch die Herkunft eines Menschen, wenigstens bis zu Großvater und Großmutter hinauf, genau wisse, sonst bleibe ein Mensch immer verdächtig. Sie entschuldigte sich anfänglich mit dem Nichts ihrer Geschichte. «Mein Gott, was wollte ich erzählen», sagte sie, «was wollte einem so unbedeutenden Menschenkinde, wie ich bin, Merkwürdiges begegnet sein! Ihr würdet einschlafen darob.» Als wir ihr sagten, schon das sei merkwürdig, daß sie hier niemand kenne und dahergekommen scheine fast als wie vom Himmel herab, sagte sie: «Das ist ganz natürlich, ich bin darum nicht von hier, sondern –» und somit kam sie in ihre Geschichte hinein, und als sie einmal im Zuge war, vergaß sie die Bedenken.

«Als ich jung war, dachte ich nicht daran, daß ich je Burgerin von Bern werden würde, doch um Vergebung, es ist nicht alles Gold, was glänzt. Ich bin aus einem der kleinen Städtchen, wo, wie das Sprüchwort sagt, man am obern Tore einen Schoppen Nidle ausleeren und am untern Tore wieder auffangen kann, ohne einen Tropfen zu verlieren. Dort war mein Vater Torwärter und hatte zugleich die Stadtuhr zu überwachen und zu sorgen, daß immerdar zu rechter Zeit Mittag sei. Es war ein wichtiger Posten, aber auch ein beschwerlicher. Die Uhr war alt, stund daher gerne still, und merkte das mein Vater nicht alsbald, so kam die Frau Burgemeisterin oder Frau Burgerschreiberin oder eine andere Frau vom hohen Adel des Städtchens dahergelaufen und machten meinem Vater und später mir den Marsch und drohten, wenn man ds Zeit nicht besser besorge, gebe es ander Wetter. Unter dem Tore hatte mein Vater ein Lädeli angebracht zum Verdienst und Zeitvertreib, wo man das beste Schwefelholz fand; denn mein Vater machte es selbst, doch hielt er es so viel möglich geheim. Nebenbei waren noch andere wichtige Sachen zu haben, Tabak zum Beispiel und oft auch Kaffee, im Winter Nüsse und Kastanien. Mein Vater war Witwer, hatte keine Kinder als mich, und eine Magd vermochte er nicht und dachte nicht daran. Als Burger hatten wir Land zum Pflanzen, einige Fruchtbäume. Vater und ich besorgten das gemeinsamlich, so gut es gehen wollte. Ach, mein Vater selig war gar ein guter Mann, er meinte nie, daß ein Mensch an zwei oder drei Orten zugleich sein könne; wenn ob dem Lädeli eine Pflanzung oder ob dem Garten das Lädeli versäumt wurde, er schmälte mich nie, und mit der Zeit nahm er es am geduldigsten; er aß, wenn gekocht war, und meinte nicht, daß es immer nur nach zwölf zu gleicher Zeit geschehen müsse, wie zum Beispiel die Frau Stadtschreiberin mit ihrer spitzigen Nas. Ich wußte oft nicht, wo wehren, das Nötigste abzutun; aber ich war zufrieden, es kam mir nicht in Sinn, daß ichs bös hätte, und am Sonntag hatte ich recht schöne Tage. Da konnte ich im Lädeli sitzen und alles sehen, was aus- und einging, löste manchen schönen Kreuzer, erhielt manches gute Wort, und Abend wurde es, ich wußte nicht wie. Dann träumte ich noch die schönsten Sachen, und war der Montag da, so freute ich mich wieder auf den Sonntag. So lebte ich fast in lauterem Glücke, wenn auch in stillem. Ich war sehr wenig unter Gespielen, meist daheim, wo ich mehr als genug zu tun hatte; aber der Vater hatte mich lieb, und was wollte ich mehr! Hier und da weinte ich wohl auch, wenn mir ein Blumenstöcklein draufging, das ich lieb hatte, oder der Vater mir einen kleinen Verweis gab. Da – doch das darf ich gwüß nit säge, das muß ich überspringen», sagte die alte Frau, noch jetzt rot werdend.

Aber wir Andern merkten wohl, was jetzt kommen müsse, das Kurzweiligste von allem, wie sie Burgerin von Bern geworden, und ließen daher nicht nach mit Bitten und Schmeicheln, bis sie wieder anfing: «Da – da –», aber stotterend fast nicht mehr in Zug kam.

«Da steht eines Tags, an einem Montag gegen Abend war es, plötzlich ein kleiner Herr vor meinem Lädeli und frägt nach Schwamm, er müsse seinen verloren haben und möchte doch rauchen auf dem Heimweg. Ich bediente ihn wie andere Menschen so gut als möglich, er wählte lange, ich riet ihm, und endlich ging er, ohne daß ich was anders dachte, als das sei ein freundlicher Herr und habe eine gar liebliche Stimme; der werde sicher schön singen können, den möchte ich einmal hören.

«Am nächsten Montag steht er plötzlich wieder vor dem Lädeli; ich erschrak recht, denn ich hatte ihn ganz vergessen. Er rühmt den Schwamm sehr und frägt, ob wir etwa auch Tabak hätten, er sei mit dem seinen fast aus. Ich sagte, wir hätten wohl Tabak, aber so einem Herrn sei er wohl zu schlecht. Er meinte Nein; seit er so guten Schwamm hier gefunden, habe er das Zutrauen, wir würden auch guten Tabak haben, und ich mußte ihm ein Päcklein von unserm geben. Ich tats mit rechter Angst, er finde ihn nicht gut und meine dann, ich hätte ihn angeführt. Diesmal vergaß ich ihn die Woche durch nicht, mit Bangen und Sorgen erwartete ich den Montag und mochte doch fast nicht warten, bis er da war, um zu vernehmen, wie dem Herrn der Tabak geschmeckt. Endlich kam der Montag, und der Herr kam auch. Er hatte ihm recht gut geschmeckt wie lange keiner; er hätte es nicht erwartet, aber es seien nicht immer die größten Läden, wo man das Beste finde, er wollte künftig allen bei uns nehmen. Ich wußte nicht, was darauf sagen; wenn er es nicht so freundlich gesagt, ich hätte geglaubt, er wollte mich zum Besten halten.

«Am Abend sagte ich dem Vater, es komme da ein Herr, ich wüßte nicht, wer er sei, aber er wolle den Tabak bei uns nehmen; er solle ja machen, daß wir immer recht guten hätten und ich nicht mit Schanden bestehen müsse. Wenn ich nur wüßte, wer er wäre. Als ich dem Vater auf seine Fragen antwortete, er sei, seit ich ihn bemerkt, immer an einem Montag gekommen, sagte er, das werde sicher der Vikar im Blackenboden sein, der komme alle Montage ins Städtchen; die Leute lachten sehr über ihn, er kaufe immer in der Apotheke einen Vierlig Täfeli und einen halben Schoppen Magenelixier und trinke beim Hirschen einen halben Schoppen Vierbatzigen und nie mehr. Das machte mich sehr böse, daß die Leute einen so freundlichen Herrn auslachen konnten, und er erbarmete mich sehr. Ich war deswegen das nächste Mal desto freundlicher mit ihm, aus Erbarmen wegen den bösen Leuten. Er schwatzte auch länger als sonst; es freute ihn, als ich ihm Herr Vikar sagte, daß ich wüßte, wer er war. Er erzählte, wie der Montagnachmittag die Zeit sei, wo er sich eine Freude gönne; am Dienstag in der Früh müsse er dann schon wieder anfangen studieren für den nächsten Sonntag.

«Nun freute ich mich noch immer auf den Sonntag, aber hauptsächlich, weil nach ihm der Montag kam. Ach, wenn es doch nur Montag wär, dachte ich die ganze Woche, litt aber immer an großer Angst, der Vater möchte mich verschicken auf unser Land am Montagnachmittag, dann finde der Vikar vielleicht gar niemanden und nehme künftig seinen Tabak an einem andern Orte. Wir meinten nicht, daß immer jemand im Lädeli sein müsse. War ich nicht daheim, so ging der Vater ganz ungeniert seine Wege, ja oft bei wichtigen Angelegenheiten, zum Beispiel dem Bohnen- und Kabissetzen, gingen wir Beide. Ich zog daher die ganze Woche alles zweg, von dem ich am nächsten Montag dem Vater sagen konnte, wenn ihn etwa das Gelüsten ankommen sollte, mich auszusenden, das müsse abgetan sein, es sei ja morgen auch ein Tag. Der Herr Vikar war sehr pünktlich, wenig Minuten werden gefehlt haben, daß er früher oder später vor dem Lädeli stand, aber nie mehr unerwartet oder unversehens; wie klein er auch war, immer von weitem schon hatte ich ihn kommen sehen. Ehe er ins Städtchen ging, hielt er jedesmal an und frug, ob wir noch von dem Tabak hätten; wenn nicht, so müsse er sich im Städtchen versehen. Bhüetis Gott wohl, Herr Vikari, antwortete ich; dann hielt er sich nicht länger auf. Ungefähr zwei Stunden nachher, welche Zeit aber allmählig sehr zusammenschrumpfte, erschien er wieder und machte seinen Einkauf, und wir redeten zusammen ein wenig, vom Wetter und von Feuersbrünsten und Mordtaten, wenn es irgendwo welche gegeben. Wenn er schon klein war, so schritt er doch recht stattlich einher, besonders von hinten zu sehen, daß man Respekt haben mußte vor ihm; daher sah ich ihm immer nach, so weit ich konnte. Für mein Leben gerne hätte ich ihn predigen hören, aber das gab sich nicht, ich durfte den Vater nicht darum fragen. Hingegen, wenn irgend jemand aus dem Blackenboden bei mir einsprach, so vergaß ich nie, zum Ruhm meiner Sachen zu sagen, ihr Herr Vikar nehme auch alles bei mir und sage, er finde es nirgend so gut. Nichts konnte mich böser machen, als wenn man mir antwortete, selb wolle nicht viel sagen, von wegen, er sei gar e Dumme und sei nicht schuld daran, daß die Pferde nicht Hörner hätten. Viel lieber hörte ich, wenn sie sagten, es sei ein guter Herr und hätte für so einen Kleinen ein bsunderbar schönes Wort, und ein Eifriger sei er mit dem Studieren, er wende an, er werde immer bachnaß darob. Sie trauten, es gehe ihm wohl schwer, aber mit der Zeit werde es ihm auch bessern, er sei noch gar e Junge.

«Einmal, als er eben seine Einkäufe in den Taschen untergebracht hatte, gab es einen plötzlichen Schneesturm. Es wurde ganz finster, ganze Haufen trieb es durch das Tor, daß ich nicht anders konnte als ihm geschwind die Türe auftun und ihn in unsere Stube führen, denn im Lädeli hätten wir kaum Beide Platz gehabt. Er war schon über und über voll Schnee, als er hineinkam. Ich hätte ihn abklopfen sollen, aber ich durfte nicht vor Respekt, der Vater schmälte nachher mit mir bedenklich. Aber ich hatte auch schnell einige Sachen zu verstoßen, die unnötig herumlagen, und mußte daher entschuldigen, daß es so wüst bei uns aussehe, und hätte gerne gesagt, der Vater ziehe immer allerlei hervor und tue es nicht an seinen Ort, wenn er es nicht mehr brauche;

aber ich durfte doch nicht recht, und zudem rief, sobald er wieder sah, der Vikari: Nein aber, was habt Ihr doch für einen schönen Rosenstock! So einen sah ich mein Lebtag nicht. In der Tat hatte ich beim Fenster vornen einen Rosenstock voll prächtiger Rosen, wie ich sie auch noch nie gehabt. Er ward recht eifrig und erzählte, wie er ein großer Blumenliebhaber sei, besonders die Rosen gerne habe, aber es noch nie höher als bis auf drei Geschirre gebracht. Wie er sich so auf eine Pfarrei freue, wo er einen Garten habe, sonst noch Land, und Blumen ziehen könne nach Lust und Liebe! Da wolle er erst recht leben, und mit einem Garten voll Blumen sei er reich genug. Im Blackenboden habe er nicht einmal ein einzig Stöcklein, aber wenn ich ihm im Frühling ein Schoß geben wolle, so werde er mir sehr dankbar sein. Begreiflich sagte ich Ja und wagte es endlich, zu fragen, ob ich ihm nicht eine Rose mitgeben dürfte. Und als er sagte: Bhüetis, gar gern, brach ich einen Stengel ab, an welchem eine eben aufgegangen und ein Knopf zum Aufgehen war. Ach, wie er so freundlich danken konnte!

«Von da an ward unser Verkehr traulicher, und er kam nicht bloß vors Lädeli, sondern auch zuweilen in die Stube, indem er nach den Blumen fragte und sie zu sehen begehrte. Mein Vater hatte viel auf dem Vikar, nicht bloß wegen der Ehre, daß er unser Kunde war, sogar bei uns einsprach, sondern daß er ihm geduldig zuhörte, wenn er eine seiner Geschichten zum Besten gab, und sogar darüber lachte, was dem Vater selten mehr begegnete, da er selten auf jemand stieß, dem er sie noch nicht erzählt hatte; er sagte oft: Solche seien rar im Lande, wenn Viele derer wären, gings auch besser im Lande.

«Der Rosenstock machte unsern Verkehr lebhafter, der Herr Vikari fragte immer nach demselben und fragte auch wohl, ob er nicht etwa ein Röschen davon haben könnte, er täte gerne etwas einstellen, und im Pfarrhause hätten sie gar nichts Grünes. War das nicht deutlich genug gesprochen, ich sollte ihm für etwas Grünes sorgen? Und ich tat es so gerne, dachte die ganze Woche dran, und hätte ich es nicht getan, hätte der Vater mich gemahnt. Er war so bescheiden und klagte gar nicht über des Pfarrers im Blackenboden, wenn wir ihm auch Anlaß dazu gaben, indem wir, gestützt auf das, was die Blackenbödeler über des Pfarrers zu sagen pflegten, ihn zuweilen bemitleideten. Er könne nicht klagen, sagte er dann, sie meinten es nicht bös, aber verstünden es nicht besser. Er sei nicht meisterlosig und nie hungerig zu Bette gegangen, nur sei es ihm nicht angenehm, wenn die Frau Pfarrerin immer sage, was das Stückli Fleisch auf dem Tische gekostet und wie teuer abermal das Brot sei und ein Pfarrer, wenn er einen Vikar habe, z'arme Tage geraten müsse notwendig. Das stelle ihm zuweilen den Appetit, daß er nicht recht esse; wenn er daher hungerig bleibe, sei es seine Schuld, denn genug wäre dagewesen. Das rührte mich immer; das gäbte einmal ein gut Mannli, mußte ich denken, ich mochte wollen oder nicht. Ja, lacht nur, ihr Frauen, ihr habt recht; aber daß er mein Mannli werden könnte, daran dachte ich doch wahrhaftig nicht, nein, das fiel mir nicht von weitem ein.

«Die Frau Pfarrerin war besonders berühmt wegem schlechten Kaffee, wo Kaffee hieß und zumeist auch nicht eine Bohne darein sein sollte. Als ich ihn einmal darüber fragte und er entschuldigend sagte, das wiß er nicht, etwa viel Tugend habe er nicht, aber doch keine Abkust, er sei zu trinken, besonders wenn man durstig sei, sagte mein Vater: Mach dem Herrn Vikari ein Kaffee; er kann dann unterscheiden, was eigentlich Kaffee sei oder nicht. Er tut uns wohl die Ehre an und trinkt eins mit uns und schämt sich unserer nicht, wenn wir schon geringe Leute sind. Der

Vikar war sichtlich erfreut über die Einladung und gab ein Kapitel gegen den Hochmut los und erklärte, wenn er schon Burger von Bern sei, so wüßte er nicht, warum er eigentlich stolz darauf sein sollte, von wegen, er sei nicht schuld daran, daß er es sei; so habe es ihm Gott geordnet, er hätte ebenso gut in einem Städtchen, ja sogar in einem Dorfe geboren werden können, wenn es Gottes Wille gewesen wäre.

«Ich zitterte vor Freude und Angst, dem Herrn Vikari aufwarten zu dürfen, obschon ich fast nicht wußte, wie ich das machen sollte. Es war die erste Visite, die ich servieren sollte, und noch dazu ein Vikar, wenn auch ein kleiner, man stelle sich das recht vor! Ich machte alle Augenblicke etwas Verkehrtes, was meinen Vater bitterlich ärgerte und das er allemal rügte, um zu zeigen, daß man es denn doch eigentlich besser wüßte. Aber, Setti, wie dumm! Setti, was denkst? Setti, bisch zhinterfür im Kopf? kam alle Augenblicke; ich hätte klaftertief in den Boden sinken mögen. Es ist mir recht leid, Herr Vikari, ich hätte Euch nicht einladen dürfen, wenn ich gedacht, wie dumm Setti zur Sache tun würde. Es ist sonst gewiß nicht so dumm, man kann es recht ordentlich brauchen. Wenn es Gottes Wille ist, daß es einmal einen Mann bekömmt, so wird der sich verwundern, was es alles kann. Pflanzen kann es recht ordentlich, und mit Kochen kann es auch mehr als eine Mehlsuppe machen. Es wäre ihm ein recht Guter einmal zu wünschen. Aber Vater, was schwatzt Ihr auch! rief ich endlich, auf dem Punkte, fortzulaufen, schweigt doch um Gottes Willen, sonst laufe ich fort, ich will gar keinen Mann. He, sagte der Vater, welle oder nit welle, man kann nicht wissen; und wenn du immer so dumm tust, so bekömmst du keinen, wie gerne du auch einen möchtest. Gället, Herr Vikari? Was der Vikari antwortete, hörte ich nicht, ich hatte mich ins Kucheli hinaus gemacht, so böse über meinen Vater; ich schäme mich dessen noch jetzt, ich glaube, ich hätte ihm in die Haare fahren können. Indessen, es verrauchte, als der Vikari mir den Kaffee rühmte und mir zlieb, wie er sagte, drei Kacheli voll trank und endlich sagte, er habe seit Langem nie so wohl gelebt.

«So machte sich der Verkehr immer heimeliger, aber auch von weitem kam uns nichts anderes in Sinn. Auch als mich die Leute mit einem Liebeshandel unter dem Tore aufzuziehen begannen, weckte es keine Gedanken, ich betrachtete es als üblichen Spaß und lachte dazu. Es war mir bloß angst, der Vikari vernehme etwas davon, werde böse darüber und nehme den Tabak an einem andern Orte; das wäre mir leid gewesen, nicht wegem Profit bloß, sondern wegem Vater, der so gerne mit ihm schwatzte und selten fehlte zur üblichen Zeit.»

Da lachten wir, und die Frau Pfarrerin fuhr fort: «So kam es mir wenigstens vor, und böse machten mich die Leute, daß sie sich über so was aufhielten; ging es sie doch nichts an, redeten sie nicht auch, mit wem sie wollten, und wir ließen sie machen!»

«Aber, Frau Pfarrerin», sagte lächelnd die Frau Landvögtin, «und wegen Euch wäre es Euch nicht auch leid gewesen, wenn der Vikari nicht mehr gekommen wäre?» «Hintendrein vielleicht wohl, Frau Landvögtin», sagte die Frau Pfarrerin, «aber gwüß dachte ich damals gar nicht an mich. Ich dachte wohl daran, in welche Herrlichkeit eine Frau Pfarrerin komme, wie sie in Haus und Garten walten könne und unter den Weibern sei fast was eine Königin, bsunderbar wenn sie einen so guten, gelehrten Herrn zum Manne hätte, wie der Vikari einer war. Aber daß ich zu einem solchen Glück kommen könnte, das fiel mir wirklich nicht ein. Er gab mir aber auch keine Ursache, an so was zu denken. Er war nicht wie andere junge Herrleni, die jedem

Fürtuch Komplimente machen und tschänzeln mit jedem Zaunstecken. Von dem war bei ihm keine Spur, er war so freundlich, aber doch ernsthaft, nannte mich immer Jungfer Lisette, und nicht einmal die Hand gab er mir, und doch e Vikari – denket! Er redete auch nicht von Etablieren und zukünftigen Aussichten, er machte den Mund auf keine Weise süß. Er rühmte auch seine Predigten nicht; wenn er je darüber sprach, so klagte er, wie schwer es ihm gehe.» «Das sind gerade die Schlimmsten, Frau Pfarrerin», sagte ich, «sie demütigen sich nur scheinbar, damit man sie desto mehr erhebe und rühme.» «Nein, wahrhaftig nicht, das tat er nicht; der war viel zu aufrichtig, er war gar nicht, wie jetzt die Leute sind. Und es hätte ihm nichts genützt, ich rühmte ihn nicht; ich hätte ihm doch nicht sagen können, was ich von den Leuten hörte: er werde wohl bald fort wollen, er sei schon lange da, Keiner noch so lange. He nun, man werde sich drein schicken müssen, aber reuen tue er sie, wenn er schon so ein Kleiner sei.

«Einmal an einem Montag kam er nicht, und alles Warten und alles Luegen half nichts, er kam nicht, und die ganze Woche durch kam keine einzige Seele aus dem Blackenboden, die man hätte fragen können, ob der Vikari fort sei oder krank. Er war auch schon an einem Montag ausgeblieben, aber er hatte es allemal vorher gesagt und zwei Päckli Tabak zusammen genommen. Er möge hinkommen, wohin er wolle, sagte er, so fänden die Leute, er rieche sehr gut.

«Das war eine lange Woche, und was da einem in Sinn kam, was begegnet sein könnte, und wäger dem Vater so gut als mir! Er sagte oft, wenn das Laufen ihm nicht so zwider, er wollte nicht so lange im Gwunder sein. Am nächsten Montag machte es gar so schlecht Wetter; da werde er per se nicht kommen, dachten wir. Indessen, auf die Vorsorge machte ich etwas früher zu Mittag wie gewöhnlich, damit alles abweg sei und ich noch Zeit hätte, mich ein wenig zweg zu machen, wenn er kommen sollte, nicht zu putzen, bewahre, da hätte mir der Vater ein schön Kapitel gelesen; aber bei der Arbeit, welche mir oblag und am Morgen nach fünf Uhr anfing, war man des Mittags nicht mehr wie aus einem Druckli. Allweg schadete es nicht, wenn man ein wenig Strähl und Wasser brauchte und allfällig das Halstuch, welches bereits den Sonntag mitgemacht, aufpflanzte.

«Während wir am besten beim Essen waren, klopfte es an der Türe, was bei dem Verkehr, den wir hatten, wo gar oft jemand etwas zum Hüten gab, oft geschah; der Vater rief: Ume yne! Und herein kam – der Herr Vikari, ganz schwarz angezogen, in vollem Staat, mit dem Dreieck auf dem Kopf, wie es damals bei Feierlichkeiten noch üblich war. Mein Gott, wie erschrak ich! Ich meinte, ich müsse unter den Tisch, es war mir gar nicht mehr zu helfen, nit zweg gmacht und der armselig Tisch, an dem wir saßen! Mein Gott, es wird mir jetzt noch fast schwarz vor den Augen und katzangst, wenn ich daran denke. Er machte Entschuldigungen, daß er störe, aber er habe in einer wichtigen Angelegenheit mit uns zu reden und daher einen Augenblick gewählt, wo er uns beisammen finde und ungestört sein Anliegen vorbringen könne. Wir würden gehört haben, daß er Pfarrer geworden sei ins Bohnengschüch. Nun, das sei viel gemacht vom Herr Vikari, daß er die Mühe nehme, uns dieses selbsten zu annoncieren. Aber nun kam es noch ganz anders, daß Vater und ich ganz verschmeyet wurden. Er begehrte mich zur Frau und tat so schön dar, wie er eine Waise sei, verlassen auf der Welt, und er eine Frau haben müsse, welche ihm Vater und Mutter sei und alles in allem, daß ich noch heute weinen muß, wenn ich daran denke. Nun erzählte er, wie er in mir alles in allem gefunden, daß der Vater laut aufweinte wie ein Kind, daß ich nicht wußte, werde es ihm übel oder nicht, und als er aufhörte, Keins von uns ihm antworten konnte. Also ich, das arm Torwärtermeitschi, sollte Frau Pfarrerin und Burgerin von Bern werden! Das war zu groß für meinen Kopf, es wollte gar nicht als Wahrheit hinein, es kam mir vor als geträumt.

«Der Vater konnte zuerst antworten und redete von der Ehre und unserer Armut; nur ich in meiner Angst jammerte, ich könnte den Vater nicht verlassen, wer das Lädeli hüten sollte, wenn ich fortginge! Da kam das Beste noch nach. Wenn es nur das sei, was die Jungfer Lisette hätte, so habe er daran auch gedacht, und das sei leicht beseitigt. Er möchte den Vorschlag machen, daß mein Vater mit uns käme; es wäre ihm ein großer Dienst, wenn er sich dazu verstehen könnte. Es sei etwas Land zur Pfarrei, mit dem wüßte er nichts anzufangen, überhaupt verstehe er nichts vom Landleben und sehe erst jetzt ein, wie wichtig es sei für den Pfarrer, wenn er wüßte, was üblich und bräuchlich sei; mein Vater verstehe das aus dem Fundament, wie er sehe, da könnte er ihm äußerst behülflich sein, denn daß er etwa als Knecht oder Tagelöhner einstehen solle, daran denke er nicht von ferne, davon solle er überzeugt sein.

«Das war wirklich eine Leiter zum dritten Himmel; was wir darauf antworteten, weiß ich wirklich nicht mehr. Ich weiß bloß noch, daß wir uns endlich setzten, das Lädeli vergaßen. Der Vater sagte: Lisette, räum doch ab und reych Wy, e Maß, ghörst! Daß wir Wein holten, geschah hier und da; bald tat es der Vater, bald ich, und ganz ungeniert, denn wenn man keinen im Keller hat und welchen haben sollte, muß man ihn holen. Diesmal dachte der Vater nicht daran, zu gehen, wie unendlich gerne ich es auch gehabt.»

«Jä gället, Frau Pfarrere», sagte die Frau Landvögtin, «Ihr wäret gerne beim Herrn Vikari daheim geblieben; ich hörte noch nichts vom Verlobungskuß, es ist sonst überall der

Brauch, daß man sich da um den Hals fällt und Müntschi git.» «O bhüetis, Frau Landvögti, das ist gar nüt gsi, dara het niemer dänkt. Wenn der Vater gegangen wäre, so wären wir erst in Verlegenheit gewesen und hätten nicht gewußt, was sagen, und aus Verlegenheit wäre ich wohl ins Lädeli gelaufen. Nein, ich schämte mich, zu gehen, weil ich dachte, sie täten es mir ansehen, was vorgegangen, wüßten, daß der Wein für den Vikari wäre, täten mich tapfer aufziehen, und dachte noch niemand daran. Das Stubenmeitschi, als es mir den Wein gab, fragte mich leise: Lisette, sahst heute den Vikari noch nicht oder weißt, ob er kömmt? Glücklicherweise sah es mich nicht an, es setzte hinzu: Er kehrt gewöhnlich bei uns ein, da möchte ich ihn fragen, was für Schriften man nötig hat zum Heiraten, er weiß das am besten; aber sag es niemanden! Häb nit Kummer, antwortete ich ehrlich.»

«Aber Frau Pfarrerin», sagte die Frau Landvögtin, «erlaubet zu fragen: Wann gab Euch dann der Herr Vikari das erste Müntschi?» «Am Hochzeitstage», antwortete die Frau Pfarrerin unbsinnt. «Das wäre mir wohl lange gegangen», bemerkte die Frau Landvögtin, «und Euch, Frau Pfarrere?» «Ihr seid eine Böse», antwortete die Frau Pfarrerin und fuhr fort: «Ihr habt keinen Begriff, wie der Gedanke, Frau Pfarrerin, ja Burgerin von Bern zu werden, alle andern Gedanken verschluckte, unmöglich machte; wer hätte da an ein Müntschi denken sollen! Ich konnte gar nichts denken, lief aber doch unglücklicherweise zum Bäcker um ein frisch Brötchen. Hast Besuch, Lisette? Wen hast? fragte die Bäckerin. Dr Vik –, kam mir raus, ehe ich dran dachte; dann schoß mir alles Blut in Kopf, und lief davon. So Lisettli, so! rief sie mir nach, wer hätte das von dir gedacht!

«Wie der Nachmittag verging, weiß ich nicht; in der Nacht tanzte Bett, Turm, Stadt mit mir in der Welt herum, und in Zwischenräumen wollten mich die Frau Pfarrerin und die Burgerin von Bern fast versprengen, und wie oft ich sagte: O Lisettli, ists möglich? weiß ich nicht.

«Am folgenden Morgen schon lief allerlei im Städtchen herum, Verdächtiges hauptsächlich, als ob der Vikar hier einen Einzug hätte. Alle wollten ihn bei mir gesehen haben, sein Tabakhandel mit mir kam jetzt auf die Trommel; wahrscheinlich kam alles von der Bäckerin aus. Es muß ein arger Spektakel gewesen sein, denn gegen Mittag schritt unser Herr Pfarrer daher und stellte sich beim Vater unter dem Tor und sagte ihm, er müsse doch fragen, was an der Sache sei; plötzlich kämen ihm da Dinge zu Ohren, an die er nicht gedacht, uns nicht zugetraut, und wie er leider vernommen, sei das ganze Städtchen voll davon. Er solle ihm jetzt aufrichtig sagen, ob es wahr sei, daß ich ein Zöök mit dem Vikari habe, ihn locke, daß er gsotte und brate bei uns sei. Als ihm der Vater nun sagte, das sei nicht wahr, aber der Vikari sei Pfarrer geworden ins Bohnegschüch und ich seit gestern unerwartet seine Braut, da verstunete er und wollte es fast nicht glauben: Wir hätten Spaß für Ernst genommen, man müsse nicht gleich alles für bar annehmen. Als er es endlich glauben mußte, wünschte er mir Verstand zu meinem Glück, es sei größer, als ich denke; vielleicht wüßte ich nicht, daß ich auf eine der besten Zünfte komme, aber es fehle mir noch sehr viel, um Frau Pfarrerin zu sein mit Ehren und nicht mit Schanden, das erträume einem nicht. Sie wollten mir gerne verhelfen zu allem, was ich nötig hätte. Ich solle forthin zu ihnen kommen, so oft es mich freue. Daran aber hätte er wirklich nicht gedacht; es heiß nicht umsonst, stille Wasser seien tief.

«Was es erst jetzt für einen Lärm im Städtchen gab, kann man sich denken; aber alle Leute schienen mein Glück mir zu gönnen, selbst im Pfarrhause, wo doch sieben Töchtern waren. Alles war so gut gegen mich, es war, als ob das ganze

Städtchen mein Glück sich als eine Ehre anrechne. Man lud mich allenthalben ein, und ich mußte immer wieder erzählen, wie alles zu- und hergegangen vom ersten Päckli Tabak an bis auf den letzten Tag. Der Vater meinte, die Leute trieben das Gespött mit mir, aber ich glaubte es ihm nicht; ich hätte nicht gewußt, warum sie das tun sollten. Das war eine Art Weltschland für mich, wo ich einen Begriff erhielt, wie man Besuche machte oder Besuche empfing. Bei meinem Vater unterem Tor hatte ich nicht Gelegenheit gehabt, hierin Erfahrungen zu machen.

«Leider war diese Zeit sehr kurz, wir mußten pressieren mit dem Aufziehen und hatten so viel zu tun mit Raten und Anschaffen. Da kam uns der Vater sehr kommod, er hatte Verstand in der Sache und sparte uns viel Geld. Der Herr Vikari und ich waren lötige Kinder, und des Herrn Pfarrers im Blackenboden halfen ihm auch nicht; sie waren schrecklich bös über diese Heirat, sie sagten, es sei eine Schande für die ganze Stadt Bern und jeden Burger, daß ein Burger die Frechheit hätte, ein so gemein Mensch als Burgerin herzuschleppen, das soll ihm nicht vergessen werden, auf Kindskinder nicht. Da sie keine Töchtern hatten, so hieß es, sie seien deswegen so böse über seine Heirat, weil sie ihn gerne als Vikar behalten hätten, denn er sei gar ein kleiner Esser, und Wein trinke er fast keinen; so einen wohlfeilen bekämen sie kaum mehr, klagten sie.

«Ich mußte auf Bern, wo ich noch nie gewesen. Es war ein großer Tag für mich, ich freute mich, aber mit Furcht und Zittern. Da war ich also künftig daheim und durfte doch kaum abtrappen in den Lauben. Er führte mich, damit ich mehr Mut bekomme, überallhin an der Hand; ohne dieselbe hätte ich kaum gehen dürfen, glaube ich. Es war eine große Erlösung für mich, als wir die Tore im Rücken hatten. Ich hatte große Angst, wir verirreten uns und fänden den

Heimweg nicht mehr, trotzdem daß der Herr Vikari mich immer versicherte, er kenne von Jugend auf jedes Eggeli und wollte jedes Haus finden mit verbundenen Augen.

«Nächst diesem Tag war der wichtigste in meinem Leben der Tag, wo wir Hochzeit hatten und in die Gemeinde zogen. Bis dahin hatten wir viel Not auszustehen. Denn wir Beide verstunden von allem nichts, und der Herr Vikari sagte oft, wenn wir meinen Vater nicht hätten, er wüßte gar nicht, wie das gehen sollte. Wir nahmen unsere geringen Habseligkeiten mit. Der Vater wollte nichts davon zurücklassen, man könne alles brauchen, sagte er; was man habe, brauche man nicht zu kaufen, es brauche ja ohnehin schon so viel Geld. Denn ein prächtiges Möble schaffte der Herr Vikari an unter Vaters Beistand, und viel Geschenke bekamen wir, ich wurde ganz beschämt; es war fast, als wolle das ganze Städtlein an unserer Aussteurung teilnehmen, wir hätten nie geglaubt, daß wir den Leuten so lieb seien. Wir glaubten lange unsre Habe nicht auf *ein* Fuder bringen zu können. Am Ende gab es sich aber; der Vater meinte, ein solcher Aufzug werde Respekt ins Dorf bringen. Er ging mit dem Fuder einen Tag früher ab als wir und wollte uns alles einrichten. Am folgenden Tage wollten wir auf dem Wege uns kopulieren lassen und gegen Abend einziehen im Bohnengschüch.

«Das war ein Tag, von dem ich wenig zu sagen weiß, als daß ich nicht wußte, ging ich auf dem Kopf oder auf den Füßen. Ich war so voll Demut und voll Glück, daß ich den ganzen Tag kein Dutzend Worte sprechen konnte; ich schwamm in einer Herrlichkeit, die unaussprechlich war, ich konnte den begrüßenden Leuten kaum danken, ungehindert ließ ich die Tränen rinnen die Backen ab. Üsi Frau Pfarrere isch ume no es King, hieß es im ganzen Dorfe, aber es het scho us mengem King e rechti Frau gä; sie ist emel nit hochmüetig. O nein, hochmütig war ich nicht; aber es war, als sei mir der Himmel aufgegangen und ich mitten darin.

«Man lachte viel über uns, aber wir merkten es nicht. Aber wir, besonders mein Mann, hatten eine so aufrichtige Liebe zu den Menschen, daß das Lachen verging und es hieß: Er sei bsungerbar e Guete; wenn er chönnt, er hulf alle Lüte. Mein Vater stellte am meisten vor und war die Respektsperson im Hause. Unter den Bauern fühlte er den bekannten Burgerstolz in ebenrechtem Maße, er saß unter ihnen wie unser Burgemeister daheim mit seinen Untergebenen, hatte viel erlebt, wußte was zu erzählen, mit dem Lande auch umzugehen, besonders mit den Bäumen, was ihm ganz vorzüglich Achtung verschaffte. Wir lebten sehr einsam, das Dorf lag abgelegen, und besondern Verkehr hatten wir auch mit den andern Pfarrern nicht, mein Mann war schüchtern und ich noch mehr. Ich begreife, daß man nichts mit uns zu machen wußte. Wenn wir auch nicht gerade dumm waren, so wußten wir es doch nicht zu zeigen, daß wir es nicht waren. Aber wir lebten nicht desto weniger glücklich und namentlich mein Mann an der Gemeinde, der Vater an den Bäumen, ich am Garten, und je enger früher unsere Gebiete waren, desto weiter und schöner kam jedem das Feld vor, das sich ihm eröffnet, und was das Eine freute, freute auch das Andere. Und diese Freuden wurden im regen Leben um uns jeden Tag neu und anders, jede Jahreszeit brachte ganze Körbe voll; wir konnten uns wie Kinder freuen über das, was wir ernteten, und das, was nachwuchs, und den ganzen Winter über aufs herzlichste auf den Frühling. Besonders mein Mann, der in der Stadt aufgewachsen und keinen Begriff vom Segen und den Freuden des Landes hatte, war ganz glücklich; ein neues Leben war ihm aufgegangen, und dazu kam das Gefühl, daß er doch auch etwas sei, unabhängig und geehrt und geliebt. Aber er war wirklich auch gar so lieb und gut, daß es gar nicht auszusprechen ist. Er hatte es nicht so, wie ich oft hörte, daß die, welche am armseligsten aufgewachsen, später am meisterlosigsten seien und fast nicht es ihnen zu treffen, daß sie zufrieden seien; er sagte so oft, er hätte nie gedacht, daß man so glücklich sein könne, und am allerwenigsten, daß er es je werde.

«Mein Vater war es nicht weniger als mein Mann, aber er schrieb nicht nur sein Glück, sondern unser aller ihm zu. Man sollte sehen, wie es ginge ohne ihn, wir wären arme Tröpfe und möchten nicht gfahren – und wir glaubten es. Wir glaubten alle, daß wir ein Glück über Verdienen hätten, absonderlich ich. Ich war oft so kindisch, daß ich mich schämen mußte, und dann dachte ich wieder, wir hätten ein viel zu großes Glück; so könne es nicht bleiben, wir würden es büßen müssen. Dann wurde ich fast schwermütig, und ich mußte oft dran denken, wo der liebe Gott anfangen werde mit seinen Gerichten. So arm wir eigentlich waren und Andern vorkommen mochten, für so reich hielten wir uns, denn Keins von uns hatte je so viel Geld gehabt, und da wir in gewohnter Armütigkeit fortlebten, keine fremden Leute hatten, die Leute keine Ansprüche an uns machen zu dürfen glaubten, so hatten wir immer übrig und schienen uns selbst im Glücke zu schwimmen. Glücklichere Leute hätte man sicher weit umher nicht antreffen können, als wir waren, und zwar mehrere Jahre lang.

«Da starb zuerst mein Vater sehr rasch und unerwartet; er hatte seine Rüstigkeit so bewahrt, daß wir gar nicht dachten, er könnte uns sterben. Er machte uns eine große Lücke ins Leben, er fehlte uns allenthalben. Dazu hatten wir keine Kinder, kamen uns gar so einsam und verlassen vor, machten uns nach und nach ein Gewissen daraus, so alleine für uns zu leben unbelastet, während Andere unter ihrer Bürde fast erliegen mußten. Wir meinten, Gott meine es auch so, und durch den Tod meines Vaters habe er uns einen Fingerzeig geben wollen. Wir freuten uns recht kindlich, als wir endlich eins fanden, welches uns Beiden gefiel, einen schönen Knaben mit weißem Kruselhaar, und freuten uns schon damals sehr auf den Gottslohn, den wir ob ihm verdienen wollten, und um so mehr, da das Kind aus einer verwahrlosten, liederlichen Familie kam. Du arms, liebs Tröpfli, wie gut ists dir gegangen, daß du in andere Hände gekommen bist, wo du ein rechter Mensch werden kannst, Gott und den Menschen lieb! Wir hatten eine unaussprechliche Freude an dem Kinde, es war unser klein Herrgöttlein; wenn mein Mann es nicht an der Hand hatte, trug ich es auf den Armen, sein Wille galt unumschränkt, und was wir dazu noch ersinnen konnten, taten wir. Ja wir vergaßen beinahe Blumen und Bäume ob ihm, es konnten Lieblingsäpfel reifen, wir merkten es nicht, er konnte Blumen und Töpfe zerschlagen, wir wehrten nicht, wir sahen zu mit blutendem Herzen. Es sei sich gar nicht zu wundern, daß er es so mache, er wisse es nicht besser; wenn er Verstand erhalte, werde das schon anders kommen.

«Aber es wollte nicht anders kommen, sondern das Gegenteil; er wurde immer böser, roher, Verderben war seine Lust, und trotzen tat er statt gehorchen. Was wir ihm auch taten, kein Funke Liebe wollte sich bei ihm zeigen, nicht eine Spur von Leid, wenn er auch sah, wie sehr er uns betrübt hatte. Flattieren konnte er wohl, bis er hatte, was er wollte, hintendrein höhnte er uns aus. Wir hofften lange, lange, es komme noch besser, und sprachen zu, aber es kam nicht besser; Hand legen an ihn durfte Keins von uns, auch als es uns schien, es wäre vielleicht gut. Im Dorfe konnte er auch machen, was er wollte, niemand sagte ihm die Wahrheit. Die andern Kinder meinten, sie dürften nicht anders als ihn regieren lassen, er wurde ein eigentlicher Tyrann. Wir jammerten zusammen, wir weinten aus Erbarmen alswie über ein eigenes Kind auf bösen Wegen, aber was machen? Er war hart wie ein Stein, mit Worten brachte man nichts ab, und wer sollte ihn schlagen? Er sah unser Leid, aber er achtete sich dessen nicht das Mindeste; wir verheimlichten eins dem Andern, was wir wußten, um den Verdruß einander nicht schwerer zu machen.

«Sobald die Leute von weitem merkten, daß der Knabe uns Leid verursache, wir nicht mehr ganz blind an ihm seien, begannen sie zu brichten, leise erst, nach und nach immer lauter, und konnten sich nicht satt verwundern, daß wir ihn noch bei uns hätten, nicht dahin schickten, wo er früher gewesen. Sie erzählten, wie er unserm Ansehen schade, und was er ungestraft tun könne, auf unsern Konto geschrieben würde. Wir wollten lange nicht einmal daran denken, daß wir ihn wegtun könnten, wir hatten ihn ja angenommen. Endlich begriffen wir, daß wir damit nicht versprochen, ihn ewig bei uns zu behalten, sondern nur, für ihn zu sorgen; dafür brauchte er ja nicht bei uns zu sein, ja an einem andern Orte konnte es noch viel besser geschehen als bei uns. Wir sagten es ihm, er müsse fort, wenn er nicht besser tue. Allein er lachte uns aus: Er gehe nicht, wir sollten es nur probieren, und zuletzt könne er mit seinem Leben machen, was er wolle. Und dazu konnte er wieder flattieren, daß wir es nicht übers Herz brachten, Ernst zu brauchen und eine Drohung auszuführen; wir ergaben uns in den täglich neu werdenden Verdruß, meinten, es müsse so sein, es sei jedem Menschen doch auch seine Portion Leiden bestimmt, die müsse er geduldig tragen, und wir hätten ja sonst gar nichts als dieses Elend mit unserem Gottliebeli.

«Weiß Gott, wie es am Ende gegangen wäre, wenn der liebe Gott sich nicht unserer erbarmet und alswie mit seiner

Hand eingegriffen hätte. Er nahm uns den Knaben ab, sandte den Tod und ließ ihn zu sich bringen. Der Knabe zeigte in seiner Krankheit viel Gutes, wir meinten, er hätte sich sicherlich gebessert, baten inbrünstig um sein Leben; sein Tod hielt uns sehr hart, wir haderten mit Gott. Aber endlich kamen wir zu der Erkenntnis, daß er sich nur unter der Hand Gottes gedemütigt, da die als Krankheit so schwer auf ihm lag, da, wenn Gott diese weggezogen und ihn unsern Händen wieder übergeben, er der Alte wieder geworden wäre; und das ward unser Trost, daß Gott ihn nicht wieder zurückfallen ließ in den Trotz der Sünde, sondern ihn abrief in den guten Stunden, wo er zerknirscht war und den Willen zur Besserung hatte. Wir erkannten endlich, wie gut es Gott mit uns gemeint, daß er uns von einer Last befreit, welche wir in unserem Gutmeinen uns selbst aufgeladen hatten. Er gab uns keine Kinder, er wußte, daß unsere Hände zu schwach waren, solche zu regieren; warum wollten wir weiser sein und ladeten solche Erziehung uns auf und wollten haben, was Andere, und dachten nicht an das, was wir vor Tausenden voraus hatten! Und doch wollte er nicht, daß um unserer Torheit willen eine Seele verloren gehe, ließ ihn nicht in der Verhärtung sterben, nicht zum Verbrecher reif werden, stieß uns nicht auf Lebzeiten den glühenden Stachel ins Herz, daß wir schuld an dem Verderben einer Seele seien. Das war die bitterste Zeit, die wir hatten; wir sollten die Unvollkommenheiten dieses Lebens eben auch so recht empfinden nach unserem Verdienen. Darauf flossen unsere Tage wieder dahin friedlich und lieblich, und jeder brachte uns etwas Gutes und meist etwas Frohes. Wir waren in der Besorgung großer und kleiner Pflanzen recht geschickt geworden, hatten viel Glück dabei und dieneten vielen Leuten weit umher.

«So floß eine Reihe von Jahren fast unbemerkt dahin, wir

wurden nachgerade alt, als mein Mann mir plötzlich starb. Daran hatte ich nicht gedacht. Er war nicht krank gewesen, kaum unpäßlicher als sonst. Er dökterlete gerne, wahrscheinlich weil er kränklich war von Jugend auf; daher nahm man es als ein Gewohntes hin, daß ihm etwas fehle, und ob etwas mehr oder etwas minder, merkte man nicht. Das war ein Schlag aus heiterem Himmel, als ich so plötzlich tot ihn hatte; erst jetzt empfand ich, wie lieb ich ihn hatte, eigentlich nur in ihm gelebt fast vierzig Jahre lang; er war mein Vater, mein Mann, mein Kind, mein Alles gewesen. Und doch ermaß ich meinen Verlust noch nicht, wußte nicht, was mit ihm alles zerrissen war und zu Grabe ging. Das Dörfchen war meine Welt geworden, außerhalb demselben kannte ich niemand mehr. All meine Hoffnung, mein Trost war, in demselben bleiben zu können, bei meinen Bäumen, meinem Kirchlein, in der Nähe von dem, das mir lieb war, bei den guten Leuten im Dorfe, bei denen mir so lange so wohl war. Mit einem einzigen Stübchen wollte ich vorlieb nehmen, und gerade eins, wie ich es wünschte, wußte ich. Vermögen hatten wir keins zusammengebracht, anfangs und im Leben nicht. Wir hatten wenig gebraucht für uns, aber als die Leute das merkten, so brauchten sie desto mehr, desto nötlicher, und wir gaben Beide gerne und behielten auf diese Weise nichts für uns.

«Als alles Überflüssige verkauft war, blieb eine kleine Summe; zudem hatte ich Rechte in zwei Witwenstiftungen, aus deren Ertrag ich prächtig zu leben hoffte. Dem Abgeordneten der Zunft war das nicht recht. Er gab mir ziemlich unverblümt zu verstehen, ich sei eine dumme Frau und verstehe das Ding nicht; ich wüßte nicht, was alles dahinten bleibe, wenn ich nicht mehr Frau Pfarrerin sei und alles kaufen müsse, und die Burgernutzungen, welche ich aber nur bekomme, wenn ich in Bern wohne, seien auch etwas zu rechnen. Aber es war mir, als sollte ich sterben, wenn man mir von Weggehen redete, darum hatte ich furchtsame Person den Mut, mich dem Wegziehen zu widersetzen, dem grimmigen Gesichte des Herrn Waisenvogtes z Trotz. Probierts meinetwegen, sagte er endlich, Ihr werdet es bald erfahren, wer recht hat.

«Er hatte recht; ich dachte nicht, was mir mit meinem Manne alles begraben wurde. Den neuen Pfarrsleuten kam ich als eine dumme alte Frau vor, mit der man nichts zu reden wüßte, von der man lieber wollte, sie wäre nicht da. Ich durfte weder im Garten noch im Baumgarten herumgehen, sie waren fremdes Besitztum geworden; man ermunterte mich nicht dazu, von ferne nur durfte ich sie noch ansehen. Die Leute waren auch anders geworden, fremder, kälter, es war, als ob sie fürchteten, die Pfarrsleute zu beleidigen, wenn sie gegen mich freundlich wären wie ehedem; dagegen blieben die Ansprüche die alten, und gegen wen wir früher gut gewesen, meinte das Recht zu haben, immer die gleichen Guttaten von mir zu fordern. Man hielt mich auch für reicher, als ich war, man ließ sich nicht ausreden, ich hätte geheime Schätze. So ein schön Einkommen, keine Kinder, ein so einfach Leben, da müßte es ja der tusig tun, wenn die nicht ein schön Vermögen haben sollten, sagte man immer. Ach, du mein Gott, wenn man gewußt, wie oft wir eng im Gelde gewesen, man hätte nicht so gesprochen. Aber wir hatten es nicht im Brauch wie Andere, die, wenn sie einmal einen Kreuzer gespendet, auf den Markt laufen und gackeln alswie Hühner, die hinter einander drei Eier gelegt.

«Nach und nach verzehrte ich meine Vorräte, oder sie gingen mir sonst fort; ich brauchte immer mehr Geld, wurde immer ärmer und mußte dem Waisenvogt schreiben, ich könnte es mit dem Gewohnten nicht mehr machen, er sollte mir mehr senden; ich hoffe, es werde schon wieder bessern, aber es sei alles gar teuer. Er schrieb mir barsch und kurz: Habe ers nicht gesagt? Ich werde jetzt wohl froh sein, auf Bern zu kommen, er werde mir Losement besorgen; in Bern käme ich viel besser aus, da werde ich wenigstens meine Sache nur für mich brauchen und nicht fort und fort gerupft werden, als ob ich noch Frau Pfarrerin sei.

«Der Herr hatte vollkommen recht, jetzt sehe ich es wohl, damals aber nicht. Es war mir viel schrecklicher, als wenn er mir geschrieben, er hätte mir den Totenbaum bestellt. Ich stellte vor, ich wolle arbeiten ums Geld, und einstweilen könnte man mein Kapitälchen angreifen, es wären ja keine Kinder da. Aber da half alles nichts, es blieb bei des Herren Wort. Da war eine Zeit des Weinens. Am meisten schmerzte mich das Zureden der Leute, ich sollte doch nicht so wüst tun; es sei gewiß in Bern ein lustig Leben, und sövli Holz und no sövli Geld dazu, ich solle doch denken! Ich glaubte endlich zu merken, daß die Leute meiner satt seien, meiner gerne los wären, von wegen, man könne nicht wissen, wie es mit mir noch kommen könne. Das tat mir grusam weh, das machte mir das Zügeln leichter. Aber als es endlich sein mußte, da wollte das Herz mir doch brechen, die Bäume blühten so herrlich; und noch manches Auge wurde naß, und noch manche alte Mutter sagte: Es wird mir ungwahns tue, wenn ich Euch nicht mehr habe; hier sehen wir uns kaum mehr, aber so Gott will einmal an einem andern Orte und vielleicht nicht über Langem; mit mir geht es alle Tage äne abe, und Ihr habt auch grusam gschlechtet die letzte Zeit.

«Da war ich nun in der weiten, steinigen Stadt und kannte keinen lebendigen Menschen als meinen Herrn Waisenvogt, wo es mir immer war, wenn ich ihn von weitem kommen sah, als müsse ich drauslaufen, als sei er der Bär aus dem Graben und komme her, mich zu fressen. Es war undankbar von mir, denn er hatte für mich gesorget wie ein Vater.

Dieses Stübchen hatte er mir empfangen, und daneben fand ich alles, was ich nötig hatte, und eine scharfe Vermahnung, kein Stadtbesen, keine Hoffartsnärrin zu werden, wie es Frau Pfarrerinnen, welche in die Stadt kämen, oft im Brauch hätten, gab er mir obendrein. Ach, der Mann meinte es gut, aber wie weit er nebendurch schoß, das begriff er nicht. Schüchtern von Natur und dadurch noch mehr eingeschüchtert, machte ich keine Bekanntschaften, ja im Anfang durfte ich kaum aus meinem Stübchen, sah keinen Baum, keine Blume, hörte kein Vögelein pfeifen. Da erfuhr ich, was es heißt, sterben aus Langerweile, aus dem Gefühl, verlassen zu sein von allen Lebendigen, niemanden zu sein auf der weiten Welt, zu leben, ohne daß jemand auch nur die geringste Teilnahme an einem genommen hätte.

«So lebte ich einige schreckliche Wochen durch und wäre wohl gestorben, wenn mir Gott nicht den Gedanken eingegeben hätte, etwas Lebendiges in meinem Stübchen zu hegen. Ich wagte mich auf den Markt und fand mich da alsbald in einer bekannten Welt; was in den Körben war, kannte ich alles, und mit den Bauernweibern war ich gewohnt zu reden, ich lebte neu auf und hatte eine recht herzliche Freude an all dem Schönen und oft recht sorgsam Gepflegten, was ich da sah. Ich kaufte einige Blumenstöckli, später mein Vögeli und ging später alle Markttage auf den Markt; das war mein Leben, und allmählig ans Ausgehen gewohnt, fand ich andere Orte noch, wo ich ungestört an Blumen und Bäumen mich erfreuen konnte, die schönen Totenhöfe zum Beispiel und die an Werktagen verlassenen Lustörter der jungen Welt um die Stadt herum. So lebte ich allgemach mich in die Stadt hinein, ohne nähere Bekanntschaft mit irgend einem Bewohner zu machen, die Marktweiber blieben meine einzigen Bekannten, die mich recht lieb hatten; ich lebte ein recht stillvergnügt Leben, wie ich nicht geglaubt, daß es mir noch beschert sei. Und war ich einmal trüb im Gemüte, so kam mein Vögelchen und pickte so lange an mir, bis ich mit ihm zu schnäbeln begann. Auch kam ich mit dem Gelde besser fort als auf dem Lande. Es machte kein Mensch irgend eine Anforderung an mich, so daß ich mich recht schämte, so wenig Gelegenheit zu haben, um Gutes zu tun, und ängstlich dachte, wie das einmal gehen solle, wenn Gott mich frage: Und dann du, was hast du getan? Ich muß auch dem Waisenvogt es allemal, wenn er mir Geld bringt, bekennen, daß ich damit weiter komme als im Bohnengschüch, das schenkt er mir nie. Er ist ein guter Mann, aber ich kann nicht helfen, er kömmt mir immer vor wie der Bär aus dem Graben. Einmal lud er mich zum Mittagessen ein, aber als es vorüber war, waren sie froh und ich noch mehr, und seither ließ er es sein. Ich glaube nicht, daß ich zehn Worte gesprochen, der Hals war mir wie zugeschnürt; sie redete viel, besonders Weltsch, und war eines Weibels Tochter, daneben sehr geputzt. Oh, als ich endlich aus dem Hause heraus war, ich weiß noch jetzt nicht wie, da war mir, als käme ich aus dem Bärengraben und hätte mein Leben gerettet ganz unerwartet. So dumm war ich in meinem Leben nie gewesen; wenn sie an mir das Maß für die andern Pfarrsfrauen genommen haben, so geschieht diesen bitter Unrecht; aber gottlob, seither erhielt ich keine Einladung mehr und lebte vergnügt mein stilles Leben fort mit rechtem Dank gegen Gott, bis er mich heimsuchte und ich es erfuhr, wie es mit dem Alleinsein nicht gemacht sei, wie dankbar ich jetzt dem Herren sein müsse, der mir seine Engel sandte zur Stunde, als ich sie bedurfte.»

So erzählte uns die Frau Pfarrerin in mehr als einem Nachmittage, denn das Reden machte sie müde und tat ihr doch wohl. In ihrem wahrhaften Stilleben hatte sich doch viel bei ihr angesammelt, das Herz war ihr voll geworden ihr unbewußt; unsere Teilnahme erwärmte es, schloß es auf, und sichtlich wurden diese Mitteilungen ihr zu einem eigentlichen Labsal. Erst jetzt erhielt ihr Leben eine feste Gestalt, sie konnte es sozusagen ansehen, hatte erst jetzt ihre Freude daran und ward Gott so recht innig dankbar dafür. Wir gestunden ihr offen, ein so vergnügt Leben sei uns nie vorgekommen, wir hätten es nicht für möglich gehalten; besondere Glücksfälle kamen wohl nicht vor, aber was hatten sie zu bedeuten gegen ein andaurend vergnügliches Dasein in gegenseitiger Liebe! So eine Gabe, nur das Freundliche wahrzunehmen und wohl daran zu leben, bei großer Beschränktheit keinen Mangel zu empfinden, kein Gefühl zu haben für das Bittere, Giftige im Leben, gehe über alle Schätze der Welt, sei uns aber in der Größe noch nicht vorgekommen im Leben. Von Mal zu Mal entwickelte sich merklich ihr Geist und reifte, während wir uns nicht verhehlen konnten, daß der Körper schwächer werde, und der Arzt, der erst die beste Hoffnung hatte, den Kopf zu schütteln begann. Sie aber schien dieses nicht zu bemerken, wenigstens wurde sie heiterer; man möchte fast sagen, es fuhr, besonders in Gesprächen mit der Frau Landvögtin, wie ein Schimmer von Mutwillen über ihr Wesen hin.

Eines Nachmittags waren wir wieder bei ihr, und wir waren eben mitten in einer sehr interessanten Gespenstergeschichte, welche die Frau Landvögtin aus ihrer Familie zum Besten gab, als die Frau Pfarrerin mit allen Zeichen des Schreckens auffuhr und ausrief: «Um Gotts wille, dr Vogt, dr Vogt! Ich will unter die Decke!», und fuhr runter. «Schlafen, schlafen!» rief die Frau Landvögtin, und so legte sich die Frau Pfarrerin, statt vollends unterzufahren. Starke Schritte tönten gegen die Türe, und eine schwere Hand polterte daran. Ehe ich noch «Herein!» rufen konnte, tat sich die Türe weit auf wie vor jemand, der gewohnt, hinlänglich

Platz zu haben, und unter derselben erschien mein lieber Vetter, blieb verdutzt da stehen, langsam sich zurechtfindend, ob er wohl am rechten Orte sei. Ich hob warnend den Finger in die Höhe, legte ihn auf den Mund. Verwundernd erkannte er mich, machte Anstrengungen, auf den Zehn näher zu kommen, aber vergebliche, mit dem ganzen Fuß mußte er abtrappen. Er wollte flüsterend nach der Frau Pfarrerin fragen, er habe vernommen, sie sei krank, aber das ging auch nicht, sein Lebtag hatte er das Flüstern nicht gelernt. Ich gab ihm leise zu verstehen, daß man die Frau nicht wecken dürfe, es sei ein wichtiger Schlaf; aber er hörte nicht mehr gut und wollte mich nicht verstehen. Die Frau Landvögtin machte dazu ihr schlimmstes Gesicht, daß ich mich kaum halten konnte. Er hatte erst vernommen, daß seine Anbefohlene krank sei, und war alsbald gekommen, um Anstalten für den Transport in den Spital zu machen. Als er vernahm, daß die Frau Pfarrerin und jene von der Post Überstoßene die Gleiche sei, die Krankheit also von lange her schon, sah er mich giftig an und wunderte sich, daß niemand den Verstand gehabt, an den Spital zu denken. Vermögen sei keins da, ohne Zuschüsse von der Gesellschaft vermöge sie nicht daheim krank zu sein, aber ehe die Gesellschaft etwas zahle, müßten die vorhandenen Hülfsmittel benützt werden. Das könne er nicht verantworten, man hätte es ihm auf jeden Fall sollen sagen lassen; er hätte erwartet, dies fiele mir bei, auch hätte es ihn gefreut, wenn ich selbst gekommen wäre, er hätte lange nicht die Ehre gehabt, mich zu sehen.

Zum Glück merkte er selbst nicht, wie laut sein Flüstern geworden, er hätte sonst gegen den Schlaf der Frau Pfarrerin Verdacht schöpfen müssen; aber sie schien bombenfest zu schlafen, mit dem Gesicht gegen die Wand gekehrt lag sie so stille da wie gestorben. «Die gute Frau hatte eine sehr schlimme Nacht, ich bin doch froh, daß sie einmal wieder recht schlafen kann», sagte ich. «Wenn es der Vetter erlaubt, so komme ich morgen zu ihm und will ihm sagen, warum man sie nicht in den Spital transportierte und warum es auch noch jetzt nicht geschehen kann.» «Das wird doch sein müssen», sagte er, «das ist nur Meisterlosigkeit, und wer zahlt?» «Enfin, Vetter, morgen um welche Zeit ist es Euch am liebsten?» «Es wird mich freuen», sagte er, «aber an der Sache wird das nichts ändern, Ordnung ist Ordnung; Burger, die nicht Vermögen haben, werden im Spital verpflegt, es hat sich dessen niemand zu schämen. Sie ist eine Burgerin, ist krank, hat nicht Vermögen, also gehört sie in Spital. Ordnung ist Ordnung, Bäsi, und für die Kranken wird gesorgt wie in wenig Privathäusern; Landvögt wären froh, wenn sie immer diese Abwart hätten.»

Kaum war die Türe hinter ihm zu, so ließ die Frau Landvögtin ihre Burgerlust über die Hiebe, welche er ausgeteilt, los. So seien die Burger am schönsten, in ihrer Pflichttreue und ihrer Rücksichtslosigkeit bei der Erfüllung derselben. So ein rechter Bernerburger nähmte unbsinnt den Teufel bei den Hörneren, wenn er sich ihm in Weg stellte in Ausübung seiner bürgerlichen Rechte und Pflichten.

Weinerlich drehte sich die Frau Pfarrerin um, der Mutwillen war ganz verflogen. Sie machte sich ein Gewissen mit der Verstellung, aber um alles in der Welt hätte sie kein Lebenszeichen von sich geben dürfen. «Das gebt mir auf mein Gewissen», sagte die Frau Landvögtin, «daran trage ich nicht schwer. Späße sind ja wohl erlaubt, besonders wenn sie Ärgernissen vorbeugen, überhaupt Ungutes verhüten, von dem man nachher wollte, es wäre nicht.»

Am folgenden Morgen machte ich mich auf zum Vetter; er war gar nicht gnädig. Für alle meine Gründe wegem Vögeli, ihrer Schüchternheit, dem Bedürfnis von Stille hatte er gar keine Ohren. «A bah», sagte er, «gewöhnt hat sie sich bald, und verpflegt wie dort wird sie nirgend und ohne daß es sie einen Kreuzer kostet.» Ich sagte, einstweilen habe sie Geld genug, und lange werde sie es kaum mehr machen. «Und wenn sie es noch lange macht und kein Geld mehr da ist?» frug er. «Spare sie es jetzt, so kann sie es immer noch später brauchen, wenn es gebraucht sein muß, was aber nirgends geschrieben steht.» Nun rückte ich mit der schweren Batterie vor. Bei ihrer Schwäche stünde ich für gar nichts, wenn man sie wider Willen und ohne Not in den Spital transportiere, und ob er es auf sein Gewissen nehmen wolle, wenn er so um nichts und wieder nichts, bloß um etwas zu erzwingen, das nicht nötig gewesen, eine Person töte. «Bäsi», sagte er, «das verstehn die Frauen nicht; wo man seine Pflicht tut, da hat man sich vor dem Gewissen gar nichts zu fürchten, und Ordnung ist Ordnung. Indessen, damit Ihr seht, daß ich nicht eigensinnig bin, so will ich es der Waisenkommission vortragen; was dann die spricht, das geschieht dann, Bäsi.» «Und ich rede mit dem Arzt; und was dann der sagt, das geschieht, Vetter.» «So», sagte er, «also mit der Waisenkommission wollt Ihr es probieren?» «Wenn sie will; aber sie wird nicht wollen. Mein Arzt ist der Frau Pfarrerin Arzt, und der Arzt ist Mitglied euerer Waisenkommission, und jetzt, Vetter, was meint Ihr?» «Ja», sagte er, «wo die Weiber die Nase in einer Sache haben, da ist es aus mit allem Verstand.»

Nun, der gute Herr Vetter mußte sich diesmal darein schicken, daß es nach Weiberköpfen ging und nicht nach seinem; es war auch ganz vernünftig so.

Die Frau Pfarrerin schien eine Natur gehabt zu haben von äußerst schwacher Art, die gesund schien, solange die Tage in stiller Einförmigkeit über sie weggingen, die aber harte Stöße nicht zu ertragen vermochte. Auch möglich, daß in ihrem Wesen sich schon lange der Krankheitsstoff eingeschlichen hatte, ohne daß sie es selbst bemerkte, der erst nach den groben eidgenössischen Zärtlichkeiten Bahn erhielt und sich geltend machen konnte. Was es war, weiß ich eigentlich nicht, denn die Ärzte titelieren die Krankheiten nach ihren eigenen Köpfen; was der Eine ein Schleichfieber nennt, dem sagt ein Anderer Schleimfieber; wissen sie mit etwas nichts zu machen, so sagen sie ihm Grippe, und was ihrer Kunst den Weg vorläuft, dem sagen sie galoppierende Schwindsucht; den Einen plagen die Hirnentzündungen im Traum, Andere glauben nur an Herzerweitungen, die Dritten reden bloß noch vom Rückenmark, und wenn ihnen der Verstand ganz stille steht, so sagen sie, es fehle offenbar in den Organen, aber sie könnten in Gottes Namen nicht darüberkommen, in welchem. Daher werde ich mich wohl hüten, zu sagen, was die Frau Pfarrerin eigentlich gehabt, damit nicht jeder Arzt sage, das sei nicht wahr, sie hätte dies gehabt oder jenes, oder es sei eigentlich gar nichts gewesen, aber man habe sie offenbar verpfuscht, nur wisse er nicht wer, ob der Arzt oder die Weiber, wahrscheinlich Beide zusammen.

Sie lebte scheinbar auf, doch nur geistig; sie wußte sich viel inniger auszudrücken, ihre Gefühle schienen lebhafter als früher. Sie redete viel von einem Reischen ins Bohnengschüch, sobald sie genesen sei, sie hätte ein recht Heimweh nach ihres guten Manns selig Grab, möchte sehen, wie die Bäume gewachsen, möchte wissen, ob die Leute sie noch kennten, ihrer gedächten. Wenn ich ihr vom Markte was heimbrachte als Geschenk eines Marktweibes, so freute es sie wie ein Kind, sie konnte vor Freude darüber weinen. Allgemach verscholl sie aber auf dem Markte, es wird am Ende alles vergessen; aber um ihr nicht wehe zu tun, ließ ich sie es nicht merken, sondern brachte ihr fort und fort die Andenken, und ein jedes war eine Labung für sie. Auch diese Täuschung gab ich der Frau Landvögtin aufs Gewissen, und sie nahm sie gerne. Es gehe zu allem andern, sagte sie.

Am rührendsten war ihre Zärtlichkeit zu ihrem Vögeli. Sobald morgens die Aufwärterin wach war, mußte sie es aus dem Käficht lassen, und den ganzen Tag über entfernte es sich wenig von ihrem Bette und flattierte und schnäbelte, wie ich es noch nie gesehen. Sie stürbe nicht ungerne, sagte sie zuweilen, wenn es sein müßte und das Vögeli nicht wäre. Es ginge niemand auf der Welt übel, wenn sie nicht mehr wäre, als gerade dem Vögeli. Sie wüßte wohl, wir würden es nicht verhungern lassen und es so gut besorgen, als wir es verstünden; aber einmal nun liebe es sie, so könnte es niemand mehr lieben wie sie, daher täte ihr das Sterben fürs Vögeli weh, und in die alte Heimat wäre sie auch gerne noch einmal gewesen, doch an dem hange sie nicht; wie der Herr wolle, sie schicke sich gerne darein.

Es war der Wille des Herrn, daß sie sterbe. Eines Morgens, als eben die Sonne ihr Stübchen vergoldete, schied sie leise, ohne schweren Atemzug; bloß das Vögeli, das auf ihrem Kopfe saß, merkte ihr Scheiden, flatterte ängstlich um ihren Kopf herum, setzte sich auf ihre Achsel, schlug, so laut es konnte, seine Triller, pickte dann und zerrte, als ob es sie wecken wolle, und als es sie nicht wecken konnte, setzte es sich trübselig aufs Hauptkissen, flatterte von Zeit zu Zeit über sie hin, setzte sich, wenn es sie immer so still und unbeweglich sah, wieder ans alte Ort, sträubte schon nachmittags sein Gefieder, und als man es mit Sonnenuntergang wie üblich zSädel tragen wollte, war es schon für immer zSädel gegangen; tot lag es auf ihrer Achsel, wo es im Leben so viel gesessen war, es war seiner guten Herrin nachgegangen, ihre Liebe zu missen vermochte es nicht einen Tag lang. So innig hängt wohl selten der Mensch am Menschen; man vermißt einander wohl, aber selten werden die Herzen wahrhaftig blutig gerissen, geschweige daß sie sterben.

Nun, eine Lücke riß ihr Verlust auch in mein Leben, wie ich sie selten empfunden und worüber mein Vetter sich nicht wenig ärgerte. Er könne nicht begreifen, was mir da sollte zu Herzen gehen, sagte er, wir seien ja gar nicht verwandt, nicht einmal von der nämlichen Gesellschaft; nicht manchen Monat daure unsere Bekanntschaft, und da sei ein Nötlichtun, das nicht natürlich sei, sondern affektiert, unnatürlich, sentimental, die Herren von der Waisenkommission fänden es auch so und hätten sich sehr aufgehalten darüber.

Beim Mangel an allen Verwandten nahm niemand von ihrem Tode Notiz als die Herren von der Waisenkommission; sie füllten auch die Kutsche, welche hinter ihrem Sarge her fuhr. Ihr Scheiden machte also keinen Lärm auf Erden, ging ganz stille vorüber. Desto größere Freude wird im Himmel gewesen sein bei den Engeln, die schon lange sie kannten und liebten, als sie zu ihnen kam, mit ihnen den Herrn zu loben und zu preisen, wie es nur die reinen Seelen vermögen.

Selbstbiographie

****

Ich bin den 4. October (1797) in Murten geboren, wo mein Vater, Burger von Bern, deutscher Pfarrer war. Als wilder Junge durchlebte ich dort die wilde Zeit der Revolution und Helvetik, besuchte die dortige Stadtschule, wo man mir gewöhnlich das Zeugnis gab, daß man mit dem Kopfe wohl, mit den Beinen aber, welche ich nie stille halten konnte, übel zufrieden sei. Im Jahr 1805 erhielt mein Vater die Pfarrei Utzenstorf. Von da an unterrichtete er mich selbst, so daß ich im Jahr 1812 das Gymnasium in Bern beziehen konnte. Meine Kenntnisse gingen aber nicht weit über Griechisch und Latein hinaus. Nebenbei las ich Romane, so viel ich zur Hand bringen konnte, trieb starken Schafhandel, lernte jagen, fischen, reiten, übte mich in allen Landarbeiten, einigen weiblichen Handarbeiten und brachte es in mehr als einem ländlichen Spiel zu bedeutender Fertigkeit. Der berühmte Professor Lutz, welcher damals dem Gymnasium vorstund, übte von allen meinen Lehrern, welche ich je gehabt, den größten Einfluß auf mein inneres Leben. Ich ging auf seinen Rat im Jahr 1814, da ein halber Fehler zu viel in einer lateinischen Arbeit meine legitime Beförderung gehindert hatte, als Exterus in die Akademie über. Hier brachte ich drei Jahre in der sogenannten Philosophie sehr fleißig zu, trieb alte Sprachen, Mathematik, Philosophie, wo Joh. Rud. Wyß besonders freundlich und väterlich sich meiner annahm. Meiner Mutter selig sagte er einmal: «Sagt doch euerm Sohne, er solle schöner schreiben lernen, er schreibt wie eine Sau. Läßt er mal was drucken, besonders in Deutschland, so hat er ds Schinders Verdruß.» «Ja wolle», antwortete meine Mutter, «das wird er wohl la blybe.» «Mi cha nit wüsse», sagte Wyß. Damals kam auch das Turnen in Gang durch Clias, dessen eifrigster Schüler ich wurde.

Nach drei Jahren wurde ich auf legitime Weise und zwar mit Ehren in die Theologie aufgenommen; wäre ein gewisses aufbegehrisches Wesen nicht gewesen, ich wäre nach Freund Rauchenstein in Aarau der Zweite promoviert worden, jetzt wurde ich nur der Dritte. Drei Jahre brachte ich in der sogenannten Theologie zu, sie waren für mich wissenschaftlich nicht fruchtbar. Die Gesellschaft und namentlich die weibliche nahm mich mehr in Anspruch als die Wissenschaft. Es war die Rosenzeit meines Lebens. Auch versah ich anderhalb Jahre lang die oberste Elementarklasse an der sogenannten grünen Schule. Im Jahr 1820 wurde ich Kandidat, zugleich Vikar bei meinem Vater, half in der Schule und wurde von meinem Vater geschult, indem er mir das Lesen der Predigten, überhaupt den Gebrauch des Konzepts abgewöhnte.

Im Frühjahr besuchte ich Göttingen und blieb ein Jahr dort. Damals florierte Göttingen; über vierzig Schweizer waren dort, von denen mehrere berühmt geworden, viele in ehrenwerter Stellung sind. Im Herbst besuchte ich die Insel Rügen, und zwar alleine, und verschmähte Hagenbachs Gesellschaft, der mir damals zu rasche Beine hatte. Im schönen Frühjahr 1822 kehrte ich über Leipzig, Dresden, München heim und ward wieder Vikar bei meinem Vater, beschäftigte mich mit der Schule, trieb Landwirtschaft, Volkspädagogik von allen Sorten, es war die Zeit goldmacherischen Schwärmens. Der Tod meines Vaters 1824 zerstäubte die Ideale, und als Vikar der großen Gemeinde Herzogenbuchsee wurde ich eingeweiht in die Pastoralgeschäfte. Hier blieb ich fünf Jahre, bis ich als Vikar des berühmten Herrn Pfarrer Wyttenbachs nach Bern an die Heilig Geist-Kirche berufen wurde. Hier machte ich einen praktischen Kurs in der Armenpflege durch und genaue Bekanntschaft mit dem Stadtgesindel.

Zu Ende des Jahres 1830 wurde ich durch den Nachfolger des Herrn Wyttenbach, meinen verehrten Lehrer Pfarrer Lutz, abgelöst und ging als Vikar nach Lüzelflüh, wo der Nestor der bernischen Geistlichkeit, Herr Fasnacht, Pfarrer war. Die Pfarre Lüzelflüh liegt im schönsten Teile des Emmentals, ist aber auch die zerstreuteste im Kanton Bern, denn sie stößt an dreizehn andere Kirchgemeinden. Nach dem Tode des Herrn Fasnacht wurde ich im Merz 1832 zum Pfarrer derselben erwählt; es war die erste Pfarrei, welche die damals neue Regierung bestellte. Ein Jahr später verheiratete ich mich mit der Großtochter meines letzten Prinzipals, der Tochter des seiner Zeit berühmten Professor Zeender von Bern.

Damals war der Kanton Bern der Schauplatz verschiedenartiger Kriege, unter welchen doch keiner mit der Erbitterung geführt wurde wie der pädagogische. Als Mitglied der großen Schulkommission des Kantons, als Lehrer an einem Wiederholungskurse, welchen das Erziehungs-Departement in Burgdorf erteilen ließ, während Herr Fellenberg zu Hofwyl Gegenkurse hielt, und später als Schulkommissär wurde ich einigermaßen in diese Kriege verflochten und brach mehr als eine Lanze mit Herrn Fellenberg. Dieser und der Charakter meiner Gemeinde, der mich zu einem langsamen Zuwarten, zu einer Art von Passivität verurteilte, weckten in mir immer mehr das Bedürfnis, über Volkssachen schriftlich mich auszusprechen, während meiner Natur nichts widerlicher war, als sich ans Schreiben zu setzen. Sie mußte sich fügen, im Jahr 1836 kam das immer gesteigerte Bedürfnis im «Bauernspiegel» zum Ausbruch.

Seither nun will es gar kein Ende nehmen, so daß ich mich nicht sattsam wundern kann, wie aus einem Jungen, der seine Beine nicht stille zu halten vermochte, solch sitzender und schreibender Mensch herauswachsen konnte.

Anmerkungen

Kursivschrift bezeichnet die von Gotthelf in Klammern beigefügten, in unserer Ausgabe gestrichenen Erklärungen berndeutscher Ausdrücke. – «korr. aus» bedeutet, dass eine Stelle von uns gegenüber dem Wortlaut der bisherigen Drucke verbessert wurde.

Seite

10 währschaft: (*solid*).
13 Leubank: Ruhebank.
14 Haschierer: (*Gendarmen*).
16 Gattig: (*Art*). – staadisch: stattlich.
19 gattlig: (*artig*). – Gottwillche: (*mit Gottwillkommen*). – gäng: (*immer*).
24 es zaunet: es lohnt sich.
28 vorm Herrn gewesen: (*konfirmiert worden*).
30 Vorstuhl: die Bank vor dem Eßtisch.
35 E: «Illustrierter Volkskalender», herausgegeben von E. Hoffmann, Stuttgart 1852.
41 Schmachtzotteln: (*Locken*).
42 Beutepreis: dem Raub überlassen.
47 Fürtücher: Schürzen.
50 mutz: kurz.
51 äyre: von jenen.
55 Puff machen: Staat machen.
58 gfahren: E «fahren».
65 uf mi armi: E «auf».
71 Vogel: (*Habicht*).
73 Gybe: Geiß.
75 verherge: verheere. – beizten: zurechtmachten. – Ware: Vieh.
76 über Ort: schief.
77 Abferggete: (*Korb*). helken: neckend reizen.
78 ghörst: E «hörst». – was no da isch: E «noch». – verrichtet hatte: E «hätte».
81 hätte es es: E «hätte es».
83 überzeugte: E «überzeugten».

Seite

85 uverschants: E «uverschamts» – grechnet: E «gerechnet».
86 zu des Herrn Tisch: (*in die Unterweisung, dann zum Nachtmahl*).
87 ich will nicht noch: E «noch nicht».
88 aller Handel: E «alle». – nötig: in Not.
91 gschnürflet: E «gschnürfelt».
99 Gselle: E «Gsellen». – ih bi uff: ich bin auf dem Hund.
100 nehme er ab: packe er zusammen.
110 branzen: schelten.
111 tromsigs drin: schiefgewickelt.
112 zu was zu brauchen: E «was zu brauchen».
114 dings: auf Borg.
116 verschmeien: in Ohnmacht fallen.
117 Laxierig: Abführmittel.
121 Wedel: erstes Mondviertel.
122 Couches: Treibbeete.
123 Rabünzli: Wegerich. – Säukraut: Löwenzahn.
124 selbst jetzt noch: seitdem Bern Bundesstadt ist.
126 hier auf dem Markte auf- und abwandeln: korr. aus «Geschichtsforscher sein, welche, hier auf dem Markte auf und ab wandelnd, Neuperipatetiker, ihre wichtigsten»... – Peripatetiker: die (wie Aristoteles) im Herumwandeln lehrenden antiken Philosophen. – sie bei keiner jungen Gans: «sie» von uns ergänzt.
130 sich wirsete: sich verletzte.
137 gerade diese Leute: korr. aus «und gerade».
140 Güschiguet: fragwürdige Frauenzimmer.
147 und frug: korr. aus «frug an».
151 Setti: (*Lisette*).
153 Fürtuch: Schürze. – tschänzeln: schön tun.
154 verschmeyet: vor Schrecken sprachlos.
158 lötige: pure.
162 Aber es wollte: korr. aus «Aber das».
177 Vorlage: Neue Zürcher Zeitung 1924, Nrn. 850/51 (Erstdruck, kommentiert von R. Hunziker).
179 Burger: korr. aus «Bürger». – Professor Lutz: Gotthelfs einstiger Lehrer Samuel Lutz, Rektor des Gymnasiums, seit

1830 Pfarrer an der Heiliggeistkirche, seit 1833 Professor der Theologie. – Exterus: Auswärtiger, provisorisch Aufgenommener. – in der sogenannten Philosophie: so hießen die ersten sechs Semester des Theologiestudiums. – Joh. Rud. Wyß d. J.: Philosophieprofessor an der Akademie, Herausgeber der «Alpenrosen» und Verfasser zahlreicher populärromantischer Schriften.

180 in die Theologie: das eigentliche theologische Fachstudium. – Rud. Rauchenstein: klassischer Philologe, Rektor der Kantonsschule in Aarau. – verschmähte Hagenbachs Gesellschaft: Gotthelfs Freund Karl Rudolf Hagenbach aus Basel. – goldmacherischen Schwärmens: wohl Anspielung auf H. Zschokkes «Goldmacherdorf», eine utopische Dorfgeschichte, die auf den «Bauernspiegel» abgefärbt haben dürfte.

181 Emanuel Zeender: Theologieprofessor in Bern (1807†).

Inhaltsverzeichnis

Jeremias Gotthelf
Ausgewählte Werke im Diogenes Verlag

in 12 Bänden
in der Edition von Walter Muschg

Uli der Knecht
Roman. detebe 20561

Uli der Pächter
Roman. detebe 20562

Anne Bäbi Jowäger I
Roman. detebe 20563

Anne Bäbi Jowäger II
Roman. detebe 20564

Geld und Geist
Roman. detebe 20565

Der Geltstag
Roman. detebe 20566

Käthi die Großmutter
Roman. detebe 20567

Die Käserei in der Vehfreude
Roman. detebe 20568

Die Wassernot im Emmental
Wie Joggeli eine Frau sucht
Erzählungen I. detebe 20569

Die schwarze Spinne
Elsi, die seltsame Magd
Kurt von Koppigen
Erzählungen II. detebe 20570

Michels Brautschau / Niggi Ju
Das Erdbeerimareili
Erzählungen III. detebe 20571

Der Besenbinder von Rychiswyl
Barthli der Korber / Die Frau Pfarrerin / Selbstbiographie
Erzählungen IV. detebe 20572

Als Ergänzungsband liegt vor:
Gottfried Keller über Jeremias Gotthelf
Mit einem Nachwort von Heinz Weder
Chronik und Bibliographie. detebe 20573

Gottfried Keller
Zürcher Ausgabe

Gesammelte Werke
in der Edition von Gustav Steiner
in 8 Einzelbänden

Der grüne Heinrich
in zwei Bänden. detebe 20521 + 20522

Die Leute von Seldwyla I
detebe 20523

Die Leute von Seldwyla II
Zwei Kalendergeschichten
detebe 20524

Züricher Novellen
Aufsätze
detebe 20525

Das Sinngedicht
Sieben Legenden
detebe 20526

Martin Salander
Ein Bettagsmandat / Therese
Autobiographische Schriften
detebe 20527

Gedichte
Der Apotheker von Chamounix
detebe 20528

Als Ergänzungsband liegt vor:

Über Gottfried Keller
Sein Leben in Selbstzeugnissen und
Zeugnissen von C. F. Meyer bis Theodor Storm
Herausgegeben von Paul Rilla
Mit Chronik und Bibliographie
detebe 20535

Schweizer Autoren im Diogenes Verlag

● Hans Neff

XAP oder Müssen Sie arbeiten? fragte der Computer
Ein fabelhafter Tatsachenroman
detebe 21052

● Beat Sterchi

Blösch
Roman. Leinen

● Walter Vogt

Husten
Erzählungen. detebe 20621

Wüthrich
Roman. detebe 20622

Melancholie
Erzählungen. detebe 20623

Der Wiesbadener Kongreß
Roman. detebe 20306

Booms Ende
Roman. detebe 20307

● Robert Walser

Der Spaziergang
Erzählungen. Nachwort von Urs Widmer. detebe 20065

Maler, Poet und Dame
Aufsätze über Kunst und Künstler. Herausgegeben von Daniel Keel. Mit zahlreichen Dichterporträts. detebe 20794

● Urs Widmer

Alois
Erzählung. Pappband

Die Amsel im Regen im Garten
Erzählung. Broschur

Das enge Land
Roman. Leinen

Liebesnacht
Erzählung. Leinen

Das Normale und die Sehnsucht
Essays und Geschichten. detebe 20057

Die lange Nacht der Detektive
Kriminalstück. detebe 20117

Die Forschungsreise
Ein Abenteuerroman. detebe 20282

Schweizer Geschichten
detebe 20392

Nepal
Ein Stück in der Basler Umgangssprache
detebe 20432

Die gelben Männer
Roman. detebe 20575

Züst oder die Aufschneider
Ein Traumspiel. detebe 20797

Vom Fenster meines Hauses aus
Prosa. detebe 20793

Shakespeare's Geschichten
Sämtliche Stücke von William Shakespeare nacherzählt von Walter E. Richartz und Urs Widmer. detebe 20791–20792

Das Urs Widmer Lesebuch
Herausgegeben von Thomas Bodmer
detebe 20783

● Liebesgeschichten aus der Schweiz

Von Jeremias Gotthelf bis Max Frisch. Herausgegeben von Christian Strich und Tobias Inderbitzin. detebe 21124